妖怪 方相 奇谭

张云

著

人民东方出版传媒
东方出版社

图书在版编目（CIP）数据

妖怪奇谭.方相/张云著.—北京：东方出版社，2024.3
ISBN 978-7-5207-3690-9

Ⅰ.①妖… Ⅱ.①张… Ⅲ.①长篇小说—中国—当代 Ⅳ.① I247.5

中国国家版本馆 CIP 数据核字（2023）第 194304 号

妖怪奇谭·方相
（YAOGUAI QITAN·FANGXIANG）

作　　者：	张　云
策 划 人：	王莉莉
责任编辑：	李　莉　段　琼
特约编辑：	王　林
产品经理：	李　莉　段　琼
封面插画：	喵　9
内文插画：	崔占成
出　　版：	东方出版社
发　　行：	人民东方出版传媒有限公司
地　　址：	北京市东城区朝阳门内大街166号
邮　　编：	100010
印　　刷：	北京联兴盛业印刷股份有限公司
版　　次：	2024年3月第1版
印　　次：	2024年3月第1次印刷
印　　数：	1—5000 册
开　　本：	880毫米×1230毫米　1/32
印　　张：	9.5
字　　数：	220千字
书　　号：	ISBN 978-7-5207-3690-9
定　　价：	69.80元

发行电话：（010）85924663　85924644　85924641

版权所有，违者必究
如有印装质量问题，我社负责调换，请拨打电话：（010）85924602　85924603

珍惜这世界。

因为，

万物有灵，且美。

奔跑吧！

| 目 录 |

001 风之田

037 门之食

075 螺之铃

115 行之灯

187 室之童

151 屏之窥

255 方之相

217 亲之鸟

青苗神

风之田

　　余乡青苗被野时，每夜田陇间有物，不辨头足，倒掷而行，筑地登登如杵声。农家习见不怪，谓之青苗神。云常为田家驱鬼，此神出，则诸鬼各归其所，不敢散游于野矣。此神不载于古书，然确非邪魅。从兄懋园尝见于李家洼见之，月下谛视，形如一布囊，每一翻折，则一头着地，行颇迟重云。

——清·纪昀《阅微草堂笔记》

　　乡丁亢旱螟螣食禾之时，农人必行青苗会。其神曰青苗神，乃一童儿，云此童以捕蝗暍死，故后人祀之。

——民国·柴小梵《梵天庐丛录》

"这些，都是风之田里长出来的，很好吃的哦。"

丁皮爷爷一边抽着烟锅一边指着竹筐里的东西，笑眯眯地说。

大大的竹筐编织出美丽的菱形纹饰，因为使用年月久远，被摩挲得油亮温润。

脆生生的青萝卜，沾着露珠的黄瓜，绿皮白色条纹的香瓜，圆溜溜的西红柿，还有各种水灵的蔬菜。

我掏出来一个西红柿，洗干净，放在嘴里咬一口——咔嚓！酸酸的，很快，甜味又在嘴里回荡，浓郁的汁水，搭配着沙沙的瓤，在舌尖搅动着，滋味美到我全身的毛孔都禁不住张开。

"真是——太好吃啦！"我微闭着眼睛，叫起来。

"哈哈哈，好吃的话，就多吃一点儿。"丁皮爷爷露出自豪的笑容，"别的我不敢说，从我的田里种出来的东西，不管是水果、蔬菜还是粮食，绝对万里挑一。"

他抽了一口烟，徐徐吐出来，脸上的皱纹舒展着："那可是风之田。"

"风之田？"这名字让我觉得有些奇怪。

在这深山之中，田地太多了，我家就有一两百亩的田地，但我们从来没有给任何一块田地取过名字。

"是呀，风之田。绝无仅有的好田。"丁皮爷爷看了看周围，"老爷呢？"

"他呀……"我叹了一口气，"我已经好多天没看到他了，估计……又不知道跑到什么地方鬼混去了吧。"

丁皮爷爷口中的"老爷"，指的是我的爷爷，一个让人头疼的家伙。

我所在的地方，名为黑蟾镇，是一个位于群山之中的乡下小镇，虽说地点偏僻，但风景优美。很久以来，我们方相家就住在这里，拥有大片的土地，是当地名副其实的豪族。

到了我爷爷这一代，家里人丁不旺，就生下了我爸一个儿子。我爸年轻时就外出闯荡，在千里之外的城里安家立业，生下了三个儿子一个女儿。我是最小的一个儿子，和哥哥姐姐们没法儿比，自小体弱多病，因此备受呵护。

哥哥姐姐们早已长大成人，只有我，因为患有严重的哮喘，不得不向学校请假，休学一年。后来我爸和我妈一商量，决定把我送到黑蟾镇来，表面上说是这里空气新鲜，有利于我病情恢复，实际上则是把我当作累赘一样扔了过来。再后来，因为小镇搬迁来了很多人口，兴建起了学校，他们索性让我在这里上学读书、生活。

我住的地方，是家族的大宅，年代古老，占地广阔，后面是两进的房屋、院落，前头则开设了一个小小的店铺，名曰"百货店"，里头的商品琳琅满目，锅碗瓢盆、针头线脑、皮毛纸张、镰刀斧头……反正只要你能想到的，全都有。

在我来的前一天，爷爷就连夜背着鼓鼓囊囊的包裹出门了，说是去旅行，估计也是不想我给他添堵吧。后来因为奶奶发了一通脾气，他才不得不灰头土脸地赶回来，但见不得我一天到晚无所事事的样子，时不时找个借口溜出去。我和他十天八天也难见到一面。

平日里，偌大的家里除了我，就只剩下仆人滕六。

不，准确地说，还有一帮奇奇怪怪的朋友。

其实……其实就是妖怪啦。

在黑蟾镇的这段日子里，我结识了一帮好朋友，虽说其中有人类，但大部分是山林、河流里的妖怪。

"太不巧了。"听说爷爷不在，丁皮爷爷有些失望，"我已经一年多没见过老爷了……"

已经八十八岁的他，深深地叹了一口气。

黑蟾镇有一两百户人家，都是淳朴的山民，以耕田渔猎为生。丁皮爷爷不属于这个镇子。他一个人住在深深的大山之中，离群索居，很少和别人打交道。

每个月的月末，丁皮爷爷会从云雾弥漫的山顶来到我家，除了在百货店购买一些日常生活用品，还会特意给我送上新鲜的特产和野味。

他用竹筐挑来的这些东西很好吃，而且有些平时很难一见，加上他说的那些奇闻，总是让我浮想联翩，所以对我而言，丁皮爷爷无疑是特别受欢迎的客人。

"找我爷爷有事?"我倒了一杯茶,递给他。

"没什么特别的……"丁皮爷爷捧着茶碗,转过脸望向院子。

再过些日子就是小满节气了,院子里草木疯长,各色花蕾在风中摇曳。

"我还是担心那块田。"丁皮爷爷喃喃地说。

"那块风之田?"

"是的。"

"一块田地,有什么好担心的?"我问。

"我呀,昨晚梦到老伴了。"丁皮爷爷咧着嘴笑,露出口中仅存的两颗牙齿。

他已经很老了。原本身材就矮小,我来到镇上不过一年多的时间,他连背都开始驼了,头发全白了,走起路来如同风中摇摆的野草。

"文太少爷,我今年八十八了。"丁皮爷爷喝了一口茶,"从来没想到自己能活到这把年纪。人呀,和一朵花、一棵树没什么不同。时候一到,花就会落下;山里的树,即便是生长了几百年,看起来好好的,也会突然在夜里就轰的一声倒下了。这都是自然而然的事。"

"哎呀呀,放心吧,您老人家长命百岁不成问题。"我急忙说。

"文太少爷真会说话。"丁皮爷爷笑,"可我昨晚梦见老伴了。她去世这么多年,我之前一次都没梦到过她。"

他抬起头,看着天空。

初夏的天空，高远辽阔，湛蓝纯净，如同延绵无尽的琉璃，一片云都没有。

只有风，在空中奔跑嬉戏，吹动山川林莽。

"我梦见她站在那块田边，冲着我笑。"丁皮爷爷眯起眼睛，"她说：'丁皮，时候到喽，时候到喽。'"

"梦由心生，可能是您太想念她了。"

"是呀。"丁皮爷爷点了点头，"我不怕死，文太少爷。"

他望着我的眼睛："我到那边，就能和她团聚，陪着她。但是，我死了，那块田怎么办？"

"风之田？"

"对。"丁皮爷爷挠了挠头，"那是这世上我唯一放心不下的。"

"一块田而已……"我有些搞不明白，"卖了，或者送给别人，都行呀。"

"不不不。"丁皮爷爷使劲摇头，"不行，绝对不行！那可不是普通的田。"

他有些着急："我不在了，田里的朋友就没人照顾了。"

"田里的朋友？"我很纳闷，"丁皮爷爷，据我所知，您是一个人住在山里的呀。"

"是的，是的。"丁皮爷爷为难地挠着头，"的确是我一个人住在山里，但田里有我的一个朋友。"

他似乎不愿意再说下去，起身说道："本来我是想找老爷为这件事帮帮忙……既然他不在，下次再说。时候不早了，我得回去了。"

"吃完饭再走吧。"我说。

"不了，不了。"丁皮爷爷笑起来，"我还得赶回去，否则就要在山里过夜啦。"

他简单收拾了一下，将采购的货物放在竹筐里，挑起担子告辞。

"等爷爷回来，我会转告他。"我说。

"谢谢。"丁皮爷爷很高兴，"也欢迎文太少爷来做客。"

"我一定去。"

丁皮爷爷挥了挥手，摇摇晃晃走出门。

望着他的背影，我陷入沉思。

显然，因为他的那些话，我的好奇心被勾了起来。

丁皮爷爷住的云蒙山，离镇子有七八十里的山路。那是这一带为数不多的高山，常年被云雾遮盖，风景优美，物产丰富，是个探险、出游的好地方，我早就想去看一看。

至于那块"风之田"，想必有其独特之处吧。何况田里面还有丁皮爷爷的一个听起来很神秘的朋友。

"少爷，你怎么一个人在这里发呆呀？"正当我思绪万千的时候，有人进来了。

十三四岁的女孩挎着篮子来到庭院，穿着花锦衣，丸子头，大大的忽闪忽闪的眼睛，雪白的皮肤，粉嘟嘟的脸蛋。

"朵朵呀，干什么去了？"我笑起来。

她叫朵朵，是家里的护门草。

所谓的护门草，是一种本体为藤草的小妖怪，守护着这个家，守护着我。

"少爷最近胃口不佳，都瘦了，朵朵心疼得很。"朵朵把篮子放下，里头是绿油油的山野菜，还有用荷叶包裹起来的地衣。

"山野菜炒地衣,少爷绝对喜欢吃。"朵朵抹了抹额头的汗水,开心地说。

"别忘了放辣椒!"我大声说。

山里的野草清香无比,搭配上柔软又有弹性的地衣,是一等一的美味!

我的口水都快流下来了。

"好嘞。"朵朵蹲下来,将地衣和野菜放在大盆中清洗。

"朵朵,关于丁皮爷爷,你了解多少?"趁着她忙活,我扯过板凳坐在她旁边,开始打听丁皮爷爷的事。

"他今天来了?"

"嗯。和往常一样,采购了一些日常用品。哦,还送来了不少蔬菜和水果。"我指了指旁边。

朵朵看了一眼,笑着说:"太好了。丁皮家田里生长的蔬菜瓜果,滋味最好了!"

"哦。"

"我们这里,没有田地能产出这么好吃的东西。"朵朵说,"毕竟,那可是风之田!"

"你也知道风之田?"我很惊讶。

"当然了。那块田地很出名。"

"为什么?"我顿了顿问道,"为什么要特意为一块田地取名字呢?"

朵朵麻利地收拾完野菜和地衣,把黄瓜放在井水中浸泡,说:"丁皮来到我们这里,应该是五十多年前了,那时他三十多岁,孤身一人。他不是本地人,据说来自很远很远的北方。"

"这个我知道。"我说。

"那些年他过得很苦。"朵朵说,"一开始靠为人做工维持生计,伐木、捕鱼、养蜂、在酒馆里当伙计……反正只要能干的活儿,他都会一口答应。他干活麻利,不偷懒,人又好,所以大家都很喜欢他。"

"再后来呀……"朵朵把洗好的黄瓜递给我,"他就租了几块田,刚开始就租了我们家的田。"

"他还给我们家当过佃农?"这事我倒是第一次听说。

"嗯,我们方相家有一两百亩的田,大老爷又是个甩手掌柜,平时啥都不干,只能租出去。"朵朵说,"大老爷同情丁皮,让丁皮选最好的田地,而且不收租,等于是免费让丁皮耕田。"

朵朵嘴里的大老爷,指的是我爷爷。他年轻的时候,可是出了名的闲汉,不务正业,只知道吃喝玩乐。

"丁皮不答应,他说他一身力气,不能平白受这样的照顾。"朵朵说,"他选择了我们家最贫瘠的两块田。那两块田,在云蒙山的山脚,有十来亩吧。"

"我们家还真是土豪,云蒙山下都有田产。"我调侃道。

"云蒙山那边人迹罕至,那两块田在老林子里,是山地,土壤贫瘠不说,还有不少的石头、杂物,即便种上了粮食,收获也很少,而且山里野猪很多,每当粮食快要丰收了,就跑下来啃食,导致田里经常颗粒无收。所以这两块田,一直长满荒草,无人问津。要不是丁皮提出来,我估计大老爷都快忘了咱们家还有那两块田。"

"后来呢?"我听得津津有味。

"大老爷答应了,允许丁皮去种,至于交租嘛,让丁皮随便交一点儿就行了,反正那两块田也没什么收成。"朵朵择着菜,又说,"丁皮高高兴兴过去,在田地旁边搭起窝棚,一天到晚忙活,他将田地翻了又翻,把里面的石头、杂物全部清理出去,拔掉杂草,用石头修起田埂,又挖了一个大蓄水池,引来山泉水。在他的辛勤劳碌下,那两片荒田的面貌焕然一新,种的麦子长势喜人。"

"丁皮用心照顾,吃喝拉撒都不离开,锄草、施肥、灌溉,麦子长出来后,他日夜守护,驱赶山里的野兽。那一年,两块田取得了前所未有的大丰收!"朵朵开心地说,"不仅产出的麦子多,磨出来的面也相当好吃,让镇子里的人很是吃惊。"

"丁皮干得不错!"我拍起手来。

"接着,麻烦就来了。"朵朵皱起了眉头。

"怎么了?"我问。

"大家原本以为云蒙山那边的地不适合耕种,可丁皮这么一搞,出乎意料,导致很多像丁皮这样外来的人都跑到那边开垦。在那两块地的周围,很多人砍伐树木、放火烧山,搞得乌烟瘴气,最后在两块地的左右,竟然形成了两个小小的村庄。有一年,他们联合起来驱赶丁皮,丁皮不得不找到大老爷,把那两块田还了回来。"

"没了田,他怎么生活?"我有些气愤。

"丁皮扛着锄头,带着干粮,离开了是非之地。他往山上走,最后在山腰重新开垦了一片荒地。"朵朵说,"那里位于云蒙山山腰处的一个谷口,荒山野岭,野兽出没,而且云雾缭绕,常年刮风。大家都觉得丁皮疯了,因为那地方根本就种不出粮食。"

朵朵佩服地说："想不到，丁皮靠着手里的一把锄头，硬是在荆棘石沙中，花了三年时间，开垦出一块十几亩的田地，并且在旁边盖起了一栋宽敞的木头房子。没人知道为了这块田，丁皮付出了多少。我见过他的双手，全是茧子，指甲全都掉了。他好几次碰到豺狼虎豹，差点儿被吃掉。那块田，是丁皮辛勤耕耘的结果。"

"丁皮爷爷真厉害。"我说。

"是呀，因为这块田，所有人提起丁皮都竖大拇指。"朵朵叹了一口气，说，"田是开垦出来了，但是接下来发生的事，给丁皮迎头泼了一盆冷水。"

"怎么了？"

"那块田，种不出粮食。"朵朵说，"无论种下什么种子，不管怎么施肥浇水、悉心照料，都没有收获。"

"怎么可能呢？"我很诧异。

"比如种下了麦子，一开始长势喜人，可在麦子拔节抽穗的时候，里头全是空空的，一粒麦粒都没有。玉米呀、高粱呀，也都是这样，甚至种土豆都不行。"

"为什么呀？"我张大了嘴巴。

种地这种事情，我一窍不通，不过按照常理，土豆这种很容易成活的东西，即便是再贫瘠的土地，也会有点儿收获的。

一块地，种下去东西，总是颗粒无收，想一想太过怪异。

"镇子里的人同情丁皮，一些老把式，哦，就是种田的能手，去丁皮那块田里研究，有的说是土壤的原因，有的说是这里云雾缭绕日照太少，有的说要怪就怪那里常年不停的风。反正到最后，谁也没说服谁。"朵朵说。

"辛辛苦苦到头来这么一个结果，丁皮爷爷一定不甘心。"我长叹一声。

"是呀。大家劝丁皮下山得了。可他脾气倔，怎么说也不愿意搬下来，而且发誓要在那块田里种出点儿名堂，让大家刮目相看。"

"后来呢？"

"第四年，风调雨顺，那可是很久很久没有碰到过的好年景。"朵朵沉浸在回忆里，"庄稼的长势比任何一年都要好，大家说绝对是大丰收！可是没料到，秧苗青青的时候，突然出现了蝗虫。"

"蝗虫？"

"嗯。刚开始是三五只，后来一团团的。"朵朵说，"人们慌了，纷纷组织人手白天黑夜在田里面驱赶，还举行了盛大的驱蝗仪式，但是蝗虫越来越多，最后遮天蔽日！"

我无法想象当时的场景。

"无数的蝗虫落在田里，好好的一块田，一天就被吃光了！原本的好年景，因为蝗灾，成了前所未有的灾年！那一年，田地无收，闹起了饥荒，饿死了不少人。真是惨。"

朵朵顿了顿，又说："出乎意料的是，丁皮的田却毫无影响，而且亩产竟然超过了千斤！"

我瞪大了眼睛。

"平时，即便是黑蟾镇最好的田，亩产也不过五六百斤。"朵朵说，"刚开始大家还不相信，当丁皮赶车把新收的粮食运到镇子里，人们都傻了眼。要说丁皮，真是好，留下自己的口粮后，把所有的粮食都给了镇子里的灾户，救了不少人的命。也是那一年，丁皮娶上了媳妇。他媳妇是逃荒来的，模样可俊了。两个人住在云蒙山里，十分恩爱。而那块田，从那年开始，年年都是大丰收，而且种出来的粮食、蔬菜、瓜果，滋味总是更胜一筹，远近闻名。丁皮对那块田爱惜得要命，为它取了个名字，叫风之田。"

"一块原本庄稼结不了籽的田，突然之间成了旱涝保收的好田，这里头恐怕有原因吧。"我托着下巴说。

"那就不知道了。大家说丁皮这是好心得好报。"朵朵说，"靠着这块田，丁皮家的日子越来越好，小木屋换成了瓦房，手头也逐渐宽裕。结婚四年后，丁皮有了儿子，取名青苗，后来送到外面读书。青苗很有出息，读书用功，如今在省城谋职，据说是一家银行的高级董事，有权有势。"

"那丁皮应该跟着青苗去省城享福呀。"我说。

"是呀。"朵朵笑了笑，"青苗十岁的时候，丁皮媳妇得病去世了，他一个人拉扯青苗，含辛茹苦。青苗出息了，要接他去省城，丁皮死活不干，据说父子俩因为这件事，闹得不可开交，青苗也因此很少回来。镇子里的人都说丁皮脑壳有问题。这些年，他一个人生活在山腰，年纪大了，诸多不便，去省城和儿子生活在一起，多好。"

朵朵收拾完手里的菜，站起身。

"真想去看看那块风之田。"我喃喃道。

"千万别！"朵朵听了我的话，直摇头，"去云蒙山虽然只有七八十里，可山路难行，越往上走，野兽、毒蛇越多，而且时不时会有瘴气，碰上了可就惨了。少爷，你可千万别去！"

朵朵睁着眼睛盯着我。

"好啦好啦，做饭吧。本少爷饿了。"我大笑起来。

"千万不能去哦。"朵朵见我服软，满意地点了点头，忙活去了。

风之田……

躺在藤椅上，看着澄澈的天空，听着呼啸的风声，我的一颗心早已飞到了云蒙山。

第二天，一觉醒来，太阳已经爬上了半空。

天气很好，日光和煦，吃完早饭，坐在院子里，可以看到远处波光粼粼的大湖。

云朵压得很低，像是升腾起来的棉花糖。

一群群的白色大鸟在空中翩翩起舞，远山如黛。

真是出去游玩的好时候，我却只能在这里坐着。

爷爷不知所终，滕六几天前说是去省城进货，现在还没回来。

偌大的一个家，只剩下我和朵朵。

虽说我几次三番提出出门逛逛的要求，但都被朵朵驳回了。

"热得要命，太阳又这么毒，少爷这样的小身板，万一出个好歹，如何是好？"朵朵坚决不同意。

"憋在家里无所事事，人都快要生锈了。"我哭丧着脸。

前段时间，因为偷偷下河游泳，得了重感冒，足足躺了一个多星期。如今身体恢复得差不多了，又不需要去上学，难得可以偷懒几天。

"是呀，是呀，体弱多病的笨蛋少爷，就应该多出去锻炼锻炼，否则就成了温室里的花朵。"门外传来了笑声。

抬起头，我也笑了。

"原来是笨蛋五郎呀！"我连忙起身。

矮矮的，胖胖的，圆滚滚的脑袋，圆滚滚的身子，圆滚滚的眼睛，圆滚滚的鼻子……总之，一切都是圆滚滚的。

穿着一件鼓鼓囊囊的红色小褂，下身是红色的裤兜，光光的两条腿，脚上穿着一双高高的木屐。

来者正是咚咚山狸妖首领团五郎。

这家伙是我的好朋友，也是我的小跟班。

"多日不见，甚是想念。"团五郎嘿嘿笑了两声，把手里拎着的一串香鱼递给朵朵。

"来就来嘛，还带礼物，我就却之不恭了。"我看了一眼，是咚咚山下大河里的香鱼，用炭火烤了吃，味道最美。

"听说少爷生病了，本应该前来探望，可这几天一直忙着和对面山里的獭妖们打架，耽搁了。实在不好意思。"团五郎揉了揉脸上的一块淤青。

看样子战况挺激烈。

"不过，看起来少爷的病好得差不多了呀。"团五郎长出了一口气，"我也就放心了。"

好友拜访，自然高兴。我和团五郎一边吃着丁皮爷爷送来的瓜果，一边聊天。团五郎说起如何带领狸妖和獭妖们打架，过程可谓是惊心动魄。

"总之，在我狸妖一族上下一心的努力之下，成功打消了獭妖们在我们上游修建水坝的企图。都说不打不相识，虽然双方受伤十几只，但最后也都体会到了对方的立场，握手言和。最后，我们两族在咚咚山下举行了盛大的焰火晚会，月光、萤火之下，载歌载舞，欢乐了一宿。"

"真精彩！"听完团五郎的讲述，我两眼放光，"真想跟你们一起乐和乐和。"

"那还用说，眼下是一年中最好的时光！"团五郎拍了拍圆鼓鼓的肚子，"天高云淡，草木葱郁，不冷，也不太热，非常适合玩耍！"

"笨蛋五郎，你去过云蒙山吧？"

"自然去过！"团五郎点了点头，"为什么问这个问题？"

"我想去那边玩。"我说。

"很好呀！这一带，云蒙山的风景最好。那里河流纵横，古木参天，林子里生长着各种鲜花和野果，尤其是站在高处，可以将周围一览无余，我每年都会去好几次。"

"那太好了！"我欢欣鼓舞地拍着手，大声欢呼，"本少爷要去云蒙山喽！"

"不可以！"不远处正晾被子的朵朵转过脸来。

"放心吧朵朵，我陪少爷一起去，那里我熟。"

"对，有团五郎陪着，绝对没问题！而且我答应过丁皮爷爷去他家做客，不能言而无信。"我趁热打铁。

在我们俩的坚持下，朵朵只好答应。

"可千万别出岔子！"朵朵盯着团五郎，"少爷要是少了一根毫毛，我要你好看！"

"交给我吧！"团五郎笑道，"我陪少爷去旅行，也不是一次两次了。"

耶！

换上外出的旅行装，戴上草帽，背起巨大的包袱（理所当然放在了团五郎的肩上），我们兴高采烈地出门了。

离开黑蟾镇，走了几里路，很快进入山林。

初夏，风光旖旎。

河流在这里拐了一个大弯儿，周围的山上长满了柳树、白杨、杉树、白桦，没有树的开阔地，山刺玫、胡枝子郁郁葱葱，低洼的地方生长着成片的芦苇、艾蒿，浅水处是一簇簇的菱角和水草，可以看到鱼儿成群嬉戏。

沿着山间的小路前行，听见各种鸟鸣，有朝天翁、斑鸠、画眉、野鸽子以及半空中翱翔的鹰隼。

山风吹过，林木摇曳。高处洒下来的阳光，在枝叶间跳跃、晃动，留下斑驳的光点。

"少爷，咱们得加快步伐，照这样下去，天黑之前到不了丁皮那里。"中午我们在一棵大柳树下吃干粮时，团五郎委婉地提出抗议，"你一会儿去河里抓鱼，一会儿爬上树采野果，一会儿又落在后面走丢了，半天的时间，我们才走了二十里路。这样是绝对不行的！"

"没办法，本少爷在这一带太出名，一进山，很多小妖怪就闻风而至。"我笑道。

"什么出名，是大家都想来看看笨蛋少爷长什么样。"团五郎往嘴里丢了半块馒头，说，"云蒙山一带妖怪很多，野兽也很多，万不得已，咱们不要露宿山林，出了差池，我没法儿向朵朵交代。"

"好。"

接下来，我不得不有所收敛，专心赶路。

山中旅行，如果不看风景，只是行走，是件苦差事。

一开始还有路，走到后面索性连路都看不见。团五郎背着沉重的行囊，手持镰刀在前面披荆斩棘，我跟在后面唉声叹气，双腿如同灌了铅一样,沉重、酸痛。

"少爷,再加把劲儿。"等我们来到云蒙山脚下时,已是黄昏。

浓密的山林被升腾起来的雾气遮盖,昏暗一片。

那些雾,好像流水一样在山间回荡,让整个山峰若隐若现。

"不愧是云蒙山。"我擦着汗赞叹道。

山脚下,一东一西坐落着两个村庄。

村庄不大,每个村庄大概有几十户人家,房舍稀稀拉拉分散着。周围是农田,有的种麦子,有的种水稻,炊烟袅袅,一派祥和。

"丁皮之前种的田在那边。"团五郎指了指。

不远处,是我家那十几亩农田,那片麦子和周围田地里的比起来,又高又壮。

"这就是丁皮之前开垦出来的。"走到边上,我看了看,"多好的田呀。朵朵说后来是因为两边村子起了纠纷,丁皮夹在中间焦头烂额,不得不搬到半山腰。"

"嗯,听说是起了纠纷。"团五郎说。

"什么纠纷?"

"具体我也不清楚,当时两个村子的人把丁皮赶了出去。"

"赶了出去?凭什么?"

"我不知道。"团五郎催促道,"赶紧走吧。"

我们从村子中间穿过,开始攀登云蒙山。

云蒙山又大又高,向上的山路又陡又滑,因为常年云雾缭绕,湿度很大。周围所有的东西感觉都是湿漉漉的。

"当心呀,笨蛋少爷。"团五郎搀扶着我,生怕我摔跟头。

我们手脚并用,一直到太阳落山,还在林子里转悠。

"还有多远?"我呼哧呼哧喘着气,问团五郎。

"快了吧。"团五郎努力分辨周围的地形,"我来的时候都是白天,从来没有在云蒙山走过夜路。"

我俩兜兜转转,中间迷了几次路,又累又饿,在快要放弃的时候,团五郎忽然大叫:"少爷,快到了!"

"这话你已经说了很多遍了!"

"真的快到了!"团五郎高兴地说,"你没感觉到风吗?"

是的,风。深山老林,一般密不透风,但现在,呼呼的大风迎面吹来,吹散了闷热,让人顿感舒爽。

"前面就是谷口。"团五郎道。

我顿时来了劲头,扶着团五郎往前走了几百米后,眼前豁然开朗。

半山腰的一个小小的山谷,两旁是陡峭的山体,中间出现一片平坦的小盆地,大概也就几十亩的面积。

这里被收拾得很好。盆地周围种着高大的白桦树,整齐站立,如同高傲的护卫一般。山间的泉水,被挖好的沟渠引过来,形成了一个清澈的小水潭。水潭周围,是十几亩的田。田里种着麦子,麦秆粗壮,在风中哗哗摆动,根苗健壮。麦田的另一边,是菜地,种着各种蔬菜、瓜果。

靠近山口的位置,是一个小院。篱笆栅栏上爬满牵牛花,院子里堆放着柴火、农具,养着鸡鸭。瓦房用白灰刷墙,干干净净。

"这就是风之田呀。"看着眼前的一切,我由衷赞叹。

靠着一双手,在荒山野岭打造出这么舒适的家园,丁皮爷爷真了不起!

来到门前,我敲了敲门,丁皮爷爷出来,见到我,面露惊讶之色:"文太少爷?!你怎么过来了?!"

"来做客。"我笑着说。

"走了这么远的路,一定很辛苦,快进屋。"丁皮爷爷热情招呼我们。

"这是团五郎,我的好朋友。"我赶紧介绍。

已经变幻成一个胖乎乎的十来岁孩子模样的团五郎,向丁皮爷爷鞠了一躬:"您好。"

"欢迎欢迎!你们还没吃饭吧?稍等一会儿,我去准备。"丁皮爷爷忙活一番,端上了热气腾腾的饭菜。

蘑菇炒鸡肉、蒸野菜、腊肉炒竹笋、香椿炒鸡蛋、鲫鱼汤,用的都是山里的食材,简单烹炒,味道鲜美!

我和团五郎真的饿了,风卷残云,大快朵颐。

"喝杯茶。"吃完饭,丁皮爷爷又给我们泡了壶上好的茶。

他一个人住在这里,很少有访客,所以我们这次来,丁皮爷爷很高兴。

"还是山里舒服,镇子里晚上很闷热,这里却是凉风习习。"坐在走廊上,吹着山风,望着星斗闪烁下的山林,我开心极了。

"是呀,不仅凉爽,而且空气新鲜。"丁皮爷爷从井水里捞出泡了一天的西瓜,切开。

咬上一口,又甜又沙,全身暑热顿消。

晚上,躺在丁皮爷爷给我们收拾出来的柔软的床上,闻着带着松香味的山风,我和团五郎很快睡着了。

不知过了多久,因为一阵奇怪的声响,我醒了过来。

已经是后半夜了。圆圆的月亮挂在空中,洒下皎洁的月光。

扑通,扑通,扑通……

声音从窗外传来,是有规律的闷响,好像是什么沉重的东西砸在了地上。

我捅了捅团五郎,这家伙四仰八叉躺在床上,打着呼噜。

"累了一天还不让人睡觉!笨蛋少爷,什么事?"团五郎说。

"快起来,外面有奇怪的声音。"我低声说。

我们俩爬起来,走到窗边。

外面就是风之田。

山风吹拂,麦浪滚滚。

在麦田中间,出现了一个奇怪的东西!

那东西看起来像是一个巨大的麻袋,浑身雪白,没有头脚,也没有手臂。

它在麦田里缓缓地移动,上面一角落地,接着就翻了个跟头,下面的一角就翻上来。

"什么东西?"我吓得起了一身鸡皮疙瘩。

"似乎……是个大麻袋……"团五郎说。

"胡说八道,你家的大麻袋能自己走吗?!"我睁大眼睛,聚精会神地观望那东西要干什么。

它似乎并没有什么异常之处,只在麦田中"翻滚"着,巡视一圈,然后又沿着小盆地走了一圈,最后回到麦田中央,消失了。

"真是个奇怪的东西!"团五郎说。

"是呀,从来没见过。"

"我也是。"团五郎打了个哈欠,"管它呢,赶紧睡觉吧,我要困死了。"

这天晚上，团五郎很快就呼呼进入了梦乡，我却失眠了，脑子里一直都是那个奇怪东西。

天亮时，丁皮爷爷叫醒了我们。

"吃早饭啦。"他见我一副无精打采的样子，"文太少爷昨晚没睡好吗？"

"睡得挺好。"我撒了个谎，洗漱好后坐在餐桌前。

"今天你们有什么打算？"丁皮爷爷给我盛了一碗鸡蛋汤，"附近好玩的去处不少，溪流里可以钓鱼，那里的鱼又肥又大，上面林地里有大花鹿，犄角非常大，据说看到了会有好运，再往上走四五里，有个古老的庙宇，不过那里已经荒废了，有兴趣的话也可以去看看……"

"您今天要干什么？"我问。

"我呀……"丁皮爷爷咬了一口包子，笑着说，"我要去田里浇水。现在小麦开始灌浆了，是一年中最要紧的时候，它们在努力结出麦粒，要保证它们喝足水，这样结的麦粒才能饱满又结实。"

"今年是个丰收年。"团五郎说，"不过这时候最担心的应该是虫害吧？"

"看不出来你对种庄稼还挺在行。"丁皮爷爷夸奖了团五郎一番，"是呀，麦子长成青苗的时候，特别要防范虫子，尤其是蝗虫，它们最喜欢吃这个时候的新鲜麦叶。不过，我这里是从来不用担心的。"

"为什么？"我问。

"因为它是风之田呀。"丁皮爷爷笑起来，"蝗虫是不敢来的。"

"我们帮您干活吧。"我说,"不能白吃白住呀。"

吃完早饭,我和团五郎戴上草帽,帮丁皮爷爷浇田。

浇田很辛苦。需要挑着水桶到水潭取水,再返回来浇地。

沉重的扁担压在肩上,火辣辣地疼,只挑了一会儿,我的肩膀就又红又肿。

再看丁皮爷爷,虽然八十八岁了,依然脚步稳健,在水潭和田地间往来穿梭。

"文太少爷,赶紧去休息吧。"丁皮爷爷担心我受伤,指着麦田中间的田埂,"去喝点儿水,吃点儿东西。"

"唉，我真是没用呀。"

我耷拉着脑袋，放下水桶，穿过麦田，来到中间的田埂，还没坐下，就被眼前的东西吸引了。

这似乎……是一个小小的庙宇！

对，田埂上的小庙宇。

用砖头和灰土垒成的一个小小的神龛，只有膝盖那么高，前面放置着一张用青石雕刻而成的供桌，供桌上供着一个铺着桑叶的饭团。

我冲团五郎挥了挥手，这家伙不情愿地走了过来。

"哇，土地祠呀。"团五郎说。

黑蟾镇一带，田地里经常能看到土地祠，里面供奉着土地公公、土地婆婆，农人借此祈求田地安宁。

"不是哦。"我指了指神龛，"里头可不是土地公公和土地婆婆。"

"呀！这不是昨天晚上见到的那东西吗？"团五郎也发现了。

是的，神龛里面供奉的，是一个用木头雕刻的东西，和昨晚在麦田里见到的一模一样，正是没有头脚、白色麻袋一样的那个东西！

"看来是神灵哦！"我说。

"应该不是吧。"团五郎摇了摇头，"我还没有听说过哪个神灵长这模样。"

"那是什么？"

"不是神灵，那就是……妖怪。"团五郎说。

"也有可能。"我点头。

黑蟾山一带，妖怪众多，各种稀奇古怪的都有。

要是爷爷在就好了,他博闻强识,一定清楚这是什么。

想到这里,我突然瞪大了眼睛。

"怎么了?"团五郎注意到我的异常。

"我明白了。"我低声说,"上次丁皮爷爷去我家,是找我爷爷帮忙的。"

"帮忙?"

"嗯。他说自己梦见老伴,怕是活不长了。他担心自己走了之后,田里的朋友无人照顾,所以想找爷爷帮忙。"

"丁皮身体很好,不像是……"团五郎挠了挠头,"所谓的朋友,难道是这东西?"

"看来得问问他。"我说。

这一天,在我和团五郎的帮助下——主要是团五郎,本少爷我基本上算是个累赘——丁皮爷爷浇了三亩地,超额完成了今天的任务。

晚上,我们坐在院子里吃饭。累了一天,吃起饭来就格外香。

吃完之后,依旧是坐在走廊上乘凉。

这时,我再也忍不住了,小心翼翼地问道:"丁皮爷爷,田埂上的神龛里,供奉的是什么呀?"

"哈哈哈,看来还是被你们发现了。"丁皮爷爷笑了笑,"它就是我说的那位朋友。"

果然!

"昨晚,我还看到它了。"我说。

"是了是了,每年到这个时候,它都会出来保护麦田。"

"保护麦田?"

"是的,很辛苦的。拜它所赐,这块田才能成为旱涝保收、每年都能大丰收的风之田呀！"

"这到底是怎么一回事？"

"说来话长喽。"丁皮爷爷笑起来，望着外面的麦田，"好多年前，我在山下种田……"

"这个我听说了，后来因为起了纠纷，您才搬到山上的。"

"是的。山下那块田，辛辛苦苦开垦出来，获得了丰收，结果人们蜂拥而至，最后形成两个村子。大家辛勤耕耘，收获粮食，过上了幸福的日子，这是好事。但那一年，出了问题。"

"怎么了？"

"山下的那块田，土地并不是很肥沃，即便是我辛勤耕耘，也不可能获得那样的大丰收。你们知道为什么吗？"

我和团五郎齐齐摇头。

"原本那块田，荒芜一片，生长着很多荆棘，土里也有很多石头。我费了很大力气才收拾干净，在这个过程中，我发现了一个奇怪的东西。"

"就是您的朋友，'大麻袋'？"团五郎问。

丁皮爷爷点了点头："我也不知道它来自哪里，有天晚上，它出现在田里，见田地被重新开垦出来，似乎很高兴，手舞足蹈地。刚开始，我很害怕，后来发现它并不伤害人，就放心了。当时山下只有我一个人，有这么一个朋友做伴，也不错。所以很快，我和它便熟悉了，晚上碰见，跟它聊聊天，挺好玩。"

"它能说话？"

"不能，但是能听懂我的话。"丁皮爷爷说，"麦子长出来，成为青苗，它晚上就开始在田里巡逻。说来也奇怪，自从它到了田里，那些害虫便消失得干干净净，庄稼也长得很好。我觉得是它在保护田地。因为我的辛苦，还有它的守护，才能取得大丰收呀。"

丁皮爷爷喝了一口茶，说，"后来太多的人来到山下，形成了两个村庄，有人发现了这个秘密。他们说那东西是妖怪，因我而来，便想方设法驱赶我。被逼无奈，我只能搬到半山腰重新开垦。"

"那东西呢？"

"依然留在山下那块田里。"丁皮爷爷说，"那一年，哦，也就是发生蝗灾的那一年，原本长势喜人的庄稼地，突然出现了蝗虫，村里的人心急如焚。有人发现它半夜在田里游弋，就坚持说蝗虫是它引来的！为此，他们不仅冲着它开枪、放鞭炮，还举行盛大的驱魔仪式。那东西被人们驱赶得狼狈不堪，四处躲藏，之后被我碰见了。"

丁皮爷爷叹了一口气："它孤零零地远离田地，畏缩在山林里，很可怜。我邀请它到我这里来，它便跟在我后头，来到了这里。"

丁皮爷爷深情地说："谁料到，它来之后，我的田里庄稼丰收，而先前驱赶它的村庄，因为蝗灾，颗粒无收。"

"我听说，那年你把粮食送给了灾民，救了不少人。"

"准确地说，是我和它共同的决定。蝗灾之后，它一直望着山下，我把想法告诉它，它频频点头。"丁皮爷爷说，"后来我娶妻生子，它也成了家庭的一员。"

"它到底是个什么东西？"团五郎问道。

"我问过老爷，老爷说它是青苗神。"

"青苗神？那就是神仙了？"我说。

"不是。老爷说，青苗神是一种古老的精怪，是田地所化。"丁皮爷爷笑了笑，说，"田地养活农人，带有灵气。如果农人勤奋耕耘，天长日久，田里就会出现青苗神，它会帮助农人驱赶害虫，保护庄稼，给农人带来丰收。因为这个原因，我在田里为它建起栖身之所，供奉它。"

原来是这么回事。

"文太少爷，我年纪大了，身体一天不如一天。如果我死了，它该如何是好？"丁皮爷爷长叹一声。

"它还会继续守护这里。"我安慰道。

丁皮爷爷摇了摇头："许多年前，我刚见到它的时候，它比现在高大多了。这些年，我能耕种的田地越来越少，它也变得越来越瘦小。既然是田地所化，如果这块田不再被耕种，重新变得荒芜，它就会消失的吧？"

我沉默了。

"即便是把田地卖给别人或者送给别人，恐怕新主人见到它也会感到恐惧，进而驱赶它。没有人能像我这样，和它成为很好的朋友。"丁皮爷爷说。

"所以这些年，您一个人坚守在这里，即便是儿子让您去省城享福，您也没去。"我说。

"是的。我不能离开这里，离开它。"丁皮爷爷深情地望着田埂中的小小神龛。

那天晚上，躺在床上，听着青苗神在田地里行走的声音，我又失眠了。

我和团五郎在丁皮爷爷家里待了两天，帮他浇完了所有的田地才告辞。

回到家里，我闷闷不乐。

朵朵见状，十分担心，询问我原因。

我将实情告诉朵朵，朵朵也没什么办法。

"等大老爷回来吧。说不定他有主意呢。"朵朵说。

五天之后，爷爷回来了。

头发蓬松、满身酒气的他，回来第一件事，就是抢走我的藤椅，舒舒服服坐下。

"可把我累坏了！"老头捋着山羊胡子说。

"一天到晚在外面快活，的确够累的。"我讽刺道。

"你这家伙！"他瞪大眼睛，心虚地说，"也不全是快活，我也干了一点儿正事。"

"什么正事？"

"总之就是……正事啦！"他摆摆手，"哦，丁皮死了。"

"什么？"我大吃一惊。

"应该是前天晚上去世的，睡梦中无疾而终，算是喜丧了。"爷爷说，"我帮他入殓，又找人发电报给青苗那混账小子，让他赶紧回来奔丧。"

"前几天我去他家，他还好好的！"

"人呀，就这么回事。"爷爷说，"年纪一大，说走就走。"

爷爷昂着头，朝外面喊："朵朵！赶紧给我做饭，吃完饭我要去丁皮那儿，今天晚上青苗赶回来祭奠，明天早晨要下葬。"

"我也去。"我说。

"你去干吗？"

"相识一场，送个别。"

"也行。"爷爷想了想，答应了。

丁皮爷爷的葬礼，简朴又隆重。

半山腰的那栋房子里，前来为他守灵的人络绎不绝，很多都是他多年来救助过的乡亲。

人们聚在一起，喝着酒，小声交谈着，说的都是丁皮爷爷的往事。

因为是喜丧，大家并没有多伤心，有时候聊着聊着会笑出声来。

看得出，丁皮爷爷人缘很好。

棺材前，跪着一个看上去约为五十岁的人，身形高大，穿着孝服，戴着金丝眼镜。

他是丁皮爷爷的儿子青苗。身后是他的妻子和孩子，以及孙子和孙女。

"早就跟他说，让他搬到我那里享福，根本不听！非得守着这么个破地方！说句不孝顺的话，要不是慕白叔您发现得早，尸体烂了都没人知道！"青苗抹着眼泪说。

他对父亲很有意见。

爷爷坐在旁边，抽着烟锅："他有他的想法。"

"什么想法？！我那里三层小楼，光厨子就有四个，出门坐小车，吃喝拉撒有人伺候，比这破地方强百倍！"青苗仍在抱怨。

"破地方？！"爷爷火了，"你小子小心说话！在你眼里，这里是破地方？！"

爷爷指着外面的田地："你爹一个外来户，辛辛苦苦白手起家，硬是将这里开垦成良田，日夜操劳，供你读书，让你出人头地。你现在的一切，都是因为这块田，都是你爹的功劳！"

"我知道……"青苗低下头。

"这里怎么就成了破地方？！"爷爷咣咣敲着烟锅，"你小子现在出息了，便瞧不上你爹，忘了出身了？！"

"不敢……"

"不管你官有多大，钱有多少，都要记住，你是在这云蒙山里长大的娃，有一个土里刨食的爹！人呀，不能忘本！"

青苗被爷爷训得不敢反驳，嘟囔着嘴，又说："我也不是没良心的人，我接他回城，也是想孝顺他。我爹，一辈子不容易……城里起码比这儿好……"

说着说着，豆大的泪珠从青苗眼中落了下来。

"那是你一厢情愿。"爷爷说，"他跟你回城，两眼一抹黑，在这里有他熟悉的一切，有老屋，有你娘的坟，有朋友……"

"哪有什么朋友，孤零零一个人。"

"怎么没有？！"爷爷瞪了青苗一眼，"你这名字，都是你爹从一个朋友身上取的！"

听了这话，我立刻明白了。

青苗沉默了。

"你爹的丧事，你打算怎么办？"

"听慕白叔您的。"青苗掏出卷烟，双手递给爷爷，说道，"丧事之后，我打算把我爹和我娘迁葬到城里去，公墓我都找好了。这田地和这老屋，我想找人给卖了。"

"活着的时候都不愿意去城里，死了能去？"爷爷摇了摇头，"我了解你爹，他之前也说过，死了就埋在你娘旁边，哪儿也不去。"

青苗抬起头。

"看什么看？这事儿就这么定了！"爷爷哼了一声，又说，"至于老屋和田地，这里荒山野岭，没人愿意来，卖出去的可能性很小。你要是愿意，卖给我吧。"

"听慕白叔的。"青苗点了点头。

爷爷从口袋里掏出一封装着现大洋的信封，递给青苗。

应该有五十块吧。这价格远远超过了正常的田价。

"安心送你爹最后一程，接下来你回城继续享你的福。但凡有点儿良心，逢年过节回来给你爹和你娘扫个墓。"爷爷说。

"好。"青苗答应了。

丁皮爷爷的丧事在爷爷的指挥下，操办得很顺利。棺椁风光下葬，当天下午青苗就带着家人离开了。

参与葬礼的人，傍晚举行了一场犒劳宴后，也陆陆续续作鸟兽散。

晚上，重归沉寂的老屋，只剩下我和爷爷。

"丁皮这一辈子，苦呀。"坐在走廊上，爷爷抽着烟，叹了一口气。

我双手捧着脸，望着那块麦田。

主人不在了，麦田随风起伏，沙沙作响，听起来很像低低地呜咽。

"咦，爷爷！那是⋯⋯"我突然低声惊呼起来。

月光之下，在丁皮的坟前，矗立着一个身影——麻袋一样的白色身体，正站在那里一动不动。

"是青苗神。"爷爷眯起眼睛，"田地的精怪，因为丁皮对土地的爱惜，因为丁皮的勤劳而被唤醒，和丁皮相互陪伴了几十年。"

"它现在一定很伤心吧？"

"自然。"爷爷说，"所谓的妖怪，和人并没什么不同。有时候，妖怪反而比人更善良、更单纯。"

"接下来怎么办？"我看着爷爷，"丁皮爷爷去世了，田地如果无人打理，青苗神会消失的。"

"所以这几天我在忙呀。"爷爷收起烟锅，"我找了一家人。"

"一家人？"

"嗯。刚刚外迁来的一家人，一对夫妻领着一个姑娘，老家毁于战乱，身无长物。那家人挺好的，男人老实勤劳，女人贤惠能干，我把这老屋和田地，送给他们。不过呢，有条件。"

"什么条件？"

"好生照顾丁皮和他媳妇的坟，永远不能让田地荒废或者把它转手卖出去。"爷爷站起身，打了个哈欠，"明天应该就会到了。时候不早了，赶紧睡觉！"

晚上，躺在床上，我又听到了那声响——

扑通，扑通，扑通……

即便丁皮去世，青苗神还是像往常一样，忠心耿耿，尽职尽责地巡视着风之田。

第二天早晨，我被门外的交谈声吵醒。

爷爷说的那一家人，早早地到了。

男人三十多岁，精干老实，女人盘着发，眉目含笑。他们的女儿，应该有六七岁吧，大大的眼睛，活泼可爱。

"今后好好过日子。"爷爷笑着说，"走，带你们看看田，这可是黑蟾镇一带最好的田了。"

在爷爷的带领下，大家走进田地。

男人和女人很满意，不停对爷爷道谢。

"妈妈，这是什么？！"走到田地中间的田埂上，小姑娘发现了神龛。

"呀，应该是供奉的土地公公、土地婆婆吧。"女人说。

小姑娘蹲下身，伸着头往神龛里面看："不是土地公公、土地婆婆哦！妈妈，里面是一个大麻袋！"

"大麻袋？"女人低头看了看，"呀，真的是呢。不过，妮儿，即便不是土地公公、土地婆婆，也应该是保护大家的神灵哦。"

"是青苗神，守护这片田地的精怪。"我在旁边说。

"哦！"小姑娘从口袋中掏出一块皱巴巴的糖果，恭敬地放在神龛前。

那应该是她最珍贵的东西吧。

"青苗神呀青苗神，请继续守护我们吧。"小姑娘双手合十，祈祷着。

"请继续守护我们。"男人和女人也同样对着神龛躬身施礼。

我和爷爷相互望了一眼，笑了起来。

起风了。

山风呼呼地吹拂山林，雾气又弥漫开来。

"那一家人，看起来很好。"下山的路上，我对爷爷说。

"嗯。他们应该会幸福地生活在一起。"

"嗯？"

"我说的是青苗神啦。"爷爷大步往前走，"他会和那一家人，相互陪伴，幸福地生活，就像他和丁皮那样。"

"是了。"

爬上一个小小的土坡，我忍不住回望。

大风里，云雾中，依稀能看到那个身影站在田地间的青苗之中。

麻袋一样的白色身影。

要幸福哦，青苗神！

要幸福哦，大家！

野

湯林小築

门之食

故门之精名野,状如朱儒,见人则拜。以名呼之,宜饮食。

——《白泽图》、宋·李昉《太平御览》

"总算是好了些。"大夫号完脉，长出了一口气，"不过还是得特别注意，哮喘这种病，可大可小，尤其是像文太少爷你这种情况。"

我躺在床上，呼哧呼哧大口喘着气，喉咙里像藏着一个风箱。

哮喘是老毛病了，自从生下来，每年都要犯很多次。正因为这个原因，我不得不休学，被爸妈送到乡下老宅来。

黑蟾镇空气清新，到了这儿之后，我喜欢四处疯跑，美其名曰强身健体，没想到病也逐渐好了不少。这一年多，也就犯过两三次。

但这一次，病情来势汹汹，和往常不一样。

也许是前些日子去云蒙山操劳，又吹了凉凉的山风，搞得胸口发闷，喘不上气，整个人如同被装进了袋子中，憋得脸色发紫。

爷爷不在家，十有八九又跑出去快活了。幸亏滕六在，赶紧给我推拿、揉搓，又请了大夫。

大夫年纪很大，是百里外小城的名医，经验丰富。经过他的精心治疗，我的哮喘病总算有了好转。

"太好了，终于可以出去玩了。"足足在床上躺了一个多星期的我，欢呼雀跃。

"消停点儿吧！"滕六狠狠白了我一眼，"没听见大夫说吗？要特别注意，你还是老老实实待着吧。"

"我躺得手脚发麻！"我坐起来说，"总躺着不是个事儿，越躺越没精神，而且房间里空气不流通，全是药味，到外面呼吸下新鲜空气，对康复肯定有帮助。"

"得了吧，你想出去玩而已，别以为我看不出来。"滕六满脸嘲讽。

"其实呀……"大夫被我俩吵得心烦，摆了摆手说，"少爷说得对，一直躺着也不行。"

"你看，大夫都说了！"我笑了起来。

"不过，跑到外面吹风，也是不行的。"大夫话锋一转，"现在百花盛开，若是吸多了花粉，少爷的哮喘可能会更严重。"

"你看，我说得对吧！"滕六接道。

这大夫，纯粹是个墙头草嘛！

"躺着不行，出去也不行，那怎么办？"我急了起来。

"可以去院子里坐坐，活动活动。"大夫说，"眼下少爷这种情况，适合静养。"

"院子里坐坐？有什么好坐的！"我垂头丧气。

我家院子虽然面积不小，可一天到晚待在里面，根本没什么乐趣。

"少爷听说过'汤林小筑'吗?"大夫咳嗽了一声,问我。

"打住!"滕六听到这话,像被马蜂蜇了一样,"赶紧打住!大夫,病看完了我送你回去,你可别添乱了。"

"这怎么能叫添乱呢?"大夫有些生气,"我这也是为少爷好,少爷要是去那地方泡泡温泉,会康复得更快。"

"温泉?!"我两眼放光。

躺在舒服的温泉里,吃着西瓜,聊着天,真是享受呀!

"他哪儿也不去,老老实实待在家里。"滕六一把搀起大夫,"我送你回去,马车我都套好了。"

"让我说完呀……"

"别说啦!走吧!"

滕六像绑架一样,架起大夫出了门,留下目瞪口呆的我。

汤林小筑……这名字,好听。

我喃喃自语:"得想办法……"

午饭很简单,蔬菜麦仁粥,素馒头,西红柿炒鸡蛋,清炒丝瓜。

"朵朵,你这是喂马吗?没一点儿荤的。"我毫无胃口。

自打生病,顿顿吃素,实属寡淡。

"这不是荤的嘛。"朵朵指了指鸡蛋,"滕六说了,你一点儿荤腥都不能沾。"

"唉。"我痛苦地举起筷子。

"你还是死了那门心思吧。"朵朵坐在我旁边,盯着我。

"什么?"

"别以为我不知道你在想什么。汤林小筑,是不?"

"朵朵真是我肚子里的蛔虫。"我满脸堆笑,"大夫说去泡泡温泉,我的病很快就能好。可恶的滕六,偏不让我去。"

"他也是为你好。"朵朵说,"那地方,不适合你。"

"为什么不适合?"

"反正就是不适合了。"朵朵不愿意多说,转身忙活家务去了。

吃完午饭,我坐在院子里,百无聊赖。

"少爷看起来心情不好哟。"

身边传来了一道声音。

四处看看,空无一人。

"在这里呢!"花丛中冒出一个小小的脑袋。

"原来是蛤蟆吉呀。好久不见。"我笑起来。

一个巴掌大的紫黑蛤蟆蹦出来,穿着红色的大裤衩,奇丑无比,脑袋上戴着顶小小的草帽。

这家伙是黑蟾山蛤蟆老大三太的儿子,名字叫阿吉,别看个头小,本领却很大,也是少爷我的好朋友。

"听说少爷病了,特来拜访。"蛤蟆吉很有礼貌地送上自己的礼物。

是一片小荷叶做成的包裹,用藤草扎着。打开,里面装的是一把肥硕的紫色桑葚。

捡一颗丢进嘴里,又酸又甜,好吃!

"谢谢。"我给蛤蟆吉泡了杯茶,"最近在忙什么?"

蛤蟆吉跳到桌子上,挨着茶盘坐下:"当然是修行了。唉,有个溺爱的老爹,简直让人受不了。"

蛤蟆老大三太,是黑蟾镇一带的大妖怪,脾气暴躁,能动手的时候绝不动口。阿吉是他唯一的儿子,三太疼爱得要命,简直是捧在手心怕摔着,含在嘴里怕化了。

蛤蟆吉个性要强,不想依靠老爹的庇护成长,一心想独自闯天下,去年和三太吵了一架,总算是搬出来自立门户。自此之后,他便在河边的洞穴里刻苦修行,让我刮目相看。

"我这老爹三天两头来看我,送吃的送喝的,有时还赖着不走,生怕我遇到麻烦,哦,前几天,还派了两个手下来我家,被我轰走了。"蛤蟆吉不耐烦地说。

"你老爹疼你,也是为你好。"我说。

"我当然知道,不过总是这样,我岂不是成了温室里的花朵,跟少爷一个德行了?"

这话说得有些过分了!

或许是意识到自己的话伤害了我脆弱的自尊心,蛤蟆吉赶紧转移话题:"少爷的病,什么时候好?"

"大夫说得静养一段时间。"

"得赶紧好些呀,现在外面正是好玩的时节。明天我还跟庆忌约着去大湖里钓鱼呢。"

庆忌是住在水里的妖怪,绰号"大嘴男"。

"说起这事,我挺生气的。"我打开了话匣子,"大夫说如果我去泡温泉,会好得快些,但滕六不让。"

"温泉呀……"蛤蟆吉笑道,"这主意不错!好多年前,我大病一场,老爹带我去汤林小筑休养了一段时间,病立马就好了。"

"汤林小筑?你也去过这地方?"我兴奋起来。

"当然啦。咱们这一带,不少地方都有温泉,但最好、最舒适的温泉旅店，就是汤林小筑啦。那里不仅环境好，住得舒服，菜肴也特别美味，我最喜欢吃他们家的壁炉烤鸭。自家养的麻鸭，洗净褪毛，刷上松子油、蜂蜜，内腔塞好独门的调料，精心烤熟，趁热端上来，削成薄薄的肉片，外皮油光发亮，咬上一口……哎呀，那滋味……"

我的口水不由自主地流了下来。

好想吃！

"汤林小筑是出了名的老店，算起来，有一百多年的历史了。"蛤蟆吉如数家珍，"第一任东家是大富豪，看中了那片山地中的温泉，退休之后，花了大价钱建起了旅店，旅店足足有几十亩，光房屋就有几十栋。里面有亭台楼阁，各种奇花异草，假山怪石，景色优美。最绝的，还是温泉。"

蛤蟆吉跷着二郎腿，说："一共有四十五个温泉房间，每一处温泉，温度都不一样，据说所含的矿物质也不相同，疗效自然也不一样。旅店会针对客人的身体状况，调配各种中药，在客人泡的时候撒进去，有病治病，无病强身健体。四十五个房间，需要提前半年预订才能住得上。在那里，吃喝玩乐，可爽了！"

"既然这么好，滕六为什么不让我去？"我有些不理解。

"汤林小筑位于眉黛山下，距离这里有一百八十里，山路不好走。"

一百八十里，的确好远。

"不过这点儿路程，我用土遁术带着少爷，不成问题。"蛤蟆吉说。

土遁术是蛤蟆吉的拿手好戏，转眼之间就能到千里之外，先前我和蛤蟆吉屡试不爽。

"滕六大人不让你去，恐怕还有别的原因。"蛤蟆吉欲言又止。

"什么原因？"

"汤林小筑最近快要倒闭了。"

"咦？！这么好的温泉旅店，为什么会倒闭？你不是说他们的房间需要提前半年预订才能住上吗？"

"具体情况，我也说不清楚。"蛤蟆吉说，"汤林小筑现在的东家，叫喜八。"

"这名字挺有趣。"

"他爹生了七个女儿，然后才有了他，所以叫这个名字。"蛤蟆吉继续说，"喜八今年五十多岁，是个很和善的家伙，头脑也灵光，汤林小筑在他的经营下，蒸蒸日上。但是听说从去年开始，旅店就出现了怪事。"

"哦？"

"先是不明原因关店两个月，搞得客人们十分火大，后来虽然开门了，但多了许多的规矩，不允许客人随意走动，客人们意见就更大了。再后来……竟然出现了妖怪的传闻。"

"妖怪？"

"嗯！有人说半夜在里面看到了可怕的妖怪。"蛤蟆吉摊了摊手，"事情传得沸沸扬扬，那些原本想去的人，纷纷打起了退堂鼓。虽说泡温泉很享受，但没人愿意招惹妖怪。"

"妖怪也没什么可怕的。"

"少爷你自然不在话下，但在寻常人的印象里，妖怪总是可怕的东西。"

"好想去泡温泉、吃烤鸭。"我盯着蛤蟆吉。

"别这么可怜巴巴地看着我,滕六大人和朵朵不答应,我可不敢私自带你去。之前好几次,朵朵把我打得屁滚尿流。"蛤蟆吉如是说。

得想个办法。

当天下午,我给滕六安排了个差事——爷爷不着家已经七八天了,我让滕六赶紧去找回来。

"我有很重要的事需要跟爷爷说。"我如此郑重地告知滕六。

滕六没办法,只得奉命行事。

然后我开始游说朵朵,费尽口舌。

"大夫说泡温泉对身体特别好,我想去休养一段时间,乖乖待在屋子里,什么也不干,不会出问题的。"我唾沫飞扬,"至于闹什么妖怪,十有八九是人们瞎说的,即便有妖怪,也不会伤害我这么可爱的少爷。"

朵朵被我磨得没办法,只得点头答应。

"有什么风吹草动,立刻施展土遁回来。"朵朵叮嘱蛤蟆吉。

"放心吧。"蛤蟆吉使劲点头。

收拾好了行囊,蛤蟆吉让我闭上眼睛,然后高呼一声:"土遁!"

身体立刻下沉,感觉周围有微微的压力传来。

不知过了多长时间,那种压力骤然减轻,蛤蟆吉说了句"到了,少爷"。

睁开眼,我"呀"的一声叫出声来。

真壮观!

这里是一个小镇。

说是小镇,但比黑蟾镇大多了。上千户人家沿着一条宽阔的街道比邻而居，房屋整洁干净，鳞次栉比，除了民居，还有贩卖各种商品的商铺，街道上车来车往，人流不断。

在街道的尽头，大山的脚下，是一片微微起伏的山地。

山地上生长着古老的林木，怪石嶙峋，景色最好的一片，被雪白的围墙圈起，占地广阔，耸立起亭台楼阁。

我们站在其中一栋的大门下。

看得出来，大门很有年头，用年月久远的松杉之类的木头制成，足有三四米高，门上面镶嵌着硕大的金色门钉，整体涂成朱红色，上面更有层层斗拱的门楼，覆以碧绿色的琉璃瓦，檐角翘起，气势非凡。

蛤蟆吉跳进我的口袋隐匿起来，我则走向门口。

"请问有何贵干？"站在门口的伙计见我走过来，急忙上前。

"来你们这里，自然是泡温泉啦。我要最舒服的一间，对了，你们的烤鸭也来一份！"我说。

伙计上下打量了我几眼，脑袋摇得如拨浪鼓一般："对不起，我们这里今天不营业。"

"我可是走了很远的路，慕名而来哦。"

"那也不行。我们今天不招待客人。"

"难道客房都满了？"

"没有。一个客人都没有。"

"既然没有客人，为什么不让我进去呢？有生意也不做？我有钱。"

"不是钱不钱的问题。"伙计皱起眉头，"东家有吩咐。"

我还要分辩，这时从门里走出一个人，年纪六十左右，矮矮的，胖胖的，穿着一件黑色的绸衫。

"这是……方相家的小少爷？"那人看着我，问道。

"你是？"这人我不认识。

"他是我们大掌柜。"伙计忙道。

像汤林小筑这样的大产业，东家一般是不会亲自经营的，往往会雇用一个经验丰富、忠心耿耿的人做大掌柜，全权负责，自己则落得清闲自在。

所以在汤林小筑，除了东家喜八之外，眼前的这位就是管事人了。

"哦，大掌柜好，我叫方相文太，你认识我爷爷？"

"果然是！"大掌柜一把拉住我的手，"看你这眉眼，这气度，就和大老爷一模一样。文太少爷，在你小的时候，我还抱过你呢。"

大掌柜笑了起来。

"我还真……记得不太清楚了。"我不好意思地挠了挠头。

"那时候你还是个小不点儿，只有五六岁。"大掌柜道，"我姓顾，大家都叫我顾老六。"

顾老六扭脸对伙计道："刚才看见你在和文太少爷争执，怎么回事？"

我急忙将来意表明，对顾老六说："不怪伙计，是我之前没打听清楚。"

"今晚我们这儿的确不太方便，因为要举行一场大法事，请了一帮道士、僧人，林林总总七八十位，平时的房间都安排满了。"顾老六笑道，"不过文太少爷要泡温泉疗养身体，无论如何也得满足，否则东家知道了，得打断我的腿。"

顾老六想了想,对我说:"我来安排吧,文太少爷随我来。"

我抬起脚,迈过高高的门槛,走进那两扇气势非凡的朱门。

一到里面,大开眼界。

宽阔的石板路,一尘不染,草坪修剪得整整齐齐,古柏巨松,假山怪石,鸟语花香,美不胜收。

"真是百闻不如一见。"我连连赞叹。

"是呀,咱们汤林小筑是方圆几百里最出名,也是最大的温泉疗养之地,以前省里的督军都来过,接待过不少达官显贵。"路上,顾老六一边走一边给我介绍。

汤林小筑的布局,根据山势规划,围绕着天然的泉眼建造出一个个独立的小院,而且这些小院的建筑风格也各不一样,有的白墙黑瓦,有的竹林茅舍,有的富丽堂皇,有的清雅素净,难怪人们接踵而来。

"所有的客房都满了,这是东家的私院。"兜兜转转,顾老六领着我来到一个院子跟前。

院子被设计成苏式的园林,主体是一栋木结构的房舍,回廊曲折。院里有三个房间,一个房间里是巨大的温泉池,烟雾缭绕;一个是卧室,开窗就能看到满眼的山色;另外一个则是会客厅。小院不仅布局巧妙典雅,陈设的器物也是极为精致。

"这个院子是不对外开放的,专门供东家一家人使用。"顾老六指了指邻近的一片楼舍说道,"闲着的时候,东家或者小姐,就会过来泡一泡温泉。不过,已经很久没人用过了。文太少爷还没吃饭吧?"

顾老六拍手招来两个仆人:"赶紧给文太少爷准备酒菜。"

趁着仆人忙活,顾老六引我来到会客厅。

会客厅内没有桌椅板凳，铺着蒲草编制的叠席，放着蒲团，有着巨大的开窗，绵延的眉黛山尽在眼前。

"文太少爷尽管在这里住下，吃喝用度，吩咐便是。只是有一点，除了这个院子之外，别处不要去。"顾老六笑着说，"请务必遵守。"

这要求听起来有点儿奇怪。不过客随主便，我也不好意思说什么。

没一会儿，仆人们端上了饭菜。

不愧是汤林小筑，菜肴色香味俱佳，放在薄如蝉翼的青花瓷器皿之中，别说是吃，光是看一眼，都赏心悦目。

"大掌柜，有件事我很好奇。不知当问不当问？"

"请讲。"顾老六给我倒了一杯酸梅汤。

"刚才你说今晚府上请了道士和僧人举办一场大法事，难道是碰到了什么难事？"我问。

请道士或者僧人作法事，挺常见，不过寻常人家请一两位就足够了，汤林小筑竟然请了七八十位，而且僧道两全，显然非同一般。

"这个……"顾老六并没有马上回答，而是沉思了一会儿，叹了口气，"我若是说了，少爷万不可外传，否则东家怪罪下来，我这差事恐怕保不住。"

"放心，我会保密的。"

"主要是为了……我家小姐。"顾老六低声说。

"小姐？"

"嗯。东家家财万贯，膝下只有一独女，名叫眉黛，就是眉黛山的眉黛。"顾老六顿了顿，继续说，"小姐自小便被视若掌上明珠，备受呵护。我家小姐呢，原先也是生得亭亭玉立，琴棋书画样样精通，而且模样长得俊呀，是我们这里出了名的美人。"

顾老六的这些话中，"原先"两个字引起了我的注意。

"可惜，两年前，出了一些变故。"顾老六给自己倒了一杯酒，一饮而尽，"小姐突然得了怪病，足不出户，东家遍请名医，连西洋的医生都重金请了好多回，也都束手无策，只得请人来作法。这两年，各地有名的法师请了一拨又一拨，小姐的病情依然不见起色，这次请的是三山五岳的大法师、高僧大德，也是我们最后的希望了，所以东家特别重视，闭门谢客，生怕出一丝一毫的乱子。"

"既然是生病，应该去医院，一家看不好，就去另一家。法事这种事，当不得真。"我说。

"少爷你不清楚内情，我家小姐那病，不是一般的病。"

"那是什么病？"

"这个……不好说……"顾老六面露难色，"是一种很奇怪的病，不少经验丰富的医生见了小姐，都吓得落荒而逃。"

顾老六不愿意多说，沉声道："少爷你在这里休养，其他的别问了。"

"好。"

我们两个人吃喝了一会儿，顾老六起身告辞。

晚上的法事不仅人数众多，而且需要各种安排，顾老六是总指挥，事无巨细，都得管。

"哎呀，可闷死我了。"顾老六一走，蛤蟆吉立刻从我的口袋里跳出来，坐在桌子上大快朵颐。

"这里挺奇怪的。"我说。

"少爷，不要管闲事。你来这里只管泡温泉疗养，其他的事和我们无关。"蛤蟆吉提醒我。

吃完饭，我们俩换上衣服，来到院子里的温泉池子，舒舒服服泡在里面。

天然的温泉口，并没有任何改动，只是顺着地形修建起池子，水温适宜，身子浸在里面，只露脑袋在外面，十分舒爽。

泡完温泉，穿上衣服坐在木质的走廊里乘凉，吹着山风，全身舒爽，太享受了！

"果然不同凡响……"我对此地赞叹有加。

话还没说完，忽然听见咣的一声。

是钟声。

"应该是法事要开始了。"蛤蟆吉道。

"真想去看看呀。"

"虽然顾老六不让我们出院子，但这里地势较高，爬到屋顶应该可以看到。"蛤蟆吉出了个主意。

我们俩费尽力气爬上屋顶，居高临下，将周围的一切看得清清楚楚。

夜空澄澈，月光如水。汤林小筑四处都亮起了灯盏。

尤其是我们对面的那片建筑，也就是喜八及家人的宅地，阔大的三进院落，里面灯火通明。

"那儿应该是小姐的阁楼。"蛤蟆吉指了指。

最后一进院落，修建得格外精致，庭院中间搭建起巨大的法台，下方是熊熊燃烧的火堆，三四十位道士鱼贯而入，有一个须发皆白的老道士端坐在法台之上，其他的道士围绕着法台，有的挥舞桃木剑，有的摇响法铃，有的抛撒符咒，令人眼花缭乱。

前面院落的空地上，左右两排僧人席地而坐，高声诵经，此起彼伏。

"这阵势，真是厉害。"蛤蟆吉道，"看得我心惊肉跳的。若是我在那边，肯定会被消灭吧。"

这场大法事，整整持续到半夜方才结束。

看着道士、僧人离场，那片建筑重新恢复寂静，我和蛤蟆吉也有些累了。

"你说，他们成功了吗？"我问。

"不知道呢。"蛤蟆吉摇了摇头。

从屋顶下来，我们一点儿睡意都没有，坐在靠近门口的一块开山石上聊天，那里凉风习习，是个纳凉的好去处。

"这么晚了，竟然还要准备吃的，我看这场法事白忙活。"有声音传来。

应该是女仆人。

"一天七顿饭，这次吃得算少的了。"另一个人回道。

"再这么下去，还得换床。"

"是呀，变得越来越重，上个月床被压塌了，刚做的这张，我看也够呛。"

"再怎么折腾也没用。毕竟……小姐变成妖怪了……"

"小点儿声，要是老爷和大掌柜听见，扇你的嘴！"

"我没说错呀。你记得不，上次那个客人无意间闯进了小姐的房间，看到小姐的模样，直接吓得晕了过去，醒来之后大喊看见了妖怪，行李都没收拾，一溜烟出门逃了。"

"她现在那个模样……唉，谁能想到曾经是这一带出了名的美人呢。"

"赶紧走吧,去晚了,她又得喊饿,到时候发起脾气来,可不得了。"

…………

呼哧呼哧。

门前经过一行人。

有七八个人。两个女仆走在前面,手里拎着大大的食盒。

后面两个人,用竹竿抬着一张食案,上面摆放着各种碗碟,里面盛放着精美的菜肴,后面跟着的人,有的拎着盛饭的竹筒,有的捧着砂锅……

"这么多的饭菜,足够一场酒宴了。"蛤蟆吉目瞪口呆。

"刚才她们说这些都是送给小姐吃的?"

"嗯。而且还说小姐一天吃七顿饭!天呀,这也太……"蛤蟆吉看着我,"少爷,一头大肥猪也吃不了这么多!"

"难道这和眉黛小姐的怪病有关?"我问。

"从来没听说过有这样的怪病。"蛤蟆吉道,"少爷,你也听到了吧,她们说小姐变成了妖怪。"

"人变成妖怪,怎么可能呢?"

"有可能的哦。"蛤蟆吉说,"这种事可太多了。"

他看着我皱眉头的样子,又说:"少爷,我警告你别掺和这件事,万一出了好歹,我可没法儿向朵朵交差。时候不早了,咱们睡觉吧。"

回到房间,吹灭灯盏,躺下来,我怎么也睡不着。

所见所闻太过蹊跷,种种想法在我脑海里翻腾。

不知过了多久,我昏昏沉沉闭上眼睛。

"少爷……文太少爷……"恍惚中,好像听到有人叫我的名字。

这声音,从黑暗中传来,低低的,沉沉的。

"少爷,请帮帮我……"

黑暗中,出现一团亮光。

微弱的青色的光芒。

里面隐约有个小小的人影。

"文太少爷,请帮帮我……"对方似乎很焦急,距离我也越来越近。

我动弹不得。

"请帮帮我……"人影抓住了我的胳膊。

对方的手很凉!

"请帮帮我!"对方这样大喊。

"哎呀!"我大叫一声,噌的一下坐起来。

"少爷,没事吧?!"蛤蟆吉焦急地看着我。

"我……"

"你刚才做噩梦了,手脚乱蹬,满头是汗。"

"有人让我帮忙。"我说。

"谁?"

"不知道,一团光亮……"我头昏脑涨,"没看清对方长什么样子。"

"梦里的事,当不了真。"蛤蟆吉说,"用冷水洗把脸,会好些。"

我洗漱了一番,或许是因为噩梦的原因,全身无力,恶心想吐。

"我看你今天还是躺着吧。"蛤蟆吉劝我。

草草吃了几口饭，我躺下来休息。

顾老六听说我的情况，中午时赶了过来。

"生病了？"他走到我的床前，着急地问。

"可能是昨晚着凉了吧。"我勉强笑道，"没什么事，你别担心。"

"那就好。"顾老六长出一口气，"听说少爷身体不舒服，把我吓坏了，我还以为是……"

"以为什么？"

"没什么，没什么。"顾老六急忙摆了摆手。

"昨晚的法事，怎么样？"我问。

"挺顺利。"顾老六点了点头，又道，"不过，似乎没什么效果。"

"小姐的病，没有改观？"

"不但没有改观，反而更严重了。"顾老六皱着眉头，"老爷打算放弃了。"

"大掌柜，眉黛小姐的病，你能不能详细跟我说说？"我恳切地问。

这件事，太让我好奇了。

"这个……"顾老六看着我，"东家不让我向任何外人说起，即便是家里的仆人，也只有少数几个人知道。"

"或许，我能帮上什么忙也不一定。"

"这个……"

"我可是大名鼎鼎的方相家的少爷哦。"我笑道。

"当然！"顾老六沉声说，"大老爷的本领，当年我是见过的，着实比那些法师、高僧厉害多了！原本东家也想去请大老爷的，但是大老爷一直不在家……"

"所以，跟我说一说吧。爷爷的本领，我多多少少也掌握了一些。"我故作神秘地说。

"那好吧。"顾老六挠了挠头，"事情还得从两年前说起。原先小姐没什么异常，她这个人呀，特别在意自己的美貌，尤其是身材……"

女孩子不都是这样的吗？

"日常饮食，尤其在意，生怕胖了。"顾老六说，"她有一次参加聚会，回来就闷闷不乐。说是别的女孩子都比自己瘦，便声称要减肥。"

"减肥？！"

"嗯！其实她并不胖。"顾老六接着说，"刚开始是每日三餐都减少一点儿，后来减半，然后变成两餐、一餐，最后索性连饭都不吃了，只吃点儿水果、蔬菜。"

"这样下去，身体肯定受不了。"作为一个资深的吃货，我对眉黛小姐减肥的毅力格外佩服。

让我少吃一顿饭，都是要我的命。绝对不行！

"可不是嘛！"顾老六对我的话深以为然，"两个多月后，问题出现了！小姐吃什么吐什么，除了喝点儿水，其他的东西一概吃不下。五六天之后，虚弱无比。我们请了一波又一波医生，全无办法，眼见着小姐要活活饿死了。"

"东家只有这么一个女儿，即便是焦急万分，却也无可奈何。"顾老六将泡好的碧螺春倒上，接着说，"连寿衣都准备好了，结果有天晚上，小姐突然要吃东西。大家喜出望外，急忙煮了粥，小姐吃得可香了。"

"有惊无险。"我说。

"是呀。大家都万分庆幸，可之后发现小姐又出了新的问题。"顾老六喝了一口茶，"她的饮食逐渐恢复到正常状态，然后胃口大好。东家乐得合不拢嘴，再往后，小姐越吃越多，简直到了恐怖的地步！"

"她一顿吃的饭，估计抵得上好几个壮小伙的饭量，而且一天吃七八顿还喊饿！"顾老六露出难过的神情，"就这么吃呀吃呀，原本美若天仙、体态婀娜的小姐，越来越胖，连床都下不来，别说走路，便是起身都需要人帮忙，简直变成了一个……大肉球！"

顾老六盯着我，沉声说："曾经有客人迷路，无意中闯进了小姐的房间，被小姐的样子吓晕，以为见到了妖怪。再这么下去，小姐恐怕凶多吉少。"

"所以你们觉得是闹了妖怪？"我问。

"找来那么多大夫都治不好，我们只有这么想了。可若是闹了妖怪，为何作了这么多场法事，还是毫无效果呢？"顾老六问我。

我哪里知道。

"文太少爷，还请你帮忙救救我们小姐！"顾老六抹着眼泪，站起身要给我鞠躬，被我拦住了。

"我尽力而为。"

"太好了！"顾老六喜出望外。

事情就这么定了。

"少爷，这下完蛋了。"顾老六走后，蛤蟆吉对我很有意见。

"怎么了？"我泡在温泉里，认真想事情。

"你还没弄清楚事情的原委,就答应帮助人家,实在是草率。"蛤蟆吉说,"万一搞不好,眉黛小姐会没命的。"

他这么一说,我也发起愁来。

是呀,蛤蟆吉说得对,我现在也是束手无策。

"我决定先去看一下眉黛小姐,了解了解情况,看能不能找出她暴饮暴食的原因。"我说。

"这个……"蛤蟆吉顿了顿,"也只有如此了。"

我把这个想法告诉了顾老六,顾老六又禀告给喜八。

听说我要帮助眉黛小姐,喜八喜出望外,亲自来到小院拜谢,然后痛快答应了我的要求。

"文太少爷,等会儿千万别惊慌哦。"在带我去眉黛小姐房间的路上,喜八满脸歉意地提醒我。

"没事。"我已经做好了心理准备。

来到一个守备森严的大房子跟前,女仆将我们带到房门前,伸手推开了门。

眼前的一切,让我呆若木鸡——

房间很大,铺着厚厚的叠席,中间放着一张巨大的木床。

木床之上,我看到了一座……肉山!

是的,一座人形的肉山。

一个好几百斤的胖子躺在床上,张着嘴,大口吃着女仆递过来的食物,床上一片狼藉。

因为肥胖,她的五官深陷在肥肉中,眼睛都被挤成了细细的一条线!

或许听到了声响,她费力地转过脸,死死地盯着我,流着口水,突然张大嘴巴喊:"饿!饿!饿!"

那诡异的目光,那可怖的面容,以及占据我全部视野的滚滚肥肉,顿时让我头脑嗡鸣,两眼发黑。

"少爷!"

"文太少爷!"

本少爷我毫无意外地昏了过去。

不知道过了多久,我隐约看到光亮。

青色的一团光芒里,依稀有个人影。

光芒靠近我,那个人影朝我伸出手来。

一只枯槁的手。

"少爷,请帮帮我!帮帮我!"对方如此说。

那只手,不像是人手,依稀能看到木质纹理。

"呀!"我大喊一声,醒来发现自己躺在小院的床上。

"终于醒了。"蛤蟆吉说。

已经是晚上了。

"堂堂方相家的少爷,被吓得两眼一翻晕倒在地,喜八和顾老六手忙脚乱,又是把你抬出来,又是让人叫医生,真是鸡飞狗跳。"

"他们人呢?"

"听医生说你并无大碍,只是惊吓过度,他们才放心离开。"蛤蟆吉说,"少爷,你胆子也太小了。"

我抱歉地笑了笑:"当时的确是……太震惊。"

"接下来怎么办,你想好了吗?"蛤蟆吉问。

我摇摇头。

"我觉得只有一条路:你跟喜八和顾老六实话实说,说你无能为力,然后赶紧离开这里。"

"如果这样，眉黛小姐会死的。"我说。

"但是你没有任何办法呀，自己还吓成这样。"

"我做了一个奇怪的梦，不，应该说，是两次了。"我把在恍惚中看到的那团青色光芒的梦，告诉了蛤蟆吉。

"蹊跷！"蛤蟆吉说，"你没看清楚对方长什么样？"

"裹在光芒中，看不清。"

"他/她求你帮忙，为什么不现身呢？"

"可能……有自己的苦衷吧。"

"即便是有这样的线索，你们无法沟通。事情也很难办。"蛤蟆吉认真想了想，"要不要找人帮忙？"

"找谁？"

"大老爷。"

"我爷爷？开玩笑，他游手好闲，四处乱跑，哪里找去？！"我白了蛤蟆吉一眼，"不过经你这么一提醒，我倒是想起一个人来。"

"谁？"

"老白！"

黑蟾镇附近有座般若山，般若山上有个般若寺。老白是个很老很老的住在般若寺里的干瘦老和尚，长着山羊胡，有一双小小的眯眯眼。

这家伙看起来不着调，其实是个名为白泽的大妖怪，知识渊博，对各种妖怪的底细了如指掌。

"这倒是个好办法。"蛤蟆吉拍手赞同。

"事不宜迟，咱们现在就去。"

"行！"

蛤蟆吉背着我,施展土遁术,眨眼间便来到了般若寺山门前。

"老白!老白!"寺里黑咕隆咚的,来到偏殿,我咣咣砸门。

"房里没人!出去了!跑路了!"里头传来老白愤怒的声音。

"找你有事!"

"三更半夜骚扰人家,我要睡觉!"

"有事请你帮忙!"

"赶紧走开!每次你来,都不会有什么好事情!"

"你再不起来,我一把火烧了你的房子,信不信?"我大声说。

"哎呀哎呀!太过分!你这人简直了……"里面亮起了灯,然后老白打开了房门,揉着眼睛,"我抗议!我表示强烈抗议!"

"抗议无效!赶紧做点儿吃的!"我大声说。

不一会儿,桌上摆了一盘麻婆豆腐,我和蛤蟆吉如风卷残云。

老白做的麻婆豆腐可是一绝,每次来我都会大吃一顿。

"给我留点儿呀!"老白委屈地说,"忙活了好几天才做的这么点儿豆腐!"

"没了。"我打了个饱嗝儿,"倒点儿水,渴死了。"

老白泡上茶:"大晚上的,你们来我这里,所为何事呀?"

"蹊跷事。"我喝了几口茶,把汤林小筑发生的事情讲了一遍。

"哦?"老白捏着山羊胡,"你是说,你在睡梦中看到了一团青色光芒,对方求你帮忙,但是没看清他/她长什么样子?"

"对。我觉得这团光芒十有八九和眉黛小姐的事有关系。"我说,"至于对方是什么身份,我搞不清楚,只能向你求教。"

"应该是……妖怪吧。"老白说。

"汤林小筑真的闹妖怪？！"我大吃一惊。

"从你说的来判断，对方肯定不是人。既然不是人，那就是妖怪喽。"老白说。

"既然是妖怪，那汤林小筑作了那么多法事，为何没有消灭他/她？"蛤蟆吉问。

"法事？"老白讥讽地笑了笑，"那些人，十有八九都是骗子，即便有真本事，也不一定能奈何得了修行高深的妖怪。"

"这么说，那个妖怪很厉害喽？"我问。

"厉不厉害我不知道，但执念挺深的。"老白想了想说，"他/她求你帮忙，说明事情很重要，而且他/她自己也无法解决。"

"我们两个都在，为什么不求我呢？"蛤蟆吉问。

"求你有啥用？你不过是只蛤蟆。文太少爷不一样，他毕竟是方相家的人。方相家自古以来便统领妖怪，是连接妖怪世界和人间的纽带。"老白鄙夷地看着我，"只不过到了文太少爷这里，法力大减，或者说，嗯，是文太少爷还没开窍。"

"开窍？"

"对。就像一层窗户纸，还没捅开，捅开了，你就能看到另一个精彩纷呈的世界！"老白不愿意多说，"眼下最要紧的，是和那个家伙取得联系。"

"是的，只要能沟通，事情便好办。有什么办法吗？"

"谁让咱们是熟人呢？我只能牺牲一下了。"老白从房间里摸出一个指头大小的玻璃瓶，推门出去，过了一会儿回来后，把玻璃瓶递给我。

里头装着一种黄色的不知名的液体，还热乎乎的。

"什么玩意儿？"我接过来。

"我的尿。"

"呸！"我差点儿甩手扔他脸上。

"没良心的！"老白火了，"别人求爷爷告奶奶都得不到，你竟然想扔掉！这可是闻名妖界的'通闻清露'！"

"就这玩意儿，还'通闻清露'？！你把我当傻子呀！"

"这可是我老白的尿！"老白怒目圆睁，"我可是妖界的泰山北斗，和你们方相家并驾齐驱的妖怪大统领！我的尿，那能一般吗？！"

"那也是尿呀。"我忍着恶心说。

"把这玩意儿抹在眼睛上，隐身本领再高强的妖怪也能被你看得清清楚楚！若是服下去，可以增长两百年修行！人若是服下，也能调理身体，延年益寿。你说好不好？"

"就是增长两千年修行，我也喝不下去，太恶心了！"我说。

"那你还给我吧。"老白伸出手，"我还舍不得给呢。"

"算了，看在眉黛小姐的面子上，我勉为其难收下吧。"我飞快地将小玻璃瓶放进口袋，站起身，"多有叨扰，告辞。"

说完，我便拉着蛤蟆吉出门。

"再聊会儿天呗！我有入睡困难症，你们不是不知道。你们把我从被窝里拽出来，然后拍拍屁股就走，我睡不着，长夜漫漫……"

我没心思听他废话，让蛤蟆吉使出土遁术，咻的一下就回到了汤林小筑的小院。

"你真打算用那玩意儿？"坐在房间里，蛤蟆吉看着我手里的玻璃瓶。

"救人一命胜造七级浮屠，虽然恶心了点儿，但眼下只有这个办法啊。"我一边干呕，一边从玻璃瓶倒出两滴，抹在眼睛上。

"老白最近肯定吃了不少乱七八糟的东西，火太大，这味道太难闻了。"我屏住呼吸，缓缓睁开眼睛。

似乎……没什么异样。

周围依然是老样子，不过……

咦，对面的柱子下，怎么多了个家伙？

好奇怪的家伙！

看样子年纪不小了，穿着赤红色的长袍，戴着逍遥巾，须发皆白，身材却很矮小，只有三四十厘米高，看起来像个侏儒。

最奇怪的是这家伙的皮肤，不是人的皮肤，带着木纹，像树皮一样。

"你是谁？！"我大声问。

"呀，少爷，你看到了？！"蛤蟆吉说。

显然，蛤蟆吉没有看到对方。

"拜见少爷！"对方恭恭敬敬地对我弯腰施礼。

还挺有礼貌。

"求我帮忙的那团光芒，是你吧？"

"正是，我叫野。"他说。

"妖怪？"

"是。"

"你认识我？"

"当然。文太少爷的大名，早已在我们妖怪中传开了。方相家的人都有一种特殊的气息，我们能分辨出来，而年纪为十六七岁的,只有少爷你了。"

"既然你认识我,事情就好办了。"我坐直了身体,"眉黛小姐的怪病,和你有关?"

"是。"他点了点头。

"你这家伙,身为妖怪,怎么能害人呢?!"我有些生气。

野有些惶恐,忙说:"少爷误会了,我从来不伤人,恰恰相反,我是为了救眉黛小姐才出手的,不料弄巧成拙,事情变得一发不可收拾!"

"到底怎么回事?"

"说来话长。"野走过来,坐在我对面的蒲团上,"少爷可知道我的本体是什么?"

"不知道。"

"看来少爷还需要多多学习。若是大老爷,肯定知道。"野沉声道,"我乃是故门之精。"

"故门之精?"

"对,就是年月久远的大门,在机缘巧合之下,才成为妖怪。"

"进入汤林小筑的那两扇巨大的朱门?"我对那大门印象深刻。

"正是。"野说,"这里原先是一座古庙。深山中的千年大树,吸收日月精华,有朝一日被砍伐,做成了古庙的两扇大门,因为接触了无数的香火,接触了无数人的气息,年头久了,我便诞生了。算一算,我已有四百岁。"

"古庙后来因为战乱,逐渐荒废,建筑倒塌,庭院里长满荒草,而我也忍受着风吹雨打、虫蛀兽咬,眼见便要消失。"野说,"是眉黛小姐救了我。"

提起眉黛小姐，野笑了起来："东家看上了这片地方，想修建周围最好的温泉旅店，规模甚大，环境优雅，可已经千疮百孔的我，大煞风景，所以东家决定把我拆掉，换上更气派的新门。多亏眉黛小姐呀。"

野眯起眼睛："当时的眉黛小姐，只有几岁，十分可爱。她走到我跟前，轻轻用手抚摸着我，赞叹不已，'多好看的门呀，爹，求求你，别拆了。'小姐这么向东家请求。东家疼爱小姐，便让人对我进行了清洗，除去我身体里的那些虫蚁，刷上清漆，涂上朱红，让我得以重生。"

野幸福地叹息着："从那一刻起，我就发誓，一定守护好眉黛小姐，哪怕是粉身碎骨！这些年来，我看着眉黛小姐长大，看着她从小小幼童出落成美丽的仙子。眉黛小姐会经常来看我，抚摸着我的身体，或者靠着我看外面的山色。有时候会搬来椅子坐在我的旁边，什么也不说，那是我们两个人的世界。这些年，有了眉黛小姐的陪伴，我很幸福。"

"那后来怎么会……"我轻轻地问。

"唉。"野重重叹了口气，"眉黛小姐得了厌食之症，生命垂危，我怎么能袖手旁观呢？所以，我打破了以往恪守的'不能与人类交往'的信条，决定出手相助。"

"怎么帮她？"蛤蟆吉问。

"我是故门之精，有一项神奇的本领。"野说，"如果把我的名字告诉对方，让对方呼唤，那么就能够让对方变得有食欲，吃饭吃得很香。"

"这么神奇？"蛤蟆吉有些意外。

"名字，对于妖怪来说，应该十分重要吧？"我问。

"是的。"野说，"我们妖怪最不喜欢被禁锢，而是喜欢自由自在地徜徉于天地之间，多好。而名字，是我们性命一样的存在，一旦被人知道了，那就等于交出了自己的自由。倘若对方是法师，知道我们的名字后进行特定的仪式，我们就会成为对方的奴隶。"

野深吸一口气："只要眉黛小姐没事，我可以放弃一切。"

"你做了什么？"

"深夜，等仆人们都睡着，我来到了眉黛小姐的房间。小姐当时已经神志不清，我便在她的耳边轻轻地呼唤她，然后将自己的名字告诉了她。'谢谢你，野，野……'她呼唤着，慢慢睡着。"野说，"病情很快有所好转，小姐开始吃东西了，饮食也逐渐恢复正常。我太高兴啦。终于救下了眉黛小姐！"

"可眉黛小姐怎么会变成现在这个样子？"蛤蟆吉问。

野闻言，落下泪来："她暗地里一直在喊我的名字，一直在喊！"

"呀！"我不由自主惊叫起来。

"我的名字，是不能多喊的。适当地喊，有助于饮食，可一直喊，那就会控制不了自己的食欲，变得像饕餮一样，因为剧烈的饥饿感，必须疯狂吃东西。"

"你没有想办法阻止小姐吗？"

"文太少爷，我试了很多次，都无济于事。小姐即便是昏迷时，也会喊我的名字。"野双手捂着脸，泪水从他的指缝中流出，"是我害了她！文太少爷，请帮帮我，帮帮眉黛小姐吧！"

"我会的。"听完野的讲述，我的心情变得很沉重，"但是，我也不知道该如何是好。"

"很简单。"野站起身来,"一切因我而起,只需要将那两扇朱门烧掉,小姐就会康复。"

"烧掉?"我猛然抬起头,"野,那是你的本体,如果烧掉了,你会消失的!"

从一棵古树,到两扇大门,这需要悠久的岁月和极大的机缘,才能诞生野这样的精怪。

蝼蚁尚且贪生,野竟然让我将他烧掉?!

"无所谓了。"野目光坚毅,"只要眉黛小姐能安全无恙,只要她一生幸福,我即便是消失了,也会很开心!少爷,请答应我吧!"

面对野的请求,我和蛤蟆吉面面相觑。

"好吧。"见野心意已决,我使劲点了点头。

"事不宜迟,赶紧通知家里的人吧。"野整理了一下衣衫,对我郑重施了一礼,"谢谢你,少爷,我回去了。"

他迈着步子,缓缓走向门外。

"野,你还有什么话留给眉黛小姐吗?"我问。

"不要告诉她我的事情。"野想了想,笑起来,"权当她做了一个梦吧。"

那团青色的光芒,消失不见。

我让仆人喊来了顾老六。

"这样能救小姐?"顾老六听完我提出的要求,觉得不可思议。

"你不相信我?"

"当然信。我这就禀告东家去。"

顾老六告知了喜八,喜八带着一帮仆人来到小院,然后按照

我的吩咐,把那两扇朱门卸下来,将其放置于院中,倒上油。

"点火吧。"我咬了咬牙。

心里好难过。

大火熊熊而起。

两扇朱门在火中裂开,燃烧,化为灰烬。

一缕青烟袅袅而起,最终消失不见。

"老爷!老爷!"烧掉朱门不久,一个女仆匆匆忙忙跑过来,"小姐……小姐!"

"小姐怎么了？"喜八扯住女仆。

"小姐本来在狼吞虎咽，突然就停下来了！"

"停下来了？她真的没有再胡吃海塞？"

"没有。"女仆说，"小姐很快睡着了。"

"太好了！"喜八抱住我，"文太少爷，眉黛……终于停止吃东西啦！"

这是个好消息。我却一点儿都高兴不起来。

"接下来该怎么办？"喜八兴奋异常，"不给她吃东西，会很快瘦下来吧？"

"不能这样。"我摇摇头，"突然之间骤停饮食，身体会受不了，需要循序渐进，逐渐减少食物供应，直到恢复正常。哦，这个，你们收下，记得给眉黛小姐服用。"

我将口袋里的玻璃瓶递给喜八。

是老白给的通闻清露。

那家伙说过，妖怪吃了它可以增加两百年修为，人若是吃了，也能调理身体，延年益寿。

应该会对眉黛小姐的身体有益吧？

"这绝对是灵丹妙药。谢谢！"喜八如获至宝，接了过去。

这个晚上，汤林小筑里的人手忙脚乱，一直闹到天明。

第二天早晨，我还没起床就被顾老六叫起来。

"文太少爷，小姐想见你。"他说。

"好。"

洗漱一番，去眉黛小姐的房间。

她支开了所有人。

"听我爹和大掌柜说，是文太少爷救了我，谢谢。"眉黛小姐躺在大床上,轻轻地说。

"应该的。不用担心,接下来,小姐你好好休养,一定会恢复正常。"

"好像……好像做了一场梦。"眉黛小姐说。

"什么?"

"这几年,好像做了一场梦。"眉黛小姐说,"自从厌食症开始,我便浑浑噩噩,觉得自己坠入了深深的大海,不见光亮,也听不见声响,被无边的黑暗吞没。"

我静静地听着。

"那种感觉,很绝望。"眉黛小姐说,"恍惚中,看到一团光芒,看到一个身影。他低低地安慰我,抚摸我的额头。"

眉黛小姐笑了笑:"他的名字叫野。是这名字,支撑着我。"

我张大了嘴。

"文太少爷,可能是我精神错乱了。别笑话我。"

我想告诉眉黛小姐,这是真的,但话到嘴边又咽下去了。

"在那黑暗中,在那噩梦中,这名字是我唯一的依靠。我呼唤他,一遍遍呼唤他。"眉黛小姐潸然泪下,"可始终得不到任何回应。"

他一直在你的身边呀,眉黛小姐!

"昨晚,我又梦到了他。"眉黛小姐笑了,"他告诉我一切都会变好的,让我好好活下去,幸福地活下去。我依然看不清他的面容,但我知道他在向我告别。我拉住他的手,拥抱他,他拍了拍我的后背,然后随着光芒消散了。"

眉黛小姐看着我:"文太少爷,那感觉太真实,不像是一个梦。"

"或许……"我顿了顿,"或许就是一个梦。"

"是吗?"

"嗯。或许,也不是一个梦。"

"什么意思?"

"眉黛小姐你这么善良美好,或许一直以来,都被默默地、用心地守护着。"

"是吗?"

"是!"我鼓足勇气,大声说,"所以,为了这份守护,还请眉黛小姐一定恢复健康,然后一生幸福!"

"我会的!"眉黛小姐艰难地点了点头,目光望向窗外,"在梦里,我也是这么答应他的。"

…………

"少爷,这就回去啦?"蛤蟆吉坐在蒲团上,看着我收拾东西。

"嗯。虽然只泡了两三天的温泉,但看起来我的病好得差不多了。"

"要不要跟喜八、顾老六他们告个别?"

"我给他们留了一封信。他们这两天太忙。"我指了指旁边的桌子。

"行,那咱们走吧。"

我们俩出了小院,蛤蟆吉看了看那边的院子。

"眉黛小姐会好起来的吧?"蛤蟆吉问。

"会好起来的。"

"可惜了……"蛤蟆吉叹了一口气,"我是说,野……"

"没什么可惜的。我想,野即便是消失了,他守护眉黛小姐的那份用心，也会陪伴眉黛小姐一生。"

"老白说得没错。"

"嗯？"

"执念很深的一个家伙。"蛤蟆吉道，"老白当时这么评价野的。"

"这不叫执念。"我想了想，说，"这叫真情。正是因为这一份份的真情，这世界才会变得格外温暖，格外精彩。"

"少爷说的是。咱们启程吧。"

"嗯。"

蛤蟆吉施展土遁术的时候，我回头看了看眉黛山。

那山连绵起伏，巍峨秀美，郁郁葱葱。

就像眉黛小姐那么美。

就像野的那份执念。

取宝鬼

螺之铃

　　海南有鬼，兽种人形，黧色，长不满三尺，解人言，不食烟火。入山能取琪南异香，及诸宝，海南人多购而畜之。欲购者必先令其相，果有分得宝。鬼抱膝肯首，约指相随几年，不则摇手而退。人得之，择日始放，置小锯斧与之，啖以果食，尽饱，携锯斧去。或经年，或数月，或旬日，以取果之多寡，为去时之久近。反则导主人往其处，奇香异宝，无所不有。携归，价不啻千万。约满，更依他人，留之不得。

——明·郑仲夔《耳新》

"你这个爷爷，太过分啦！"

我使劲拍了一下桌子，怒吼着。

因为愤怒，眼泪扑簌着掉下来。

吵个架，对方还没有任何的反击，我便泪如雨下，真是没用！

但是，实在忍不住落泪！

更可气的是，让我哭得如此悲惨的"罪魁祸首"，此刻正穿着大裤衩，跷着二郎腿，手捧着一把紫砂茶壶，云淡风轻地斜着眼睛看我，一副完全和他无关的样子！

太过分了！

"方相慕白，你也一把年纪、老大不小了！"我一边哭一边控诉，"一个五六七八十岁的人，竟然干出这种没羞没臊、不要脸皮的事，让我很失望！"

院子里，气氛紧张，充满了火药味。

朵朵大气不敢出,滕六假模假样地晾晒鱼干儿,不住往这边偷瞟。

"你先闭嘴。"眼前这个奇丑无比的老头,吸溜了一口浓茶,昂起头,"你是不是吃错药了?"

"啊?"

"我老人家大清早起来,啥事没干,刚心情舒畅地泡了壶茶,就被你不问青红皂白、劈头盖脸臭骂一顿,凭什么?!"老

头儿看起来也很生气,"什么没羞没臊、不要脸皮,什么爷爷,竟然连我的名字都喊出来了,是我过分还是你过分?!"

他不停晃着二郎腿:"你一个小屁孩子,被打发到我这里,我供你吃供你穿,一把屎一把尿地抚养你,你就这么对待你爷爷我?!"

没错,眼前这家伙,便是我那个离经叛道的爷爷。

"你偷我东西!"我才不管这些,我已经出离愤怒了。

噗!

老头嘴里的茶水喷了出来,像看怪物一样看着我:"你说什么?我偷你东西?!"

"对!"

"天大的笑话!"爷爷气得七窍生烟,"我方相慕白是个偷东西的人吗?你出去打听打听,提到我,哪一个不说我乐于助人、拾金不昧、英俊潇洒?!"

"不跟我说一声,就拿走了我的东西,不是偷是什么?"

我们两个针尖对麦芒,火花四射。

站在旁边的朵朵见状不好,忙说:"少爷,你丢了什么东西?"

"金豆子!"我说,"笨蛋团五郎送的金豆子,我都攒起来,存放在一个锦盒里,足足有三四十粒呢!"

团五郎是狸妖,善于从深山溪流之中淘取金子,大的可比花生米、蚕豆粒,见我喜欢,时不时地会送给我几粒。当然了,我并不是个财迷,而是单纯喜欢金豆子那种迷人的光泽和质感。

"家里只有我们几个人,你和滕六绝对不会拿,剩下的,只有他了。"我指了指爷爷,"前几天我还听他抱怨,说'没钱喝酒啦、没钱出去玩啦'诸如此类的话，所以肯定是他！"

朵朵和滕六齐齐望向爷爷，目光复杂。

"别这么看我呀！"爷爷摆了摆手，"区区金豆子，值得我偷吗？不是我夸下海口，我房间里的宝贝，拿出任何一个都比金豆子珍贵。再说，像我这么帅的人，出去喝酒、游玩，还要自己付钱？抢着帮我付的人，多了去了！"

"大老爷，你真没拿少爷的金豆子？！"朵朵有些生气，"那可是他最喜欢的东西！"

"那是我和团五郎纯真友情的象征！"我说。

"拿了也没什么，还给少爷就是了。"滕六如此劝道。

"你们俩怎么胳膊肘往外拐呀！"爷爷轻哼，"难道在你们眼里，我就这么不靠谱？"

"嗯！"滕六和朵朵齐齐点头。

"老天！"爷爷敲了一下自己的脑袋，"我真没偷！文太，我可以对着你奶奶发誓！"

他说这话，倒让我有些信了。

爷爷天不怕地不怕，就怕我奶奶。

"那谁拿走了我的金豆子？"我问。

"到底怎么回事？"爷爷问。

"装金豆子的盒子，放在我床头柜的抽屉里，昨天晚上睡觉前我还拿出来把玩了一会儿，今早起来，发现抽屉开了，盒子不翼而飞。"

"你睡觉时没感觉到有动静？"朵朵问。

"得了吧，他若是睡着了，你在他耳边敲锣他都不会醒。"滕六笑着说。

"朵朵,是不是你偷懒了?"爷爷转过脸来。

朵朵是家里的护门草,平时负责守护这个家,就像护卫一般。

"不可能。"朵朵说,"任何的风吹草动都逃不过我的耳朵。我昨晚没觉察到什么异常。"

"我也没听到动静。"滕六皱起眉头。

滕六是天狗,赫赫有名的大妖怪,听觉一流,五里地外飞过一只蚊子,他都能听出公母来。

"那就奇怪了。"爷爷喝了一口茶,"金豆子的确丢了,但是你们没有觉察。分析下来,只有两种可能:第一种就是文太撒谎,自己将金豆子花了,不知如何向团五郎交代,这种可能性……"

"不可能!少爷不是那种人!"朵朵否定道。

"第二种可能……"爷爷往后躺下,"能在朵朵和滕六眼皮子底下顺走东西,说明这个蟊贼绝对不一般!"

"敢偷少爷的金豆子,绝不原谅!"朵朵生气地说。

"敢在我滕六看护之地偷东西,而且还得手了,一定要捉拿归案,否则传出去,我的名声全完了。"滕六恨恨地说。

"好!我宣布捉贼小分队正式成立,文太、朵朵、滕六,你

们三个务必将蟊贼抓住！"爷爷说。

"你呢？"

"我？"爷爷晃着二郎腿，翻了个白眼，"丢的又不是我的东西，关我什么事。"

…………

吃完早饭，我双手托着腮帮子趴在百货店的柜台上，犯起愁来。

爷爷去般若寺找老白下棋，朵朵和滕六风风火火出去，说是展开大调查。

家里只剩下我一人。

想起我的那些金豆子，唉，心情低落。

"文太少爷，今天你没上学吗？"门外进来一个人。

十六七岁的少年，肤色黝黑，四肢健壮，一双眼珠黑白分明，穿着青色的短裤，面容憨厚。

他叫野叉，是我在黑蟾镇为数不多的人类好朋友。

"你今天不也没去吗？"我懒洋洋地回答。

"家里的牛跑丢了，我爹让我帮着找，跟学校请了假。你呢？"野叉放下背篓，坐在我对面。

"我病刚好了没多久，医生说休息几天再上学。"

"这样多好，可以玩呀！"野叉说，"外面天气这么好，下午一起去游泳吧！"

"不去，没那个心思。"我唉声叹气。

"怎么了？"野叉问。

我把丢了金豆子的事告诉他。

"这种事，你得跟我爹说！"野叉大声道，"自己在这里长吁短叹，没用的。"

野叉的老爹竹茂，是黑蟾镇唯一的巡警，为人虽然一根筋，却十分靠谱。

"是哦，竹茂叔叔是警察，警察抓贼，天经地义！"

"嗯！放心吧，我爹可厉害了！这事交给他，准没错！"野叉骄傲地挺起胸脯。

黑蟾镇没有警局，野叉家的酒馆就成了竹茂的办公室。

坐在靠窗的桌边，竹茂听完我的控诉后，认真地说："这个事情很严重。我们黑蟾镇的治安一向良好，吵架都很少，更别说偷东西了。依我看来，蟊贼应该不是本地人。"

我认同他的说法。

黑蟾镇的父老乡亲性格纯善，干不出这种事。这两年来，迁徙到周边的外来户越来越多，形成了数量众多的迁徙村落，除此之外，还有许多前来做生意、讨生活的流动人口，鱼龙混杂。

"那么多金豆子……算是大案了。"竹茂说，"少爷你别担心，我立刻向上面汇报，先仔细摸排一下，有消息我通知你。"

"辛苦了。"我连声道谢。

接下来的几天，我耐心地等待各方的消息，无所事事地待在家里。

这天早晨，我早早醒来，在院子里浇花，见滕六和朵朵挨在一起讨论着什么，神神秘秘的。

"有蟊贼的消息了？"我走了过去。

"真让人生气。"朵朵噘起嘴。

"怎么了？"

滕六说："这次真是蹊跷。这几天，我和朵朵四处打探，方圆一百多里的大妖小妖一个个排查，并没有发现可疑的家伙。"

"你们怀疑是妖怪干的？"

"嗯。如果是人类，我们应该会发现的。"朵朵说。

"但刚才你们说周围所有的妖怪都没有问题。"

"所以说蹊跷。"滕六皱着眉头望着天，"有点儿难办了。"

我们正说着话，听见身后嘭的一声响，爷爷冲了出来。

他穿着大裤衩，光着膀子，龇牙咧嘴："方相文太，你太过分了！"

"啊？"我有点儿摸不着头脑。

"小小年纪，好吃懒做，内心险恶！"老头儿手叉腰，唾沫横飞，"不仅栽赃陷害，还学会了打击报复！太过分了你！"

"爷爷，你吃错药了吧？大清早起来不分青红皂白就诬陷我！"

"谁诬陷你了？！"老头儿气得脸红脖子粗，"你竟然敢偷我的东西！"

"我偷你东西？！"我觉得自己的脑袋嗡的一声响，"你把话说清楚，我怎么偷你东西了？！"

"上次你丢了金豆子，诬陷我，我说我没拿，你内心不满，就趁着我不在，偷走我的宝贝报复我！你让我很失望！"

"笑话？！你出门打听打听，我方相文太是偷东西的人吗？"

"………"

我们两个吵了起来，互不相让。

"你们两个，安静！"滕六和朵朵齐齐喝道。

"我警告你，立刻把我的宝贝交出来，否则我要报警了！"爷爷叉着腰，双目圆瞪。

"我没拿你东西!"我说,"我对你的那些宝贝从来都不感兴趣!"

"你们先别吵。"朵朵拉了我一把,然后问爷爷,"丢了什么?"

"宝贝!我最珍贵的宝贝!"爷爷愤怒地说。

"放在枕头下的那个木盒?"朵朵问。

"是的!"

"少爷,你真没拿?"朵朵脸色凝重。

事情似乎不太妙。

"我没拿。"

"虽然家里宝贝很多,但是那个木盒却是大老爷最看重的。在家的时候,放在枕头下,出远门也要随身携带,可以说是形影不离了,难怪要这么生气。"朵朵又问爷爷,"是不是放在别的地方了?"

"不可能。我一直放在枕头下面,没那东西,我晚上都睡不着觉!"

"昨晚还在?"

"当然!每晚睡觉前,我都会看看。"爷爷说,"今早起床突然发现不翼而飞了!"

"少爷不会拿,我和滕六更不会拿。"朵朵十分肯定。

"真的?"爷爷半信半疑地瞅着我。

"我以奶奶的名义发誓!"我说。

"难道……又是那个蟊贼?!"爷爷大声问。

"有可能!"我们也这样认为。

"太嚣张了!偷文太的金豆子也就算了,竟然敢偷我方相慕白的命根子，可恶！"爷爷咬牙切齿，"蟊贼呀蟊贼，惹到我，有你好果子吃！"

"你丢的是什么东西？"见爷爷这个样子，我很好奇。

老头仓库里的宝贝堆积如山，一向弃若敝屣，能让他动心的宝贝绝非凡品。

"这是个秘密！"爷爷白了我一眼，"我是不会说的！"

"你不说，我们怎么去帮你找？"滕六说。

"是呀，即便是报警，也会问你丢了什么东西。"我说。

"这个……反正就是不能说！"爷爷摆出一副死猪不怕开水烫的样子。

"我挺好奇的。"朵朵低声跟我说，"那个盒子，跟着大老爷几十年了，大老爷从来不给别人看，谁都不知道里面装着什么东西。"

朵朵这番话，勾起了我强烈的好奇心。

"不说也行，你自己找，我们无能为力。"我说。

滕六和朵朵齐齐点头。

"这个……"爷爷想了想，为难地说，"是……是信啦。"

"信？"出乎意料，我笑了起来，"原以为是价值连城的宝贝，想不到竟然是信。"

"在你们眼里是信，在我心中，那可比太阳、月亮都稀罕！"爷爷大声抗议着，"是我最最最珍贵的宝贝！"

"没道理呀。"滕六说，"蟊贼偷少爷的金豆子，这个可以理解，毕竟是黄金嘛。但是，信这种东西，不过是几张写了字的纸，毫无价值，偷了也卖不了钱呀。"

"这个……我倒是没想过。"爷爷点了点头，随即又急忙摆手,"我不管啦!这回我一定要抓住这个胆大包天的螽贼,把宝贝取回来!"

说完,他冲进屋子里,很快就穿戴整齐,一副外出旅行的打扮。

"你要干吗?"我问。

"干吗?我要出去召唤所有的朋友,让大家齐心协力一起来抓贼!"爷爷义愤填膺,哭丧着脸走出门,一边走一边带着哭腔说,"我的宝贝呀……"

因为爷爷这件事,接下来的几天,事情变得更加混乱。

滕六和朵朵带着小妖们四处游走,爷爷好像也找来了数量众多的帮手,导致黑蟾山方圆百里妖气弥漫,无数的妖怪奔走相告,甚至出现在村镇集市之中,闹得鸡飞狗跳。

"有螽贼光顾方相家,偷走了大老爷和少爷的宝贝!"

"太可恶!"

"胆子也太大了!连方相家都敢偷!"

"一定要抓住!"

…………

除了捉拿螽贼,也有很多妖怪登门拜访,对我和爷爷的遭遇表示深切慰问。爷爷不在家,接待的工作全都落在我的身上。

每日对着不同的妖怪讲述同一件事情的经过,再连连道谢,搞得我精疲力尽。

"再抓不到螽贼,我就要崩溃了。"这天上午,送走了一个小妖,我趴在柜台上唉声叹气。

"家里有人吗?"话音未落,就从外面晃进来一道身影。

是野叉。

他背着竹篓，光着脚，腿上全是泥。

"有蠡贼的消息了？"我急忙起身问。

野叉摇了摇头："没有。"

他放下竹篓，说："我有事情找大老爷。"

"找我爷爷，什么事？"我给他倒了一杯酸梅汤。

"我在路边发现了这个。"野叉从背篓里取出一沓东西交给我。

我接过来，发现是一沓信。

大概有十几封，年头挺长的，信封微微发黄，上面的笔迹娟秀、工整。

"慕白启。""慕白收。"

看来是寄给爷爷的。

封口已拆，可以看到里面粉红色的信纸。

随便抽出一封，我读了起来。

"慕白达令：上日一别，我的思念像天上的浓云，不断积累。想你的笑、你展开的眉梢、你的唇、你的双眸，想你的一切。我们还会再见吗？你的盼儿。"

呀！这是……这是情书吗？！

我又飞快抽出一封——

"白！你带我去山巅看云，多美的云。我此刻也在看云。可惜你不在。有的时候，看云是两个人的事，也是一个人的事。就像我们的爱，是我们两个人的事，也是我一个人的事。你的盼儿。"

我感觉自己的眼珠子都快要蹦出来，掉到地上了！

这是爷爷收到的情书！

如此肉麻，如此腻歪，竟然有十来封！

哎呀呀！

想不到我那个奇丑无比、不着调的爷爷，会被如此深情地爱着！

哈哈哈！

奶奶也是，看起来那么高冷，竟然这么肉麻……

等等！

"你的盼儿……"

不对呀！奶奶的名字不叫盼儿，奶奶叫青丘呀！

这不是奶奶写给爷爷的情书！

这是另外一个女人！

好呀！

我啪地拍了一下桌面。

"怪不得不让别人看！"回想起爷爷那副嘴脸，我顿时明白过来，"视若珍宝，形影不离……哼哼，爷爷呀爷爷，你竟然敢做对不起奶奶的事！"

"少爷，没事吧？"野叉见我这副样子，有些诧异。

"有事！事情大发了！"我说，"你见到我爷爷了吗？"

"没有，所以我才送过来。昨天在云麓村看到过他，应该……"野叉正说着，外面传来某人的声音——

"累死我了！我跟你说，这事没完！"

真是说曹操，曹操就到。

爷爷在前，滕六在后，依次进了家门。

滕六倒没什么，反而是爷爷，吹胡子瞪眼的。

"我已经布下了天罗地网，那蟊贼逃不掉的！"走进铺子里，他一屁股坐下，"文太，快给我倒杯酸梅汤！"

"还想喝酸梅汤？"我冷笑一声，把那沓信拍在他面前，"你先把这东西解释清楚再说吧！"

"我的宝贝！"爷爷噌的一下从椅子上弹起来，双手抓住信，放在自己的胸口，"我的宝贝终于回来啦！"

"开心吧？"我继续冷笑。

"开心！"

"开心不了多久了，马上有你哭的。"我说。

"什么意思？"

"你问我？"我指着信，"方相慕白最珍贵的、形影不离的、没了就睡不着觉的宝贝，就是一个叫盼儿的女人写的情书。你说，这事要是让奶奶知道了……"

"你卑鄙！你无耻！"爷爷的笑容僵在脸上，"你竟然偷看我的信！"

"偷看是我不对，但你这次罪不可恕！我要告诉奶奶！"

我奶奶她老人家可不是人类，而是大名鼎鼎的九尾狐，虽然并不住在家里，但知道这事肯定会赶回来。

她老人家法力高深，慈眉善目，对爷爷感情深厚，可若是知道这事……

哼哼，修行几千年的九尾狐，吃起醋来，可不是闹着玩的！

"文太，好文太！"爷爷立刻服软了，拉住我，装模作样地，一把鼻涕一把泪，"我的好孙儿，爷爷对你多好呀，爷爷供你吃供你穿，一把屎一把尿地把你喂大，不，把你抚养长大，你绝对不能干这种忘恩负义的事！"

"可是你做了对不起奶奶的事。"

"哎呀……是以前啦！那时候我还没认识你奶奶，不过二十多岁，英俊潇洒，风流倜傥，人见人爱，有姑娘给我写情书，这很正常嘛。"

好想吐。

"感觉你们两个并不简单。"我说。

"不过是……"爷爷斟酌字词，"一段没有结果的感情而已。她仰慕我，我呢，也有点儿喜欢她，后来我离开了，她也嫁人了，这段感情也就无疾而终。这些信，只是这段感情的见证。"

爷爷举起手来："我发誓，我从来没做过对不起你奶奶的事！"

"这么多年，你依然保留着这些信，还放在枕头下，夜夜研读，说明你心里头没放下。唉，我可怜的奶奶……我明天要去好好安慰安慰她老人家。"

"别呀！"爷爷彻底慌了，"好文太！只要你不把这事告诉奶奶，以后我凡事都听你的！你提什么条件我都答应。"

"真的？"

"君子一言，驷马难追！"

"好。我先记下。"

滕六在一旁忍俊不禁："野叉，你是从哪里找到的？"

"路边。镇子木桥的旁边。"野叉说，"被丢在了草丛中，散落一地。"

"装在盒子里怎么会散落一地？幸亏今天没风。"爷爷说。

"没看到盒子，只有信。"

"没有盒子？不会呀，我那盒子……"爷爷突然睁大眼睛，

"我明白了！"

"怎么了？"我问。

"信对蟊贼来说没什么价值，那盒子值钱呀！"爷爷说，"那盒子，乃是用上好的沉香制成，一片沉香万两金，何况还是最好的奇楠沉香！"

"原来如此！"滕六道，"这是个很重要的线索，野叉，回去告诉你爹，让你爹仔细调查今早出现在桥边的可疑人物！"

"好。"野叉急忙起身找竹茂去了。

"好气！"爷爷把那些信放好，对我说，"文太，我们调查了这么久，发现了一个让人愤怒的事实。"

"怎讲？"

"方圆百里，只有我们家被盯上了。"爷爷说，"看来对方是有目的而来。"

"还有，我发现仓库那边的结界出现了裂缝，说明蟊贼昨晚来过，动了手脚，但是失败了。"滕六说。

我们家的宝贝，几乎都存放在卧房旁边的一个小仓库中，为防意外，爷爷用法术布置下了层层结界，形成牢固的保护罩。

"一而再再而三，我觉得，对方还会出手。"滕六判断。

"那怎么办？"这种我们在明处对方在暗处的感觉，让我很不舒服。

"请君入瓮。"滕六指了指小仓库那边，"既然对方还会来，我们便在那里布下陷阱，表面上装作正常，只要他来，保证当场拿下，人赃俱获！"

这些天没抓到蟊贼，滕六灰头土脸，心情很差。

"交给你了。"爷爷点了点头，"我老了，布置陷阱太累人。你是堂堂的大天狗，这种事对你来说，小菜一碟。"

"你分明是懒！"滕六一语道破真相，但他没有推辞。

"一定不能让对方跑了。"我提醒滕六，"一旦跑了，打草惊蛇。"

"明白。"

接下来，我们关掉了百货店，家里的大门也关上了，谢绝外客，然后来到小仓库跟前。

滕六在小仓库门口盘腿而坐，双手结了一个奇奇怪怪的手印，口中叽里咕噜，不知道嘟囔着什么，好像是在念咒语。

声音越来越大，此起彼伏，如同一阵一阵海浪，震得我耳膜鼓胀。

噗！

一道猛烈的气息从滕六身上喷涌而出，冲天而起，赤红色的光芒在半空中形成一个闪烁的圆球，接着化为无数根红色细线落下来，将小仓库包裹住。

"收！"滕六双手合十，罩在小仓库之上的"红线网"消失不见了。

"这就……没了？"我睁大眼睛。

本来以为会有大场面。

"已经很厉害了。"爷爷似乎很满意，"这个叫'天狗网'，算是天狗法术中的中下等法术。"

"中下等法术还说很厉害？"

"你懂什么呀。"爷爷说，"天狗一族擅长攻击，也擅长防守，设置陷阱是他们的拿手好戏。天狗网虽说是中下等的法术，但威力巨大，一般的妖怪粘上去，就如同飞虫撞到了蜘蛛网上，越挣扎束缚得越紧,最后只能束手就擒。"

"抓住这蛊贼,狠狠揍一顿,以解我心头之恨。"滕六拍了拍手说。

布置好了陷阱,我们像往常一样喝茶聊天。晚饭后,还在庭院中吃着西瓜吹着凉风。

虽说很惬意,可我内心焦急,一心渴盼着蛊贼前来自投罗网。

一直到了晚上十一点,家里动静全无。

"应该是不会来了。"我打了个哈欠。

"回去睡吧。"滕六说。

"我也回去了。"爷爷捶着自己的腰。

回到房间,躺在舒服的大床上,我很快睡着了。

不知过了多久,朦胧中听到轰的一声响,接着院子里响起了东西的碎裂声以及吼骂声。

我赶紧从床上下来,拖鞋都没来得及穿,光着脚跑了出去。

月光皎洁,树影摇曳。

小仓库跟前,站着滕六、朵朵和爷爷。

滕六和爷爷很生气。尤其是滕六,脸色铁青。

"要不是你,差一点儿便抓住对方了!"滕六冲爷爷喊。

"怎么能怪我呢!我第一个冲进去的。"爷爷说。

"正因为你第一个冲上去,害得我没法儿动用法术,否则那蛊贼肯定会被我的天狗斩扫落!"

"得了吧,是你自己轻敌。天狗网根本没起到作用!"

"我以为是个普通的妖怪,用天狗网对付绰绰有余。"

"那就是你判断失误!"

两个人吵个不停。

"怎么回事？"我揉着眼睛，走近发现小仓库的后墙赫然出现了一个大洞，坚硬的青砖墙被撞裂了。

"蟊贼来了？"我问朵朵。

朵朵点了点头："对方很不简单，竟然突破了滕六的天狗网，冲进了仓库。我和滕六发现后，急忙赶过来，结果大老爷碍事，让对方……"

"跑了？"

"嗯，转眼之间消失得无影无踪。"

我接过朵朵手里的灯笼，对爷爷和滕六说："你们先别吵了，还是进去看看丢没丢东西吧。"

滕六和爷爷不约而同地冷哼了一声，推开小仓库的房门。

里面一片狼藉。

十几个木箱子被打开，里头装着的锦盒、器具、卷轴等东西散落一地，博古架、壁挂上原先放置的东西横七竖八，简直像被轰炸过一般。

爷爷和滕六忙着清点东西，我和朵朵帮不上忙，只好蹲在大洞旁边研究对方是如何进来的。

"该不会是放了炸药吧？"我说。

"肯定不是。"朵朵说，"应该是对方落入滕六布置的陷阱后，索性一头撞开的。"

"用头……撞出这么大的洞？！"我目瞪口呆，"这不是泥巴，是青砖呀！"

"青砖倒是其次，滕六的天狗网比钢铁都要坚硬。"朵朵摊了摊手，"就是我被粘住，也无法逃脱。"

"也就是说，对方不是一般的妖怪？"

"嗯。要么法力高超，要么有其独特之处。"朵朵说。

"看清楚模样了吗？"

"速度极快，并没有看清楚。"朵朵说，"对方似乎极其擅长破空之术。"

"什么叫破空之术？"

"移动不受空间的限制。"朵朵说，"这也能解释为何他偷了你和老爷的宝贝，我和滕六却并未察觉到。"

"是不是类似于瞬间转移？"我说。

"差不多吧，这种法术，可以撕裂空间。若不是小仓库还有结界，他直接就能进到里面来了。"

"厉害呀！比蛤蟆吉的土遁术还厉害。"

"土遁与之相比，算是小儿科。不过，施展这种法术，需要消耗大量的法力。虽然对方逃走了，但十有八九也受了伤。"

"怎么讲？"

"是滕六的天狗网造成的。"朵朵说，"剧烈的冲击，多多少少会造成一定的内伤。"

我们聊着天，那边的清点工作结束了。

"怎么样，丢了什么东西？"我站起身问爷爷。

"一样不少。"爷爷说。

"不可能吧。"我说，"对方冒了这么大险，还受了伤，如果换成是我，进来了肯定会拿走东西，哪怕是随便抓一把，也赚了。"

小仓库里的东西，最次的也是金银珠宝，至于玉器、书画、青铜器之类的，也是不计其数。

"对方没有拿任何东西。"爷爷说，"我和滕六细细清点过了，不会出错。"

"那他费这么大劲干吗？他是蟊贼呀，贼不走空。"

"我看呀，对方似乎……是在找东西。"滕六指着周围说，"少爷说得没错，如果是盗贼，进来之后，应该火速选择值钱的东西，拿到手便逃之夭夭，但对方并没有这样，而是四处翻找。你看这地上，随便一个东西，比如说这柄羊脂白玉做的玉如意，拿出去至少值几千大洋！"

"说得在理。"爷爷表示同意，"东西一样没丢，说明这里没他要的东西，或者是他还没来得及翻个遍。"

"也就是说，咱们家有他的目标物。"滕六补充说。

"似乎也不对呀。"朵朵说，"如果对方是为了特定的目标而来，为何要偷走少爷的金豆子？金豆子没什么特别的地方，去山溪之中就能淘到，可见纯粹为了钱。"

"还有我的宝贝，信被扔了，拿走了用很值钱的奇楠沉香做成的盒子。"爷爷说。

"你们把我弄得有些糊涂。"我揉了揉太阳穴，"这个蟊贼为了钱来我们家偷盗，来到小仓库，却又对这么多值钱的东西视若无睹，只为他的目标之物……这岂不是前后矛盾？难道对方不止一个？"

"一个。"滕六说，"虽然没看清对方面目，但我敢肯定只有一个。对方身材矮小，全身黑色，速度极快。"

"可惜。这么一搞，对方肯定不会再来了。"我说。

"也不一定。"朵朵分析道，"他来我们家为的是目标物，既然没有得到，肯定还要想办法。"

"接下来怎么办？"我问。

爷爷和滕六商量了一下，决定将小仓库里的所有宝贝转移到他的房间。

这天晚上，他们两个神神秘秘捣鼓到天亮，不知道搞了些什么，以至于吃早饭时两个人哈欠连天。

"要是敢再来，绝对拿下。"滕六信心满满。

我们几个正说着话，竹茂从外面进来。

"哟，吃着呢。"他身上湿漉漉的，把雨伞放在门边。

今天天气不太好，天亮时便淅淅沥沥下起雨，越来越大。

"竹茂呀，过来一块吃。"爷爷指了指饭桌旁边的空位。

"吃啥呀吃。"竹茂抹了抹脸上的汗水，"赶紧跟我走！"

"咋了？"我问。

"发现了蟊贼的踪迹！"竹茂兴奋地说。

爷爷和滕六相互看了一眼，有点儿不相信。

他们两个这段时间忙得底儿朝天，却让对方跑了。竹茂一个小小的巡警，竟然发现了蟊贼，这是在啪啪打他们俩的脸呀。

"真的假的？"滕六再次确认。

"我堂堂巡警，还能骗你吗？"竹茂大声说，"这几天我四处调查，终于发现了对方的栖身之地，我让一帮人帮我盯着，赶紧来通知你们。"

"走！"我没心思吃饭，站起身。

"同去！我倒要看看是何方神圣。"滕六冷笑一声。

"这刮风下雨的，我老人家还得忙活，唉。"爷爷虽然不想去，可是看我们瞪着他，只得顺从。

朵朵留下来看家。我们四个打着雨伞出门，边走边谈。

"怎么发现的？"滕六对这事很感兴趣。

"笨方法。"竹茂说,"大老爷的信是在路边被发现的,我走访了镇子里的人,打探出来那时候打那里经过的有七个人,其中六个人是咱们镇子的,可以排除。剩下的一个人,是个生面孔。"

"外来户?"

"嗯。"竹茂说,"是个五十多岁的老头,山羊胡,头发用一根木簪盘在脑后,背着一个装得满满当当的木头箱子,样子挺奇怪。这几天,我四处寻找这个人,也让乡亲们帮我留意。功夫不负有心人,总算是发现了这家伙。"

"一个老头?"爷爷和滕六很是诧异。

滕六问:"是个人?"

"啊?"竹茂愣了一下,"当然是人了,不是人难道是鬼呀!"

爷爷低声嘀咕道:"不对劲呀,分明不是闯入我们家的那个……"

"难道是同伙?"我说。

"不管了,先去看看。"爷爷说。

竹茂走在前面,急切地说:"你们别叽叽歪歪,赶紧走,万一对方跑了可不好。"

"人现在在哪里?"滕六问。

"云麓村客栈。"

云麓村是近年来新建的一个外迁村,距离黑蟾镇倒是不远。

我们一帮人加快步伐,一个多小时后,来到了客栈门前。

客栈名为"云麓客栈",在云麓村的最外头,靠近大路,是个大车店。所谓大车店,是专门接待那些往来运送货物的商贩所开设的客栈,也招待散客。

客栈环境一般,每个房间都是大通铺,可以住二三十人。因为住宿费便宜,所以客人不少。

老板娘叫杏花,跟滕六很熟。

"人还在吗?"竹茂到了柜台前,低声问杏花。

"在呢在呢!"杏花低声说,"我安排两个伙计轮流盯梢,放心吧。这家伙之前住进来,单独包了一间房,给的钱虽然不少,但是奇奇怪怪的,没有他的允许,伙计不能擅自进入,连给他准备的饭菜也只能放在门口。他回来就一头钻进屋子里,话也不多。果然不是好人!"

"人在便好,交给我们。"竹茂抽出警棍,"对方只有一个,还是个老头,我们冲进去直接拿下。"

"别忙。"滕六问杏花,"那房间有后门不?"

"有。在西边,靠着柴房。我让伙计帮忙堵着。"杏花说。

"竹茂你们从正门冲进去,我在后门等着,咱们兵分两路。"滕六做好安排。

一帮人蹑手蹑脚进入后院,竹茂他们奔着前门,我跟着滕六来到后门。

滕六若无其事一般,从柴火堆里抽了一根木棍,靠在门边。

这时,听见正门那边鸡飞狗跳,人仰马翻,哐哐的撞门声不绝于耳。

房间里面也有动静,很快,后门吱嘎一声,钻出来一个人。

是竹茂说的那个老头。

"喂,这里。"滕六笑了一声,走过去,一棍放倒。

…………

大大的木椅上，老头被五花大绑。

长相十分丑陋的一个老头，干瘦如柴，黑色头发盘成道髻，山羊胡，三角眼，牙齿漆黑。

从面貌和口音判断，不是本地人。

"少爷，这是你丢的金豆子吧？"竹茂从他的包裹里翻出个木盒，打开后高兴地递给我。

"是！"我大喜。

"还有我的奇楠沉香盒。"爷爷也找到了他的东西。

除此之外，包裹里还有不少物品，金银首饰、玉石翡翠、上百块现大洋、玛瑙杯、瓷器、古董书画……琳琅满目。

"竟然是个大盗！"竹茂冷哼道，"我是本地的巡警，你被捕了。"

老头的反应引起了我的兴趣。

身为盗贼，被抓个人赃俱获，多少应该会露出惊慌失措的神色。但他异常镇定，低着头，一声不吭。

"大老爷，丢的东西找到了，这人和其他赃物，我带走了啊。"竹茂说。

这家伙挺高兴，无意间破了这么个大案子，上面定然会嘉奖他，说不定还会升职呢！

"等等。"爷爷对竹茂道，"你跟伙计们出去，我有些事想问问他。"

"大老爷，您要审问？这可是巡警的事，你没权力……"

"哪那么多废话，出去！"

"哦，好。"竹茂领着几个伙计出去了。

爷爷扯了把椅子，坐在那个老头对面。

老头低着头，闭着眼睛，一动不动。

"你是海南人吧？"爷爷将烟袋掏出来，点上。

老头闻听此言，缓缓抬起头，盯着爷爷，还是没说话。

"还是个赶宝人，我说对了吧？"爷爷笑了笑。

老头面露惊愕之色，脱口道："你怎么知道？！"

爷爷指了指老头的胸口："赶宝人都会随身携带这么一个东西。"

老头的脖子上，挂着一个灰不溜秋、毫不起眼的木棍。

木棍看不出是什么材质，有大拇指粗细、长短，因为长期随身佩戴，外表包浆莹润，依稀能看到上面刻画了繁复的符咒和残留的朱砂。

"多年前，我曾经碰到过一个赶宝人，从他手底下救过一个取宝鬼。"爷爷说。

我听得云里雾里，忍不住插嘴："爷爷，什么是赶宝人？取宝鬼又是个什么东西？"

"孩子没娘，说来话长。"爷爷抽了一口烟，道，"海南那地方有一种妖怪，这种妖怪历史悠久，通体黑色，身高不足三尺，聪明伶俐。海南盛产各种香料，比如奇楠香之类的贵重之物，这种妖怪不仅有获取这种异香的特殊本领，还善于分辨各类珍宝，得到他们便可探囊取物，所以得名'取宝鬼'。"

"这种妖怪，三三两两生活在深山之中，也有的栖身在海岛之上，原本与世无争，后来人类看中了他们这项本领，就想方设法抓住他们，命令他们为自己寻来宝贝。这种人，被称为赶宝人。"爷爷徐徐说道，"赶宝人乃是江湖中的旁门左道，分为两类。一类为人还算正派，和取宝鬼达成协议、约定期限，少则三年，多则五年，甚至八年，带着取宝鬼四处游历，到了有奇楠香的地方，让取宝鬼饱餐一顿，将置办好的锯子和斧头交给取宝鬼，取宝鬼便会上山，将奇楠香取来交给赶宝人，赶宝人以此赚钱，获利丰厚。期限一到，赶宝人会遵守诺言，将取宝鬼放走。"

"另外一类则黑心肝。"爷爷冷笑一声，"他们和取宝鬼并没有什么期限约定，抓住取宝鬼之后，不仅逼迫他们去深山中获取奇楠香，还会强迫他们去偷盗各种金银财宝，比那些江洋大盗还厉害。更可恨的是，他们视取宝鬼为自己的奴隶，极尽压榨之能事。在他们手里，取宝鬼疲于奔命，绝大多数都会悲惨死去。"

"赶宝人再厉害也不过是人类，取宝鬼完全可以跑呀。"我不解。

"跑？"爷爷摇了摇头，"他们有代代相传的咒术，能将取宝鬼的眉心血融于其中，刻上符咒，称之为'留鬼棒'，取宝鬼只能听命行事，若是反抗或者逃跑，赶宝人只需用火烧了留鬼棒，取宝鬼便会灰飞烟灭。"

"太毒辣了！"我说。

爷爷叹了一口气："大概三十年前，我遇到过一个赶宝人，此人心狠手辣，对待手下的取宝鬼更是不近人情，我见那取宝鬼可怜，费尽一番心思，协助当地的巡捕捉住了那人，救下了取宝鬼。可惜，取宝鬼遭受那人极为严重的虐待，奄奄一息，最终还是死了。"

爷爷看着那个老头，问道："你身上有'留鬼棒'，应该属于后一类吧？"

老头咳嗽了一声，说："本想着深山之中得一笔钱财，想不到遇到了行家，栽在你手里，我无话可讲。"

"唉。"爷爷又叹了一口气，道，"家里连续好几次丢东西，上次小仓库的结界被破坏，我都没想到是取宝鬼所为，真是年纪大了，记性不好。"

"我们这地方，从来没出现过这种妖怪，太正常了。"滕六说。

"嗯。也是。"爷爷又看着老头，"你那取宝鬼现在何处？且唤了回来，我有话问他。"

"我也想将他唤回来，好好用法鞭抽他一顿！"老头十分愤怒，面目狰狞，"这厮，误我！"

"哦？为何？"爷爷问。

"原本我对你们这种小地方毫无兴趣。我打算带着他乘船去省城，那里车水马龙，富贵权势之家众多，随随便便也能捞上一笔。可这厮却像着了魔一样，非得往这边来，说他感受到了无数珍宝的气息。取宝鬼对财宝有着异常敏锐的感知能力，所以我便信了他。"

老头接着说道："哪想到竟然是这么个破镇子。我狠狠打了他一顿，执意要走，他苦苦哀求，说愿意去证明自己所言非虚。当天晚上，他盗来了一盒金豆子。"

"我的金豆子！"我说。

"这盒金豆子倒也值不少钱。"老头笑道，"深山小镇，竟然有这么富庶的人家，让我十分好奇。我向他问出了你们家的住址，让他再去行盗。第二次，那厮偷过来一个盒子，虽然里面都是些无用的信件，可盒子却是用最上等的奇楠沉香制成，比金豆子值钱多了。"

"所以你逼迫他再次行窃？"爷爷问。

"没有。"老头道，"我干这一行十分小心，同一个地方，最多两次，得手之后，立刻转移。和寻常一样，得到奇楠沉香的盒子之后，我想赶紧离开去省城。哪料到这厮竟然抗命不从。即便是我打得他遍体鳞伤，他也不愿离开。'你就是烧了留鬼棒，让我灰飞烟灭，我也不会走。'他这么对我说。"

"为何？"爷爷皱起眉头。

"我也不知道。"老头道，"那厮说你们家有个仓库，里面的宝贝价值连城，堆积成山，他一定要进去大干一场。但是我觉得，那家伙好像有自己的私心。"

"私心？"

"嗯。取宝鬼对我们赶宝人唯命是从，一般情况不会抗命不遵。"老头道，"我呢，也只有随他去，毕竟若是真的能盗来价值连城的珍宝，对我来说是大好事。他还跟我约定，七天之内，必定回来。他去之后，我留在客栈等消息。结果等来等去，音讯全无，我怕出意外，就到你们家来查看情况。"

"我的那些信，便是那时候被你丢在路边的？"爷爷问。

"我见你们家风平浪静，便赶紧离开。在桥头上绊了一跤，盒子跌了出去，信件散了一地，本想着赶紧收拾，怎想当时有镇上的人经过，我只能慌慌张张拿了盒子跑掉。"

"人算不如天算，正是这些信，暴露了你的行踪。"滕六道。

"只能说我运气不好。"老头看着爷爷，"这些天，我跟那厮失去联系，他在哪里，我也不知道。不过……"

"不过什么?"爷爷问。

"不过今天是我们约定的最后一天,他肯定会回来。"老头道。

"那便等他回来。"爷爷说,"我心里有个疑问,得当面问问他。兄弟,你若是好生配合,我可以向巡警说情,从轻发落。"

"可以。"老头答应得干脆利落。

爷爷让滕六给老头松了绑,然后与滕六在屋子里布置一番,只等取宝鬼送上门来。

从早上等到日上三竿,从晌午等到下午,眼看着日落西山,依然没有任何动静。

"不会不来了吧?"我问。

"应该不会。定的期限是七天,今天取宝鬼若不回来,那就等于违背了誓言,只有死路一条。"爷爷说。

"来了。"滕六突然低喝了一声。

我赶紧躲到一个大木柜后面。

此时太阳已经落山,屋内光线昏暗。

只听得外头啪的一声响,有个东西落到了门前,然后嗖的一下蹿了进来。

借着油灯昏暗的光线,我看了一眼。

眼前的妖怪,果然跟爷爷描绘的一模一样。

"怎么这么晚才回来?!"赶宝人端坐在椅子上,怒喝道。

"出了点儿事。"身材矮小、全身黑色的取宝鬼如同猴子一般跳到椅子上,"那家人非同小可,会法术,我受伤了,差点儿丢了性命,躲到山洞里休养好了些才回来……"

取宝鬼突然用鼻子使劲嗅了嗅："不对，这气息……这屋子里有生人！"

这时候，爷爷和滕六一左一右蹿出来，尤其是滕六，犹如一发炮弹朝取宝鬼撞去，速度快如疾风，同时拳脚相向。

与滕六相比，取宝鬼的动作毫不逊色，左右躲闪之后，奔着门高高跳起。

"收！"爷爷低喝一声，大手一挥，一道红光从袖子里飞出，将那取宝鬼缠住。

啪！取宝鬼跌落在地，滕六一脚踏上。

"别挣扎，越挣扎我这绳子捆得越紧。"爷爷呵呵一笑。

他那绳子不知道是什么做的，细如丝线，却坚韧无比。

"屡次闯入我家偷窃的，是你吧？"爷爷笑着问取宝鬼。

滕六将取宝鬼拎起来，绑在另一张椅子上。

"你盯上我家，表面看上去是行窃，实际则是奔着特定的东西而来，说吧，到底意欲何为？"爷爷敲了敲烟锅，重新点上烟。

"我娘在哪里？！"取宝鬼呼哧呼哧喘着气，恶狠狠地盯着爷爷。

"你娘？"爷爷愣了一下，"我怎么知道你娘在哪里。"

"你家里有我娘的东西！"取宝鬼道，"我能感受到它的气息！就在小仓库中，可惜我没有找到。那东西是我给我娘的，东西在，娘就在！我娘在哪里？！"

"我的仓库里，东西太多了。你娘的东西……难道是……"爷爷睁大眼睛，"是不是一个海螺做成的小小铃铛。"

"是！"

"你是……你是宝生？"爷爷惊得站起来。

"你怎么知道我的名字？！"取宝鬼目瞪口呆。

"你真的是宝生？！"爷爷走过去，抓住取宝鬼的手，"你娘是不是叫鼇琼？"

"是!"叫宝生的取宝鬼，急切地望着爷爷，"我娘呢？"

"你娘……"爷爷低下头，"我找你找得好苦呀，宝生，你娘……早已经不在了。"

…………

"我和爹娘，住在一座名为弦月的小岛上，那是一座很小很小的岛，位于大海之中，树木苍翠，罕无人迹。听我娘说，先前我们住在海南的大山之中，因为逃避赶宝人的追捕，才流落荒岛。那座岛，形状像上弦月，所以我娘给它取名弦月。世人眼中的蛮荒之地，是我们的家园，也是乐园。"

宝生坐在桌子旁边，看着窗外的月亮。

"岛上有清泉，树木常年葱翠，结出各种野果，海里有鱼，吃喝不愁。爹带着我出海捕鱼，徜徉于碧波之中。海水很清，一眼就能望到海底，我经常一个猛子扎下去，寻找漂亮的珊瑚，还和鱼群一起嬉戏。运气好的话，还能看到巨大的鲸鱼。你们知道吗？那片海最宝贵的东西，有两种。一种是名为黄金螺的海螺，通体金色，需要一两百年才能长成鸡蛋大小。这种海螺，制成首饰戴在身上，不会迷路，而且不会被瘴气侵害。另外一种是珍珠。由生长在深深海底的巨大贝类精心孕育，大小不一，颜色各异。有月亮的晚上，月光照射之下，贝类会成群结队，纷纷张开贝壳，吐露珍珠，那些珍珠发出灿烂的光芒，宛若辰星。

"不管是黄金螺还是珍珠,得到它们并不容易,需要潜入深深的海底,还要躲避各种暗流、暗礁和凶猛的大鱼。爹说,如果我能得到这两样东西,那就证明我长大了。

"我苦练本领,最终潜入大海,得到了它们。我用它们做成了一个螺铃,送给娘。以黄金螺为铃身,以一枚黑色珍珠为铃坠,非常好看。那是我的成年礼。娘特别高兴,随身佩戴。

"我们一家如此幸福地生活在岛上,感觉像永远。但是有一天,海面上驶来了一艘船,是一伙赶宝人。他们径直闯到岛上,我爹和他们搏斗,我娘则带着我往树林中逃。

"那是一场激烈的战斗,我爹虽然竭尽全力,但敌众我寡,最后一刻,他宁愿死也不愿被赶宝人抓住,一头撞向了礁石。

"那群赶宝人逼死了我爹,开始全岛搜捕我和我娘。我娘带着我四处躲藏,可岛就那么大,迟早会被发现。

"那天晚上,我娘像以前那样哼着歌哄我入睡。清晨,我醒来就看不见我娘了。我拼命跑出去,一直跑到海边,看见那艘船扬帆离去。我娘被他们抓住,关进了铁笼之中。

"我知道,我娘是为了救我,主动落入他们的陷阱。

"后来,我离开小岛,四处寻找我娘。人类的世界好大,到处充满危险。我不明白人类为什么这么复杂,充满了尔虞我诈,他们惧怕我,视我为洪水猛兽。我只能在驱赶和诅咒中躲躲闪闪。就这样,一路追寻着螺铃的气息,追寻着我娘的踪迹。

"后来,我碰到了这个赶宝人。与其说是被他抓住,倒不如说是我自愿。虽然成为奴隶很糟糕,可起码我有了帮手,不必再担心受到额外的伤害。他带着我到处取宝,我也可以在他的庇护下,继续找我娘。

"就这么走呀走，不知过了多少年，不知爬过多少山，蹚过多少河，我终于感受到了螺铃的气息……"

宝生看着爷爷："是从你们家里传出来的气息。我费尽千辛万苦，终于找到了。"

"原来……原来是因为那个铃铛呀。"爷爷叹息，"我救下你娘的时候，你娘已经命不久矣。她从脖子上将螺铃解下来，交给我，拜托我无论如何要去一次弦月岛，把铃铛交给你。我按照她的交代，去了弦月岛，没有发现你的踪迹，只能回来。这么多年，那个铃铛一直被放在仓库中。不过，不是在仓库的下面，而是在仓库上面的小阁楼中，和一堆物品混在一处，也难怪上次你没找到。"

爷爷对滕六道："你去取来吧，装在一个黄铜盒子里，用紫色的锦缎包着。"

滕六起身出去。

爷爷看着宝生，又说："你娘吃了很多苦，却一直都将那个螺铃戴在身上。我想，夜深人静之时，抚摸那个铃铛，倾听那与众不同的来自大海的声音，她一定会想起你。"

"我娘在哪里？"宝生眼眶红了。

"我把她火化了，骨灰埋在了弦月岛。那岛很美丽，孤悬海外，草木繁茂，与世隔绝。岛上有一处突起的山崖，站在那里，可以看到美丽的日出，我就把你娘埋在了那处山崖上。"

爷爷转脸，伸出手，对赶宝人道："拿来吧。"

赶宝人愣了一下。

"留鬼棒！"爷爷沉声道。

赶宝人将留鬼棒取下来，递给爷爷。

爷爷双手持着留鬼棒，眼睛微闭，口中低低吟诵着我听不懂的咒语。

留鬼棒突然发出赤红色的光芒，原本镌刻在上面的一道道符咒离开棒身，晃晃悠悠飘浮于空中，而后迅速消散。

接着，一道青色光芒闪现，缓缓投入宝生的眉心，随即消失不见。

"好了。"爷爷摊开手，那根小小的留鬼棒，化为一捧灰烬。

"你走吧。自此之后，不要再干类似的勾当，若是再被我撞见，定饶你不得。"爷爷对赶宝人说道。

赶宝人点了点头，向爷爷微微施了一礼，简单收拾了包裹，溜出了门。

"是这个盒子吗？"滕六从外面大踏步进来，手里捧着一个盒子。

"是！"宝生一个箭步奔上去，接过了盒子。

打开，的确是一个铃铛。

我从未见过这么好看的铃铛。

金黄色的海螺，被小心地掏空、雕刻，表面刻绘出美丽的图案，应该是那座小岛的景色。一颗硕大的珍珠，散发出温润的光芒，恰到好处地包含在螺体之中。

宝生双手捧着螺铃，身体微微颤抖。

他将螺铃贴在脸上，仔细感受着上面残留的气息。

"娘，是我，宝生啊。娘……"他低声呼唤着。

"这样的铃铛，会响吗？"我说。

"会的。"宝生轻轻摇动铃铛。

叮……叮当当……

叮……叮当当……

清脆的，灵动的，绵绵不绝的铃声响起来。

如同在心里下了一场雨，一滴滴，敲在最柔软的地方。

我听到微风的声音，听到大海的声音，听到星斗升起又落下的声音。

好美！

"娘！娘！"宝生哽咽着，潸然泪下。

"留鬼棒我已经毁了，你也恢复了自由身。接下来，有什么打算吗？"爷爷拍了拍宝生的肩膀。

"我会回到那座小岛，再也不出来。"宝生说，"我要陪着爹和娘，永远在那里。我们一家三口，终于可以团圆了。"

"好，好。"爷爷点了点头，没再说话。

"谢谢！"宝生对着我们所有人，深深鞠了一躬。

…………

"这件事到此为止，谁也不能透露出去！"饭桌前，爷爷郑重其事地说。

"是呀，堂堂方相家，被人偷了东西，说出去实在丢脸。"滕六说。

"什么呀！"爷爷使劲敲了敲桌面，"我是说……我的那些信！"

"情书呀？"我往嘴里塞了一个肉包子。

"闭嘴！"爷爷甩了我一个白眼，"谁要是把这件事透露出去，让青丘知道了，我一定把他赶出家门！尤其是你，文太！"

"我不会说。不过，要是奶奶主动问我呢？我可不会对奶奶撒谎。"我说。

"问你你也不能说！否则你奶奶会打折我的两条腿！"爷爷满脸堆笑，讨好道，"只要你不说，一切好谈！"

"那我有要求。"

"有屁快放！"

"嗯……我想要个铃铛！"

"铃铛？！"

"嗯。宝生那个螺铃，声音真好听。我卧室窗户边，正好缺一个风铃。"

"我可没能耐给你做一个螺铃！"爷爷大声说。

"但是你有一个很好看的风铃呀。"我说，"我看到过一回，装在粉红色的盒子里，用粉红色的琉璃做成的，还散发着一股淡淡的幽香，声音特别清脆，我要那个！"

"我呸！"爷爷火冒三丈，"绝对不行！那是盼儿送给我的定情信物……"

"呀！我说得没错，你们两个果然不简单！"

"哎呀！"爷爷捂住嘴，"又说漏了嘴！"

"给不给？你要是不给也行，我跟奶奶说……"

"行啦行啦！怕了你了！你自己去拿！好烦！"爷爷站起身，摇头叹气走出去，"唉，有时候，人太帅，也是一种痛苦……"

我差点儿将嘴里的饭吐出来。

叮叮当当。

粉红色的风铃，在晚风的吹拂下，发出一阵阵清脆的响声。

躺在柔软舒适的大床上，我不由自主地想起宝生。

此时，他是否也像我这样，倾听这样的铃声呢？

如他所说，自此之后，他们一家三口终于可以在那座岛屿上团聚。

螺之铃，保佑宝生吧。

带着这样的期待，我进入了梦乡。

夜行灯

行之灯

　　开成中,桂林裨将石从武居在于城西壕侧。从武早习弓矢。忽一年,家内染患疾,长幼罕有全者。每至深夜,常见一人从内出来,体有光焰,居常令疾者痛苦。稍间,若此物至,则呻吟声加甚,医巫醮谢,皆莫能效。从武心疑精邪为祟,至夜操弓挟箭,映户潜行,候其来。俄闻精复至,稍近,遂彀弓引满,一发中焉。见被焰光星散而灭,遂命烛而看。视之,乃是家中旧使樟木灯檠,中箭而倒。乃劈为齑粉,焚爇为灰,送长河。于是家人患者皆愈。

——唐·莫休符《桂林风土记》

太阳还未出来,爷爷便将我拖到院子里。

夏至已过,天气炎热。

地面洒上水,湿气往上翻腾,风一吹,顿觉无比凉爽。

昨日从山上砍来的青竹,沾着露水,正放在脚下。

爷爷用铁刀剖开竹节,灵巧地将其破成细细的竹篾。

他坐在木凳上,柔软而又有弹性的竹篾在他怀里跳跃着,时间不长,一个圆滚滚的灯笼竹罩便完成了。

"你看着学。"爷爷说。

我学个鬼!

这些日子即将放假,学校里的功课很多,还要忙着考试,三更灯火五更鸡,本少爷累得要死、困得要命,好不容易在休息日能睡个懒觉,还要被他从床上抓起来。

"年纪大了。"爷爷捶了捶背,"以前,熬个通宵,编几十个灯笼不在话下,现在不行了,编一会儿就腰酸背疼。"

"如今大家都用洋油、洋火,这玩意儿越来越没人爱用,恐怕卖不出去。"我坐在他旁边,拿起刀,学着他的样子破竹篾,结果一不小心,尖锐的竹刺扎进手掌里,血流如注。

"哎呀!你这孩子毛手毛脚的!"爷爷哭笑不得,捉过我的手,拔掉刺,撕了块白布给我包上。

"做的这些灯笼可不是卖的。"爷爷点起烟锅,手头里的活儿没停下。

很少看到他如此专注、认真过。

"不是卖的?难道自己用?这么多的竹篾,恐怕能做二三十个灯笼,咱家用不了。"

"不是咱家用。"爷爷叼着烟袋,嘴里喷出一股烟,"准确地说,不是给人用的。"

"那给谁用?"

"先人呀。"

"死去的人?"我问。

"对。"爷爷头也不抬,手里的竹篾窸窣地响,"再过几天,便是麦灯祭了。"

"麦灯祭?"我从来没听说过。

"这个节日,只在我们黑蟾镇一带流行,算得上是地区性的节日。"爷爷说,"夏至之后,收割麦子,然后要播种,这是一年中最忙活的时候,收成的好坏,关系到一年的光景,所以极为重要。"

这个我懂。这些天,人们穿梭于田间地头,抢着收割、脱粒,男女老少齐上阵。我们家大部分的田地租了出去,也有一些自用的田地需要自己动手,爷爷和滕六忙得不可开交。

"我们忙,先人们也忙。"爷爷说。

"他们忙什么?"

"怕收成不好,子孙挨饿,所以在冥冥之中守护着我们。即便是死了,也要操心。"爷爷说。

"咸吃萝卜淡操心。"

"这孩子!怎么说话呢!"爷爷有些生气。

"这跟麦灯祭有什么关系?"我赶紧转移话题。

"当然有关系。"爷爷说,"麦子归仓,任务完成,大家当然要感谢先人,因此举办祭奠,把他们接回家,享受香火供奉,祈祷他们继续庇佑子孙。这节日每两年举办一次。"

"依我看,十有八九是你们这些人,累了一阵子,想找个吃喝玩乐的借口,搞出了什么麦灯祭。"

"也有可能。"爷爷笑起来,"不过辛勤忙碌之后,舒舒服服喝酒,开开心心玩耍,算是对自己辛勤汗水的犒劳,没什么不好。"

"也是。"我点了点头。

没人不喜欢热闹。

"这些灯笼和麦灯祭有什么关系?"我说。

"大有关系。"爷爷又做好了一个灯笼罩,"先人们埋在深山之中,山路崎岖,林间漆黑,为了迎接他们回家,需要灯笼为他们照路。一般来说,要在他们经过的路上,每隔一段距离放置一盏灯笼,一直延伸到家门口。这样,看着灯笼,跟着光,他们就会顺利地被迎入家门,不会迷路。"

"噢!"我惊呼一声,"若是坟地埋得近,倒是好说,若是埋在百里之外,那岂不是要用成百上千个灯笼?!"

"废话！"爷爷快被我气死了，"不管远近，一般不会超过二十个。只需要在一些关键地点，比如岔路口、山林密集的地方放置即可。先人们又不是笨蛋。"

"有道理。"我点了点头，又说，"不过好像也有说不通的地方。"

"什么？"

"每家每户都挂灯笼，那么多灯笼，根本分不清是谁家的，这样一来，先人们跟着灯笼，很有可能分辨不清，稀里糊涂进错了家门呀。"

"你这脑袋瓜里哪来的那么多歪理邪说？"爷爷翻了个白眼。

"我考虑问题相当周到，不是吗？"我得意扬扬。

"别得意，你这个担心早就被人料到了。"爷爷冷笑一声，"挂出去的灯笼，每家每户都是不一样的。"

"每家每户都不一样？！"

"当然了。"爷爷说，"最大的区别是灯笼上的图案。"

爷爷一边说，一边取来一个做好的灯罩，然后随手拿起一张大纸。

这种纸，是黑蟾镇的特产，以深山中的葛藤为原料，经过多道工序制成。葛藤坚韧，具有毒性。造出来的纸，薄如蝉翼，经久耐用，能防虫蛀，据说很早之前就被列为贡品。

爷爷先把糨糊刷在灯罩上，然后蒙上葛藤纸，小心贴匀，手指用力按压，很快，一盏灯笼便做好了。

接着，他拿起毛笔，蘸上朱砂，在上面细心描绘。

雪白的葛藤纸上出现了图案。

这个图案，我见过。我们家的不少器物上，都有。

一副面孔，须发贲张，龇牙咧嘴，长着四只眼睛，异常威武。

"这就是我们家的图案。"爷爷说，"先人们看到这个，就知道是自己家的灯笼，一路过来便不会走错。"

"别人家呢？"我问。

"图案不一。"爷爷说，"有的画上三道杠，有的打个叉，有的绘条鱼，总之千奇百怪。比如竹茂他们家，灯笼上挂的是把锯，因为他们家靠伐木为生。不过，在黑蟾镇这一带，用红色朱砂画图案的，只有我们方相家才可以，别人是不行的。"

"为什么？"

"因为我们是方相家呀。"爷爷笑起来，"算是特权吧。"

"这么说来，家家户户都要忙着制作灯笼喽？"我问。

"也不是。"爷爷摇了摇头，"麦灯祭的灯笼，不是一般的灯笼。一方面，是为先人们指路的，稍有不慎，惹怒了先人，吃不了兜着走；另一方面，人有攀比之心，都想借此机会显示一下自己家的日子过得有多好，故而想方设法要把灯笼搞得漂亮些，所以……"

爷爷抽了一口烟，笑道："除非没钱自己制作，但凡手头有钱的人，都会定做。"

"定做？"

"嗯。这些天，估计仁山忙得不可开交。"爷爷说。

仁山，姓关，是镇子里唯一的竹篾匠。所谓的竹篾匠，就是靠编制竹制品为生的匠人。

黑蟾镇一带的山里，盛产各种各样的竹子，乡亲们往往会将竹子砍下来使用。有些简单的竹器，比如扁担、竹杖之类的自己制作，但稍微复杂一点儿的，比如竹篮、竹筐、竹椅、竹席之类，便需要从竹篾匠那里购买。

关仁山今年三十出头，父母早亡，住在镇子最西边的山脚下。他心灵手巧，编出来的竹器不仅美观而且耐用，每次挑到集市上都会被人争抢一空。靠着这门手艺，虽说关仁山的生活算不上富裕，但温饱无忧。

对于这个人，我印象不深。原因很简单——关仁山性格腼腆。

这家伙模样长得不赖，高高的，瘦瘦的，皮肤白皙，高鼻梁，大眼睛，但是极其害羞。三十出头的大男人，碰到别人永远都是不善言辞，经常说不了几句话便面红耳赤，慌里慌张走开。

"堂堂一个大老爷们，比大姑娘还大姑娘。"镇子里的人都这么评价他。

"仁山做的灯笼好看，他画工也好，所以每次麦灯祭前去定做的人络绎不绝。你家几个，他家几个，加在一起，数量众多。干这活儿，不仅累，还报酬微薄，一般竹篾匠不屑为之。仁山厚道，但凡人家进了家门，他都会笑脸相迎，一口答应。他那院子里，估计现在灯笼已经堆积如山了。"爷爷似乎对仁山很赞许。

"既然如此，咱们家也定做得了，多省事。"我说。

"那可不行！"爷爷扬了扬眉毛，"别人家可以，我们家不行。"

"就因为我们是方相家？"

"是了。堂堂方相家，麦灯祭的灯笼还需要向别人定做，传出去会被别人笑话，先人们也会生气。"爷爷说，"先人们靠着这些灯笼回家，我们靠着这些灯笼维系着和先人们之间的血脉联系,所以这门手艺很重要。文太呀,我老了,说不定哪天也成了先人,也要靠着这些灯笼回家呢。所以你得把这门手艺学会,否则没了灯笼,我们岂不成了孤魂野鬼?"

"有这么严重?"

"当然了!"爷爷沉声道,"你爹不成器,指望不上,至于你那几个哥哥姐姐,唉,镇子他们都不愿意来,更别说学这手艺了。我只能指望你。"

话说到这地步,我别无选择,只能笨手笨脚地坐在旁边学着破竹篾、扎灯罩、糊灯笼……

一直忙活到中午,总算完工了。

"做几个好菜,好好犒劳下我们。"爷爷很开心,如此吩咐朵朵。

小院树荫下,十几道小菜,色香味俱全,一家人开开心心地聚在一处吃吃喝喝,挺好。

因为高兴,爷爷开了一坛十年的桃花酿,而且允许我喝一小杯。

在井水中冰镇过的甜酒,喝进肚子里,全身毛孔都打开了,美滋滋!

正在兴头上,竹茂大步走进来。

"竹茂呀,你小子有口福,快来坐下。"爷爷对竹茂说。

竹茂毫不客气,拖了竹凳挨着我坐了。他摘下警帽,擦了擦汗水,拿起筷子,风卷残云。

"喝酒吗?"爷爷问。

"来一碗!"

一碗酒,竹茂一饮而尽,笑道:"爽快!"

"好一阵子没见你,忙什么呢?"爷爷给竹茂夹了一块东坡肘子。

"大老爷,咱们镇子闹妖怪了。"竹茂说。

咳咳咳!低头吃饭的我,听了这话,呛得把米粒喷了竹茂一脸。

黑蟾镇位于深山老林之中,游弋着很多妖怪。他们与人类和谐相处,却极少主动现身惹事。不知怎么回事,可能是身份或者血脉的原因,我和妖怪天然有着联系,其中很多妖怪成了我的朋友。

镇子里闹妖怪,这事之前很少发生。

但愿和我的那些朋友无关,否则就麻烦了。

"不会吧。"爷爷低头吃着饭,"好好的,怎么会闹妖怪?"

"真的!"竹茂又倒了一碗酒,"这些天我一直忙着处理这件事,但越查越乱。事关麦灯祭,只能来找大老爷帮忙。"

"和麦灯祭有关系?"

"嗯。"竹茂重重点了点头。

"如此说来……"爷爷放下筷子,"真的非同小可了。"

竹茂飞快扒完一碗饭,打了个饱嗝儿,将事情一五一十道来。

这件怪事,和灯笼有关。

临近麦灯祭,黑蟾镇一带家家户户都在准备灯笼,虽然不少人到关仁山那里定做,但也有不少人自己动手。

这两年,从外地迁移过来的人很多,形成了不少新的村镇。中国有句古话叫入乡随俗,麦灯祭原本只是黑蟾镇一带的习俗,如今吸引了不少外迁来的人。

想想也能理解，这些人背井离乡在此落户，日常无法祭拜先人，如今站稳脚跟，希望借着麦灯祭，将久不祭祀的先人迎回家，虔诚叩拜，也算是一种心理安慰。

所以这段时间，许多外迁来的村镇摩拳擦掌，为他们的首次麦灯祭做准备。他们纷纷向当地人打听麦灯祭的流程、灯笼的制作方法，特别是其中需要注意的一些要点，再按部就班地实施。

结果，接二连三出现了怪事。

"最先出事的，是云麓村的阿秀姑娘。"竹茂介绍说，"阿秀是和哥哥一起落户云麓村的，因为他们的父母是在逃难的路上去世的，他们做了许多灯笼，备好了供品，准备把去世的父母迎回家。"

云麓村我常去，是周围最大的外迁村。

"说起这个阿秀呀，二十二岁，人长得好看，心灵手巧，性格也好。"竹茂笑起来说，"灯笼做好后，阿秀拎着最大的一盏出门，准备放在云麓村的山口。"

"第一盏灯很重要。"爷爷插话道，"这盏灯，叫头灯，是所有灯的定位灯。一般要放置在山口或路口，最大也最精美，先人们从这盏灯开始，一路走回家。"

"是呀。按照规矩，这盏灯需要单独安放，而且必须要在半夜子时放。"

"没错。"爷爷附和着。

"这天夜里，阿秀一个人拎着头灯，徒步来到云麓村东边的山口。从家里到山口有三四里地吧，不算远。"竹茂道，"那个山口，道路交错，周围是茂密的森林和几条宽阔的河流，道路旁边生长着一棵粗得需几人合抱的柏树，阿秀是打算把头灯放置在柏树下。"

"阿秀胆子真大，三更半夜的，一个人出门。换作是我，可不敢。"我听得聚精会神。

"苦命的女孩子，经历的事情多了，这点儿事就不算什么了。"竹茂说，"阿秀走到柏树下，四周漆黑一片，极为安静。她摸索着，找到白天在柏树下方插下去的木棍，挂上头灯，取出火柴，擦亮，点着，接着……"

说到这里，竹茂吸了一口气："噗的一声，灯灭了。"

"灭了？"我吓了一跳。

"是的。当时一丝风都没有，忽然噗的一声，灯就灭了。"竹茂道，"阿秀急忙四处看，可周围根本什么都没有。她又划了根火柴，点着，噗，灯又灭了。"

竹茂顿了顿，说："这一次，阿秀能够清楚地感受到有一股气息，灯是被什么东西吹灭的！"

"不是说周围没人吗？"我瞪大眼睛问。

"是呀，一个人都没有。阿秀忍不住大声问是谁，但无人回应，却能够听到呼哧呼哧喘气的声响，然后砰的一声，挂在杆子上的灯笼被打飞到空中。阿秀吓坏了，顾不得许多，扭头就跑，一口气跑回了家。"

"会不会是有人恶作剧？"我问。

竹茂摇摇头："到家之后，阿秀将事情告诉了哥哥，便生病了。先是发高烧，时好时坏，胡言乱语，然后还不时地全身抽搐，痛苦呻吟。她哥哥请了不少大夫，开了许多药，根本没用。大家说阿秀是撞邪了。"

"这事的确蹊跷。"我说。

"不止阿秀一个。"竹茂说,"云麓村、永平村、鸭川村、碧山村、土山村……陆陆续续十几个村都出现了同样的怪事,更为蹊跷的是,挂出去的灯笼都被吹灭、打坏。"

竹茂皱起眉头,说:"挂灯笼的人,和阿秀一样,惊慌失措地逃回家,很快得了同样的怪病。"

竹茂长叹一口气:"这些事,一传十、十传百,闹得沸沸扬扬、人心惶惶,都说闹了妖怪,人们吓得晚上不敢出门,更别提去挂灯笼了。大老爷,麦灯祭是咱们这一带最重要的节日之一,稍有差池,怎么向先人交代啊?而且,现在人心浮动,上面也听到了风声,让我必须一周内把事情调查清楚,否则撤职罚钱。你可得帮帮我。"

"有意思。"听竹茂讲完,爷爷笑了起来,"咱们这里,很久没出现过这样的事了。"

"嗯。这种和妖怪有关的事,只有方相家能摆平。"竹茂说。

"既然如此,方相家就接下了。"

"那太感谢了!"竹茂站起身,恭敬地鞠了一躬,"我还有事,先忙去了。"

"去吧。"

竹茂戴好警帽,着急忙慌地离开。

"爷爷,你打算怎么办?"这事情好玩又刺激,我很感兴趣。

"我?"爷爷一愣,"这不是我老人家的事。"

"你刚才当着竹茂的面,可答应出手了。"我说。

"我是说方相家接下了,并没说我接下呀。"

"方相家不就是你嘛！"

"话不能乱说！"爷爷摆了摆手，"我老胳膊老腿的，做不了。干这种事，还得靠你这样的年轻小伙子。"

"我？！"我差点儿蹦起来，"你让我去捉妖？！"

"当然了！如今方相家除了我就是你，我不去，自然是你了！"

"我……"我如遭雷击，"你这是给我挖坑呀！"

"怎么能说是挖坑呢？多好的锻炼机会！竹茂说的时候，你不是挺感兴趣的吗？"

"感兴趣是一回事，办事又是另外一回事。又是妖怪，又是三更半夜，又是生怪病的……"

"怎么，你怕了？"爷爷眯着眼睛盯着我。

不能被爷爷看扁！

我急忙澄清："我……我才不怕呢！"

"那就好。拜托了。"说完，他起身拍拍屁股走了。

"拜托了？！"我两眼发直，"上嘴唇一碰下嘴唇，云淡风轻地来句'拜托了'，就和他无关了？！"

"顺水推舟是他的拿手好戏。"滕六笑着说。

"太没道理！太过分啦！滕六，朵朵，你们是证人，这事他接下的，不能让我出头呀！"我大喊。

"他不去，只有你去。"滕六说。

"我可怜的少爷。"朵朵拍着我的背安慰着。

"但是……"我放弃了挣扎，"我怎么这么命苦！"

"没有退路，上吧。"滕六说。

"你们一定要帮帮我。我一个人不行的！我胆小，我怕黑，我还哮喘……"

"这是你们方相家的事,我们可不能插手。"滕六冷笑一声,拉着朵朵走开。

苍天呀,大地呀!谁来为我主持公道呀!

我举目望天,欲哭无泪。

…………

走廊的桌子旁边围坐着几个家伙。

天气炎热,阳光火辣辣地照射下来。幸好有些风,吹动流云,让人觉得舒服了一些。

刚从井水里捞出来的西瓜,切开后摆在白色瓷盘中。

这几个家伙,是本少爷的好朋友,也是忠心耿耿的跟班。

团五郎皱着眉头,翻着竹茂留下来的卷宗,苦思冥想,没出声。

他旁边的蛤蟆吉,今天似乎心情不太好,始终哭丧着脸。

我对面坐着的是庆忌,个头不高,和团五郎差不多,皮肤黝黑,嘴巴又宽又大,黄色衣裤,黄色草帽。他是居住在沼泽中的精灵,有日行千里的本事。

庆忌旁边坐着阿獏,外形有些像猪,胖嘟嘟的,长着短短的毛,全身一片雪白。头很小,眼睛也很小,但鼻子很长,跟大象很相似,晃来晃去,体型有点儿像牛,四个爪子,十分锐利,如同老虎。还有那口牙,锋利无比,露在外面。阿獏能够在人沉睡时,收集人类的梦。

爷爷把烂摊子交给我,滕六和朵朵不愿意帮忙,我只能找这几个好朋友了。

"帮助少爷责无旁贷,少爷说什么,我们做什么,不过动脑筋不是我的强项。"庆忌第一个表明态度。

"俺也一样！"阿貘说。

团五郎抬起头："少爷，卷宗我看完了，我觉得有一点很值得注意。"

"哦？说来听听。"四个家伙中，团五郎的脑瓜比较灵活。

"碰到怪事的人，虽然住所不一、身份不同，却都是女人！"团五郎说。

"嘻！"蛤蟆吉失望地说，"这有什么大惊小怪的！"

"如果是一两个，的确不值得大惊小怪，但是十六七个都是女人，这就有些蹊跷了。"

"能说明什么问题？"我问。

"说明对方只对女人出手！"团五郎道。

"为什么只对女人出手呢？"

"我不知道。"团五郎摇了摇头。

"我以为你有什么惊人的发现呢，说来说去也没什么用。"蛤蟆吉吃了一口西瓜，"虽然我没有查过案，但是也听过一些评书啥的，要想破案，就得实地调查，不经历一番辛苦，是不可能获得线索的。依我看，还是得去询问当事人，说不定会有收获。"

"阿吉言之有理。"我很赞同。

"找谁呢？"庆忌问。

"这个阿秀……"团五郎道，"是第一个碰到怪事的，我建议从她入手。"

"同意！"蛤蟆吉举手赞同。

"放手干吧。"我使劲点头。

地处深山盆地中的云麓村,被麦田包围。山风吹动,麦浪滚滚。

麦收时节虽进入尾声,可农田里依然一片忙碌的景象。

"今年是个丰收年。"站在村口的高坡上,我说。

"这里土地肥沃,河流众多,灌溉便利,勤快一点儿,田里就会有好收成。"团五郎叼着一根草棒说。

阿秀的家很好找。一个收拾得非常干净的小院子,后面是山,前面是河,景色不错。

来到门口,团五郎、庆忌和阿貘,变成了三个穿戴整齐的巡警,蛤蟆吉则跳进了我的口袋里。

推开柴门进去,一个三十岁左右的汉子正在院子一角劈柴。

或许是看到了巡警的打扮,汉子有些慌张,急忙走过来。

"你是阿秀的哥哥吧?"我问。

"是,我叫阿荣。你们这是……"

"哦,这几位是上头的长官,来调查一下案子。"

听说巡警来调查,阿荣明显警惕起来。

"我这里没什么事。"他含糊其词。

我赶紧安慰:"你放心,他们没有恶意,只是问一些情况。阿秀怎么样了?"

"还好。"阿荣领我们进屋,倒了几杯水,"没什么可调查的,阿秀已经好了。"

"好了?"我有些诧异。

"对。吃药后,病好得差不多了,只是身体有些虚,现在正睡着。"阿荣指了指里面的房间。

房间门没关,可以看到床上躺着个姑娘。模样很好看,已经睡着，呼吸平稳。

接下来，阿荣把事情发生的经过讲了一遍，基本上和竹茂说的差不多。

"可能是撞了邪，吃点儿药便好。不劳各位长官费心。"阿荣不耐烦地应付着。

"吃的什么药？哪个大夫看的？"人没事挺好，看来阿荣找的大夫挺厉害。

"这个……"阿荣犹豫了一下，"随便找了个大夫，游医。"

"这些灯笼挺漂亮。"团五郎说。

房间的一角，放着二三十个灯笼，做工精美。

"应该是关仁山的手艺吧。"团五郎说，"他做出来的灯笼，一眼就能看出来。"

"是的。"阿荣说，"出了这档子事，我听人说可能是我们自己制作的灯笼不对头，便到关仁山那里定做了一些。各位长官，如果没别的事，我要下田了。"

见阿荣有了送客的意思，我们也不好久坐，只得告辞。

出了小院，大家找了棵大树，坐下来商量。

"我觉得这个阿荣，不老实。"团五郎说，"他说话有时候吞吞吐吐的，眼神闪烁。"

"对，我也觉得。"蛤蟆吉说，"说是大夫看好了阿秀的病，问哪个大夫，又说是随便找的游医，肯定是在说谎。"

"少爷，这里面有猫腻。"庆忌肯定地说。

看来英雄所见略同。

"既然如此，我觉得咱们兵分两路。"我想了想，"团五郎和庆忌，你们去另外那些生了病的姑娘家打探情况；阿貘和蛤蟆吉,你们两个想办法潜入阿秀家,暗中观察,看阿荣这家伙到底在搞什么鬼。"

"明白了!"四个家伙领了任务,立刻行动。

他们走了之后,我一个人待在大树下,苦思冥想,考虑该如何破解这桩疑案。

时间过得很快,日头西斜,最终烧饼一样的太阳缓缓沉入地平线下。

黑暗吞没了四周。树影斑驳。

不远处,云麓村的乡亲们结束了一天的劳作返回家中,欢笑声、歌唱声、狗吠声,此起彼伏,渐渐又归于沉静。

草丛里,各种昆虫开始鸣叫,夜枭在低鸣,一个人待在荒地,我心里开始慌乱起来。

"这帮家伙,怎么还不回来?"坐在树根上,我逐渐焦急。

咯吱,咯吱,咯吱……

一阵低沉的奇怪的声响从身后传来。

我转过头去,发现窄窄的道路上,摇摇晃晃走过来一个奇怪的东西。

这东西体形高大,起码有两米多高,黑乎乎的,看不清具体的模样,但是长着一个巨大的、竹筐一样的脑袋。

它缓慢地前行,不是走,而是往前跳,每次跳都发出咯吱咯吱的声响。

那个巨大的脑袋,发出明亮的光芒,散出的光晕让人无法看清它的真面目。

咯吱,咯吱,咯吱……

它一蹦一跳地往我这边来。

我吓得够呛,急忙躲在树后,屏住呼吸。

咯吱,咯吱,咯吱。

它蹦到大树跟前,突然停了下来。

可能是感觉到了我的气息,这家伙转过头,朝树这边看了看。

咯吱,咯吱,咯吱……

它蹦过来,靠着树,缓缓将脑袋前伸。

我恐惧极了,全身颤抖,闭上眼睛,捂住嘴巴,努力不让自己发出声音。

呼噜,呼噜,呼噜……

它喘息着,发出熏人的气息。

呼噜,呼噜,呼噜……

几秒钟之后,它转过身。

咯吱,咯吱,咯吱……

声音渐渐远去。

看来是走了。

我小心翼翼钻出来,看见这个怪东西朝云麓村的方向蹦去。

当它到达村口的时候,噗的一声,消失不见。

"到底是什么东西?!"我自言自语。

这时候,一只手搭在了我的肩上。

"妈呀!别吃我!"我大叫起来。

"少爷!是我们啦!"团五郎和庆忌跳出来。

"呀!被你们吓一跳!"

"看见你在树底下瑟瑟发抖,还自言自语,你没事吧?"团五郎关心地问。

"刚才碰到了一个可怕的家伙!"我把事情说了一遍。

团五郎和庆忌张着嘴巴："还真是挺蹊跷的。我们这一带，似乎没听过有这么一个东西。"

"难道是新来的？"庆忌猜测。

"别管这些了，少爷，我们调查了一番，的确有所发现。"团五郎顾不得疲惫，坐下来说，"除了阿秀之外，碰到怪事染病的女子还有十五人，所经历的事和阿秀如出一辙，我俩调查一番，发现这些女子的病全都好了。"

"哦？"我愣了一下，"这么说，难道和妖怪无关？"

"你且听我说。"团五郎摆了摆手，道，"发生这种事，很多人家都不愿意多说，甚至还有轰我们俩出门的，其中有两三家，人很不错，我们俩乔装打扮成算命的，才套出一些话来。少爷，你知道这些人，病为什么好了吗？"

"为什么？"

"他们吃了一种很奇怪的药。"

"什么药？"

"正当女子高烧不退时，夜半，有人在外面传话：'要想病好，去找关仁山，讨取他衣服上的一块布条，烧成灰，再放到酒里服下，病便能好。'这些人家按照这吩咐行事，果然那些姑娘的怪病都好了。"

"这么说来……"我皱起眉头，"阿荣说去关仁山那里定制灯笼，不过是借口，实际上也是去要关仁山衣服上的布条。"

"应该是这样。"团五郎道，"这事情和关仁山有莫大的关系！"

"是呀，偏偏只有关仁山衣服上的布条才能够治好病，听着就奇怪。这家伙不过是个竹篾匠，怎么一转眼变成华佗了？"我说。

"说不清楚。"庆忌说,"不过现在这些人的病都好了,追查下去也没什么意义,可以结案了。"

"照理说是这样,但是总觉得哪里不对劲。"我叹了一口气。

"蛤蟆吉和阿貘还没回来?"团五郎问,"云麓村就在跟前,我们都回来了,他们还在磨蹭,不会偷懒去了吧?"

"他们不是那样的人,再等等。"我说。

等了差不多一炷香的时间,阿貘和蛤蟆吉两个从土里钻了出来,一个个满头大汗,疲惫不堪。

"累死俺了!"阿貘瘫在地上,四脚朝天,翻着白眼。

"怎么这么久?"我问。

"打了一架。"蛤蟆吉道,"阿貘差点儿被干翻了。"

"嚯!"我惊呼,"怎么回事?"

蛤蟆吉气鼓鼓地道:"那个阿荣,没说真话。"

接着,蛤蟆吉坐下来,一五一十将情况说了一遍——

他们两个偷偷潜入阿荣家,蛤蟆吉躲在房梁上,阿貘钻在屋里的土层中,静待时机。

刚开始一切如常。阿秀醒来,忙着和哥哥一起操持家务,做饭,结果吃饭的时候,阿秀突然说不舒服,阿荣赶紧扶着阿秀在床上躺下,发现阿秀发烧了。

"之前阿荣不是说阿秀病好了吗?"我问。

"是的。"蛤蟆吉说,"阿荣十分生气,自言自语地说什么'关仁山衣服上的布条也不管用呀!'"

我和团五郎相互望了望——看来团五郎所言非虚,阿秀也吃过那副蹊跷的"药"。

"天色已晚,没法儿找医生,阿荣只得用冷水给阿秀敷额头,连续几次,阿秀似乎好了些,沉沉睡了。阿荣见状,安心不少,也返回房间睡觉。就在这个时候,出现了个奇怪的家伙!"蛤蟆吉说,"又瘦又高,脑袋大大的,还发着光……"

"就是少爷先前见到的那家伙!"团五郎说。

蛤蟆吉诧异地看着我。我示意他继续说下去。

"这家伙鬼鬼祟祟地靠近阿秀,脑袋上的光闪烁不停,光芒越来越亮,阿秀就越发痛苦,低声呻吟,看起来很难受。我和蛤蟆吉见状,赶紧出手,和那家伙打了一架。"蛤蟆吉说,"那家伙很难对付,不过好在我和阿貘前后夹击,打得它火星四溅,咻的一下消失了。"

"然后呢?"我问。

蛤蟆吉说得轻描淡写,可我敢肯定,这场乱斗绝对精彩。

"经过那家伙的一番闹腾,阿秀的情况看起来很不妙,浑身冷汗,脸上却露出笑容,怎么叫都叫不醒,样子十分奇怪。"蛤蟆吉说,"我也是好奇,就让阿貘出手了。"

"你进入阿秀的梦境之中了?"我问。

阿貘点了点头:"这是俺的拿手好戏。"

"有何发现?"

"竟然是个美梦!"阿貘说,"俺发现,阿秀在梦中,正在和一个人甜蜜地谈着恋爱,两个人要么在开满繁花的树下牵手,要么在麦浪起伏的田间散步,要么共乘一叶扁舟荡漾于碧波之中,要么坐在巨大的灯笼上飘浮于空中,观赏满天星斗。"

"哇,这么浪漫!"团五郎惊呼道。

"可浪漫啦!俺从没见过这么浪漫的梦,都不愿意出来了。"阿貘嘿嘿笑着。

"说重点！"蛤蟆吉使劲敲了敲阿貘的脑袋。

"哦。"阿貘忙道，"出现在阿秀梦中的情人，是关仁山。"

"我的天！"不光是我，团五郎、庆忌也一起叫出声来。

"这家伙果然有问题！"我说。

"先是关仁山衣服上的布条烧成灰做药，在阿秀的梦中又出现这家伙，可以断定，他脱不了关系。"团五郎道，"得审讯一番。"

"据我所知……"蛤蟆吉想了想又说，"关仁山为人还算不错，虽说性格腼腆，平时不怎么与人交往，可心地很好，老实巴交的，不像是那种会巫术的人。"

"你的意思是，这家伙会驱使妖怪？"我说道。

"很多有法术的人会驱使妖怪为自己办事。"蛤蟆吉道，"但关仁山看起来不像是这类人。"

"别管那么多了。"团五郎说，"依我看，好好审问，若是不招，狠狠敲打一番！"

大家七嘴八舌，最终决定去关仁山家一趟。

蛤蟆吉运用土遁将我们带到关仁山的家门口。

已是半夜，关仁山家黑咕隆咚一片。

这是个不大的小院，院墙用石头垒砌，有两米多高，院子收拾得挺干净，堆满了毛竹、竹篾，走廊下放着很多灯笼以及半成品。

团五郎和庆忌变成巡警的模样，蛤蟆吉跳到屋顶，阿貘则守在院外。

安排妥当，我上前敲门。

"谁呀？"里头传来关仁山的声音。

"开门，有事！"团五郎大声道。

灯亮了，关仁山睡眼惺忪地开了门，被团五郎和庆忌的巡警模样吓了一跳，又看了看我，问："文太少爷？还有二位长官，是找我？"

"当然找你了。"团五郎一把推开他，走进去，"我们两个省城来的，不清楚你住在哪里，便请文太少爷带路过来。"

不得不说，关仁山的房间让人感觉很舒服。

寻常男人住的地方，十有八九会不干净，有的甚至乱如猪窝，比如本少爷。但关仁山的房间，虽然家具简单，但打扫得一尘不染，墙上挂着琳琅满目的工具，书架上摆放着书籍，窗口的粗陶里斜插着一枝含苞待放的山茶花。

"请坐。"关仁山紧张地搬来椅子，又连忙泡茶。

我们坐下。

团五郎敲了敲桌子，盯着关仁山："知道我们为什么大老远跑来找你吗？"

"找我？"关仁山一副摸不着头脑的样子，"这个……我真不知道呀……长官，我平日绝无作奸犯科之事……"

"进牢房的人都会这么说。"团五郎摆出一副凶狠的模样，"你若是没犯事，我们吃饱了撑的，奔波千里来找你？！"

"长官，冤枉呀！"关仁山脸色苍白，快要哭了。

"最近你们十里八乡，一个个女子先后遇到怪事，又染上怪病，这你知道吗？"庆忌问。

"我听人说过。"关仁山点了点头，"外面议论纷纷，我听了一耳朵。但是……长官，这跟我有什么关系？"

"跟你没关系？哼！"团五郎冷笑道，"是不是有人找你讨过衣服上的布条？"

"这个有。"关仁山道，"我也纳闷呢，前前后后有十好几位来找我，其中很多还是陌生人，先是说要定做灯笼，而且给双倍的价钱，然后向我讨要一块衣服上的布条。"

"你没问他们拿那东西干什么？"庆忌问。

"没有。"关仁山摆摆手，"这种事情不好意思问，既然人家要，我又有，就给呗，也算是帮忙。"

"屁话！人家要是借你脑袋，你有，你也给人家呀？！"团五郎使劲拍了下桌子。

关仁山哭丧着脸："长官，我真不知道他们拿去干什么。"

"哟，还跟我狡辩。"团五郎冷笑道，"前来向你讨要衣服布条的那些人家，他们家中的女子，你认识吗？"

"不认识。"

"没见过面？"

"真的没见过。"关仁山低头道，"我这人性格腼腆，很少跟女子说话。"

"哟，自以为是柳下惠呀。"

"不敢不敢。打小就这毛病，不善言辞。"

"没想着找个媳妇？"团五郎问。

"长官，我孤身一人，家徒四壁，谁愿意嫁给我呀！"关仁山叹了一口气。

团五郎看了看我。

从关仁山的神情来看，他似乎没说谎。

"这段日子，家里有啥怪异的事情发生吗？"我问。

"怪异？"关仁山顿了顿，"倒也没啥。不过……"

"不过什么？快说！"团五郎又拍了一下桌子。

关仁山忙说："最近一段时间，我老是做同一个梦，这算是怪异吗？"

"什么梦？"

"这个……"关仁山的脸唰一下红了，低垂着脑袋，"这个……真不好意思说。"

"赶紧的！"团五郎怒道，"再这么吞吞吐吐，老子把你绑上带走！"

"我说，我说！"关仁山面红耳赤，声若蚊蝇，"我最近老是梦见和一个女子……"

"大点儿声！"团五郎吼道。

"我老是梦见和一个女子约会。"关仁山简直要臊死了，"那女子很漂亮，我们一起树下牵手，麦田间散步，乘舟而行，观赏银河星斗……"

"果然是阿秀！"庆忌吃惊道。

"咦！你怎么知道？"关仁山瞠目结舌。

"你认识阿秀？"

"不认识。"

"既然不认识，你又怎么知道人家叫阿秀？！"团五郎道。

"梦中，那个女子告诉我她叫阿秀，我也告诉她我的名字了。"关仁山道，"开始我以为不过是做了一个美梦，但是这段时间，天天做同样的梦，才觉得奇怪。两位长官，你们认识阿秀？"

"当然认识！"团五郎道。

"请问……阿秀在哪里？"关仁山巴巴地望着团五郎，红着脸，目光闪烁。

"你这家伙果然有鬼。"团五郎冷笑起来，又对庆忌说："把他绑了，回去好生拷打一番，否则这家伙还不招供。"

团五郎一边说一边甩出根绳子，三下五除二将关仁山捆得如同粽子一般。

"长官，我冤枉呀！"关仁山大叫。

"到牢里你再喊。"团五郎笑道。

"这样好吗？"我低声问。

"放心吧，我心里有数。"团五郎凑到我的耳边，小声道，"这家伙看起来是个老实人，但我敢肯定，那妖怪和他有关系。眼下只有对他动真格的，才有可能引出那妖怪。"

"引蛇出洞？"

"嗯。"团五郎站起身，对庆忌说，"把这家伙带回去，暴揍一顿，审完了，画了押，到时关进牢房，我估摸着，起码十年八载别出来了。"

团五郎拽了根长木棍，插进捆绑关仁山的绳子里，和庆忌一前一后把关仁山扛起来，出了门。

"我冤枉呀，救命呀！"关仁山又疼又急，号叫着。

一帮人走到院子里，正要开院门，我忽然听到噗的一声闷响，一团火球不知道从什么地方蹦出来，对着团五郎奔袭而去。

"哎呀！"团五郎急忙扔了棍子，闪身躲过。

咚!

他扔得轻巧，却没料到脚下有一块石头，关仁山一头撞在石头上，两眼一翻，昏了过去。

噗！噗！噗！

三个火球从屋里破窗而出，直奔团五郎而去。

那火球，火光四射，威力巨大。

团五郎也不含糊，举起拳头将火球打炸。

"屋里的家伙，出来！"团五郎喝道。

咯吱……咯吱……咯吱……

熟悉的声音响起，从屋子里走出一个全身黑衣的大汉来。

这汉子，又瘦又高，圆脸无须，手脚齐长，满脸怒气："把仁山放下来！"

"气息很熟悉，果然是你。"团五郎冷笑道，"先打得赢我再说！"

团五郎高喝一声，直冲过去。他一向固执，打起架来完全不要命。

两个人你来我往，拳脚相向。

"别怪我不客气！"黑衣汉子叫了一声，身体晃动，从手心投射出一个个火球，足足有一二十个之多。

那些火球发出呼呼的响声，围绕着团五郎上下翻飞，团五郎手忙脚乱，拨开火球，没料到火球轰然爆炸，搞得他浑身是火。

"还不帮忙？！我都快成烤狸了！"团五郎叫道。

庆忌急忙帮团五郎扑灭了身上的火，随即也加入战斗。

团五郎在前面硬扛，庆忌以飞快的速度游走于汉子周围，时不时偷袭，如此一来，勉强战平。

"此事与关仁山无关，是我做的，你们不能抓他！"汉子一边打一边说。

"一同抓回去再说！"团五郎打得兴奋不已。

"那我可不客气了！"汉子冷哼一声，后退一步，张大嘴巴，从嘴巴里吐出一团火焰。

这团火焰，呈青紫之色，晃晃悠悠如同鬼火一般，而且感觉不到任何的温度。

"整出这么个玩意儿，你以为我怕？"团五郎不以为意。

"等你吃了苦头就知道了。"汉子冷笑一声，一抬手，那团青紫火焰化为无数个小火苗，宛若流星雨一般朝团五郎和庆忌射去。

团五郎、庆忌急忙躲闪，即便是速度超

快,我也能看清有几个小火苗钻入了他们的体内。

"就这么点儿本事?"团五郎拍了拍手。

"不知死活的家伙,中招了还不自知。"汉子背着手冷笑。

"一般般……"团五郎刚要说话,突然面色凝重,接着面目扭曲,豆大的汗珠滚落下来,"好……好热……"

"好疼!"庆忌也是痛苦异常。

"中了我这本命之火的火毒,我若不出手,你们很快就会由内而外燃烧起来,化为一堆灰烬!"汉子哼道,"把关仁山放了!"

"想得美!"团五郎咬牙切齿,扑通一声瘫倒在地。

他和庆忌的头发、身体,都开始冒出一股股青烟。

"看你们能忍多久。"黑衣汉子冷笑道。

"土遁术!"就在我焦急之时,土地下传来蛤蟆吉的声音。

汉子站立的地方,出现了一个巨大的黑洞,仿佛一张大嘴,将黑衣汉子吞得只剩下个脑袋留在外面。

"谁?!"汉子挣扎着想爬出来。

"铜墙铁壁!"蛤蟆吉高呼,周围的土壤迅速挤压、凝结,将黑衣汉子束缚得动弹不得。

"抓住了。"阿貘也跳过来。

"你们真卑鄙,偷袭!"汉子叫道。

"快把团五郎和庆忌身上的火毒解了!"蛤蟆吉说。

"没门儿!放了关仁山!"

此时,团五郎和庆忌已经脑袋冒烟了。

"阿貘,把关仁山放了。蛤蟆吉,将他也放出来,"紧急关头,我顾不得许多,"事情还没弄清楚,既然都是妖怪,有话好说。"

"少爷,万一这家伙耍滑头……"蛤蟆吉有点儿担心。

"没事。"我瞪了他一眼。

阿貘放了关仁山,将昏迷的关仁山抬过来,蛤蟆吉收了法术。

"你还算讲道理。"汉子看了我一眼,挥了挥手,团五郎和庆忌的身体中飞出几股火苗,他张嘴将火苗吞下。

"我们没有恶意,团五郎所为,也不过是想引你出来。眼下,把事情搞清楚才是最重要的。"我望着汉子,"我以方相家的名誉发誓,不会为难你。"

"我信。"汉子点了点头,"如果你不是方相家的少爷,我第一个出手的对象,会是你。"

看来这家伙脾气挺大。

房间里一片死寂,但空气里充满浓浓的火药味,一帮家伙怒目相视,剑拔弩张。

"都是我所为。"汉子叹了口气,坐在椅子上,指了指床上昏睡着的关仁山,"之所以这么做,不过是想帮他娶个媳妇。"

娶媳妇?闹出这么大乱子,竟然是为娶媳妇?!

"我叫青行,算起来,在关家也差不多两百年了。"汉子苦笑道,"想当年,关家家世何等显赫,一代代家主也是人中俊杰,到头来,竟然出了这么个家伙,眼见得打一辈子光棍,关家要后继无人了!"

青行长吁短叹:"我无计可施,只有行此下策。趁着麦灯祭来临,我精心挑选了这一带相貌不错、贤惠懂礼的女子,然后……"

"然后你就吓唬人家,还让她们生病?"团五郎毫不客气地说。

"吓唬不过是为了制造点儿紧张情绪,至于生病,也就发烧而已,不会有事的。"青行说,"然后我散布消息,声称只有取来关仁山衣服上的布条,烧成灰喝下去,病才能好,这样一来,那些女子的家人便会上门。"

"如此便可以建立联系?"我问。

这家伙的心思够缜密。

"不是啦。"青行说,"只要女子喝下灰烬,我便有办法让他们二人在梦中相会,如果两情相悦,内心就会产生情感。接下来,只需要上门提亲,两人相见,没有隔阂,两情相悦,事情可定。"

"然后呢?"团五郎问。

"试了一番,发现其他的女子或因为性格,或因为话不投机,都与仁山不合适,只有阿秀,和仁山般配。"青行说,"喝下带灰烬的药水,病会好,所以那些不适合的女子如今皆已痊愈,阿秀本也是如此的。只是好不容易找到个这么合适的,必须把事情办成,因此得让他们二人的感情在梦中更为牢固才是。"

"明白了,因此你跑到阿秀家里,施展你的法术,使阿秀再次生病,让她在梦中和关仁山增进情谊。"蛤蟆吉道。

"是的是的。原本万无一失,结果碰到了你们。"青行抬起头,"此事皆是我所为,与仁山无关。还请你们放过他。"

"我们不是巡警。"团五郎说。

"这个我知道。"青行道,"所以我才现身出来。"

说到这里,青行站起来,对我们郑重鞠了个躬:"两百多年来，我从未求过人，为了关家能够后继有人，拜托你们帮个忙！"

"这是大好事。"我笑道，"弄清楚了前因后果，事情好办得很。如今那些女子除了阿秀都没事，竹茂那边我随便找个借口也能应付过去，接下来，只需要仁山上门向阿秀提亲就行了。你费了这么大心思，完全可以自己处理。"

"非也。"青行道，"我已时日无多。"

"为什么？"我惊道。

"我乃是一架古灯。"青行指了指房间的一角。

在那里，有架一人多高的古灯。灯架用一整根檀木雕刻而成，古朴典雅，上面的灯罩做工精致，画有两只鸳鸯。

"两百年前，宫廷里的能工巧匠用深山中的古木制成这架古灯，时间长了，沾染了人气，便有了我。后来皇帝将我赏赐给了关家。这些年，我陪伴了许许多多关家人，看着他们从小长到大，在灯下读书写字，在灯下生老病死。"青行道，"世间万物，皆有劫数，终究尘归尘、土归土。灯架看似坚固，实际上里面早已经被白蚁蛀空，摇摇欲坠。再加上和你们的一番打斗，我释放出了本命之火，眼下已经油尽灯枯。"

青行脸上没有任何悲伤之色，笑道："好在大事将成，特此拜托你们。仁山这家伙本分善良，唯独性格太过腼腆害羞，还请文太少爷能够出面，代他向阿秀家提亲，我代关家感谢你！"

"我答应你。"我说。

"如此，心愿已了，可以放心去了。"青行缓步走到仁山跟前，静静地看着他，伸出手抚摸着他的脸。那样子，宛若父母对待子女，慈爱无比。

"以后，与那阿秀白头偕老，子孙满堂。你，要好好地哦。"青行笑着，喃喃自语。

"诸位，在此拜别。"他转过身，朝我们施了一礼。

呼！

青行原本瘦高的身体，化为点点火焰，从窗户飘散而去。

那些火焰，闪烁着，越升越高，宛如灼灼星斗一般，最终消失不见。

哗啦。

立于墙角的灯架，发出一声脆响，裂成几段，落于地上。

…………

"办妥了。"爷爷一屁股坐在躺椅里，使劲挥舞着蒲扇，"差点儿把我累死！"

天将黑，院子里花色如锦，清风徐来，香气阵阵。

"成了？"我扯个竹椅坐在旁边，给他泡茶。

"我带着仁山上门提亲，还没说话呢，那姑娘和仁山便对上了眼，简直是'执手相看泪眼，竟无语凝噎'，古人诚不欺我。"爷爷摇头晃脑，"他俩这样，阿荣也不好说什么，只得答应。我定了日子，麦灯祭头一天结婚。"

"这么快？"我笑了起来，"简直是急不可耐嘛。"

"这种事，越快越好。"爷爷叹气道，"只可惜，那架古灯不能亲眼看着他守护的人幸福美满。"

"青行走的时候很安心。"我轻轻地说，"费了那么多功夫，他干得不错。"

"是呀。"爷爷昂起头，看着夜幕上的星斗，"文太，你要记住，妖也罢，人也罢，和这世间万物并没什么不同。"

"嗯。"

"你也得加油了。"爷爷说。

"我？加油什么？"

"我老了，也想看着你早日结婚生子呢。"爷爷笑着说，"今天看到关仁山和阿秀那欢喜的模样，唉，真是羡慕！"

"我还小呀！早着呢！再说，还有哥哥姐姐……"我忙道。

"他们呀？"爷爷直摇头，"那帮家伙爱干吗干吗去，我懒得管。文太……"

他直勾勾地盯着我："爷爷我，关心的，只有你呀。"

好肉麻！

"行了，我读书去了！"我赶紧起身进屋。

"哎哎哎！怎么走了！我说的可是真心话！你得加油，将来看上了哪家的姑娘，我替你提亲去……"身后传来他的絮絮叨叨。

坐在窗前，摊开书本，无心读写。

仰起头，夜空低低地铺在眼前。

星斗满天，灼灼放光。

这些星斗里，说不定有一颗，就是青行。

屏风窥

屏之窥

　　毕修之外祖母郭氏，尝夜独寝，唤婢，应而不至，郭屡唤犹尔。后闻蹋床声甚重，郭厉声呵婢，又应诺诺不至。俄见屏风上有一面，如方相。两目如升，光明一屋，手中如簸箕，指长数寸，又挺动其耳目。郭氏道精进，一心至念，此物乃去。久之，婢辈悉来，云："向欲应，如有物镇压之者，体轻便来。"

——南北朝·刘义庆《幽明录》

刚开始的时候，一切正常。

蓦地，感受到了目光。

是的，目光。

吃饭的时候，独坐的时候，读书的时候，在走廊上看萤火虫的时候，甚至是躺下来即将入睡的时候。

都能感受到目光。

被一双眸子，死死盯着。

人是能感受到目光的。

哪怕看不到对方，也能感受到。

那目光，仿佛带着巨大的能量，烙在你身上，四处游走。所到之处，手臂、脖颈、背部、后脑勺，会阵阵发紧，起鸡皮疙瘩。

若是回头，或者是四处寻找，那目光则蓦然不见。

万造觉得自己快要疯了。

论起家境，万造在浍州城数一数二。祖上是盐商，因为有一支船队，还做过漕运，至于当铺、酒楼甚至是钱庄，开了几十家。

后来，即便是衰落，到万造这里，也继承了丰厚的财产，几辈子都花不完。

他刚过五十岁，体格健壮，一顿能吃三碗饭，身高一米八，虎背熊腰，留过洋，知识渊博，开明懂礼。年轻时在省里当过高官，因为见不得蝇营狗苟，索性撂挑子回老宅，过着优哉游哉的生活。

万造不抽烟、不喝酒、不赌钱，更不会去乱七八糟的地方，为人和蔼，平易近人，人缘很好，连周围的小孩子都喜欢他。

这样一个人，堪称圆满。

当然，也有让人觉得遗憾的地方——万造父母已亡，妻子早逝，唯一的女儿远嫁京城，如今孤身一人，形影相吊，平常只有一对老夫妇照顾，寂寞冷清。

不过万造似乎不这么认为。

"一个人，是好日子呀。想干吗就干吗，自由自在。"他总是这么说。

集市、茶馆、各种商铺，甚至是鱼龙混杂的大澡堂，常常能发现他。

他总是脸上带着笑，与人热热闹闹聊天，说到高兴处，张着大嘴，看得见后槽牙。

原本闲云野鹤的生活，却被那莫名的目光打断了。

一开始，万造以为是恶作剧，把家里的老仆人德叔、德婶叫过来训斥，结果两个老人家一头雾水，说一天到晚忙得要命，根本没有心思干这个。

难道家中还有人？

万造带着德叔、德婶，将大宅里里外外搜了一遍，快要掘地三尺了，结果无功而返。

如此折腾下来，将德叔吓得够呛，觉得万造可能是生病了，便请来泠州城最有名的大夫。里里外外检查一遍，说身体很好。

"恐怕是这里出了毛病。"大夫指了指脑袋，悄悄叮嘱德叔，"你们老爷精神方面有问题。"

"他才神经病呢！"听完德叔的转告，万造气得七窍生烟。

"要么，咱们请法师来吧。"德叔建议，"说不定，老爷你撞上了脏东西。"

"封建迷信！"万造一个劲儿摇头，"要相信科学！"

是呀，他一个留过洋的人，对德叔的主意嗤之以鼻。

可情况越来越严重。

那目光的力道越来越大，时不时如同火星一样落在万造身上。

甚至让人觉察到一股诡异的气息。

这气息，在四周环绕，于某处潜伏着、窥探着……

万造干脆将自己关在屋子里，闭门不出。

不仅门窗关上，甚至缝隙也用纸团塞住。

可依然能感受到。

万造觉得，这样下去，自己迟早会疯。

…………

"所以我来找你了。"坐在竹椅上,万造低声说。

天气很好,虽然炎热,但有清风。

远山起伏,浓绿的丛林一直延伸到远处的大湖。

院子里的月季花开了,碗口大的花一朵挨着一朵,染得满院子香。

万造和爷爷是挚友。

天知道他们两个人怎么会成为朋友的。

浍州城位于大湖的另一侧,单趟水路也有一百多里。他们两个一个是城里的豪族,当过官,留过洋;一个是穷乡僻壤的爷爷,看起来八竿子打不着。

可爷爷跟万造,简直好得让人羡慕。

平日里书信不断,一点儿小事也要写上一封信向对方诉说,隔三差五,要么是爷爷找他,要么是万造吩咐人开着他家那艘大白船横涉大湖过来找爷爷。

我算过,两个人一个月起码得见一次面。

最离谱的是,去年冬天,鹅毛大雪,天寒地冻,三更半夜的,万造跑上门说是在家喝着酒,突然想起爷爷,就过来了。

"将来咱俩死了,最好埋在一起,这样可以时时刻刻聊天,不寂寞。"那晚两个人喝得大醉,万造这么说。

"别胡说了!活着的时候听你唠叨了几十年,死后我可不想再听!再说,我死了,跟你埋一起,我媳妇肯定不同意!"爷爷踹了万造一脚。

万造就笑:"是哦是哦,嫂夫人那脾气……"

这样一个原本心宽体胖、云淡风轻的潇洒人,如今瘦得皮包骨头，脸色惨白，愁眉不展。简直是形容枯槁。

"看样子，被折磨得不轻。"我心里道。

万造这副样子，爷爷也颇为心焦。

"把手伸出来，号号脉。"爷爷说。

"我又没病！"万造虽然发出抗议，可还是乖乖伸出手。

爷爷眯着眼睛，手指放在万造的手腕上，过了一会儿才说："肝气郁结，湿气甚重，阴阳两虚……"

"是呀，吃不好睡不好，脾气暴躁，动不动就发火，疑神疑鬼。"万造连连点头。

"吃点儿药调养调养。"

"吃什么呀！"万造火大，"中药、西药，吃了好多，依然不管用。"

他将身体前倾，望着我："我难道真的精神出了问题？"

"难说。"爷爷拿出烟锅，装上烟丝，点着，"据我所知，令尊令堂并无精神病史。"

"不光我爹我娘，往上数，祖宗八辈也没得过精神病的。"

"所以，归根结底，还在于心。"

"心？你少跟我谈玄学。"

"说真的。"爷爷道，"世间许多事，不是凭空而来，一切皆有因果。人因为外界诸多因素，会逐渐影响神志，进而影响心情，时间久了，邪气入心神，就会出问题。杯弓蛇影这种事，你是知道的。"

"你觉得我现在这种状态，不是平白无故的？"万造笑起来，"也就是说，的的确确，那目光不是我想象出来的？"

"或许吧。"爷爷道，"对于人来说，眼睛是所有器官中最为独特的、心神、精神凝聚而出的目光，自然带有能量。这种能量，有些极为敏感的人，能感受得到。"

"我就很敏感。"万造道。

"嗯。"爷爷喷了一口烟，"你们文人的通病。"

"接下来怎么办？"万造苦着脸道，"你这个半仙，出马吧，救苦救难。"

"什么半仙呀！"爷爷道，"我最近忙得要死，哪有闲工夫管你这种破事。"

"哎呀，人命关天呀！亏咱俩还是知己！"

"你纯粹是闲的，吃饱了撑的。终日无所事事爱瞎琢磨的人，才会出现你这种问题。码头扛沙包的苦力，天天累得不行，回去倒头便睡，绝对没这种问题。"

"你这人真是！怎么扯到码头了！给个干脆话，到底帮不帮？帮的话一切好说，不帮的话，以后再也不认你这个朋友！"万造很生气。

"我也没说不帮呀！"爷爷笑道，"但是我的确很忙。这样吧……"

爷爷指了指我："让这小子跟你回去。"

"什么？！"我和万造同时叫出声来。

"这小子，行吗？"万造迟疑道。

"这是你们俩的事，别拖我下水！"我是一百个不同意。

"你别小看文太，他的本事有时候比我还大。"爷爷白了万造一眼，又对我说，"你这些天在家混吃等死，游手好闲，该干点儿正事了。再说，万老板是有钱人，穿的是绫罗绸缎，吃的是山珍海味，住的是豪宅大院，你跟他过去一趟，不光是享福，事成之后还有钱拿,一举两得。"

"钱不是问题!"万造说。

"全是你的。我分文不要。"爷爷笑眯眯地盯着我,"可是一大笔零花钱哦,你想干啥干啥。"

听起来还不错哦!

学校放了暑假,这段日子我在家里闲得要命,借此机会出去游玩一番挺好,何况还有零花钱赚。

我很需要零花钱。有大把大把的东西要买。

前段时间看中了一辆国外产的自行车,正日思夜想呢。

"万一办不成咋办?"我还是有些担心。

"试试嘛。万一成了呢。"爷爷道,"死马当活马医。"

"谁是死马呀!这话太难听了。"万造又生气了。

…………

事情定了之后,万造和爷爷像往常一样喝了场大酒,醉得一塌糊涂。

趁着这个工夫,我在自己的房间里收拾行李。

其实没什么好收拾的,不过是一些换洗衣物。

"笨蛋少爷这是要出远门?"身后传来熟悉的声音。

团五郎坐在窗台上,拎着用荷叶包的小包裹。

"你怎么来了?"

"给你送刚成熟的山草莓。"团五郎把荷叶包裹递给我。

红红的山草莓,鲜艳无比,放在嘴里咬一口,又酸又甜!

"要去哪里?"团五郎问我。

我将万造的事说了一遍。

"听着很好玩。"团五郎从窗台上蹦下来,"正好我这些天没什么事，可以跟你一起去。"

"那太好了。"我很高兴，正需要个帮手呢。

"什么时候出发？"

"明天早晨八点，在码头等我。"

"好嘞。"团五郎拍了拍手，"一定准时到达。"

第二天，天不亮我便起身，吃完早饭，跟着万造离开家门。

天气晴朗，万里无云。

水面上飞着各种水鸟，菱角以及各种水草随波荡漾，水中游弋着成群的鱼儿。

波光粼粼的湖水，映照着天光云影，让人心旷神怡。

团五郎早早等在码头。这家伙变成了个胖乎乎的少年，戴着草帽，模样滑稽。

我向万造说明来由，称团五郎是此次陪我出行的小跟班，万造毫无意见，十分欢迎。

上了万造的大船，起锚扬帆。

一路上倒是顺风顺水，下午的时候船停在码头，接着乘坐一辆华丽的马车进了浍州城。

不愧是出了名的码头城市，城墙高大巍峨，街道两旁商铺林立，车水马龙。

万造的豪宅位于城西，环境清幽。住在这一带的人非富即贵。

前后四进院落的宅子，只有万造和德叔、德婶三人居住。

德叔将我们安置在厢房。

洗漱了一番，又休息片刻，大家在客厅里吃饭。

不得不说，庭院布置得很美——往外看，假山造型别致，老树枝叶繁茂,草坪碧绿,青苔可爱,水池中硕大的锦鲤三三两两游弋。

从进家门开始,万造就有些不对劲。很少说话,皱着眉头,长吁短叹,时不时挠动身体。

"又来了。"放下碗筷,他痛苦地说。

"那目光?"我问。

"对。刚才进屋,立刻感受到了。如芒在背,好生难过。"

"现在呢?"

"还好。但肯定还会来的。"

"蹊跷了。"坐在我旁边的团五郎皱起了眉头。

很快吃完饭,我和团五郎跟着万造来到他的房间。

万造的房间很大,中间是会客厅,左边是书房,右边是卧室。

房间里雕梁画栋,堆满了东西:书籍、字画、瓷器、面具、木雕、动物标本……林林总总,几乎从上到下都堆满了。

"这也太……壮观了吧。"我瞠目结舌。

"我这个人呀,出去逛的时候,看见喜欢的便买,时间长了,就成这样了。"万造有些不好意思。

"堆得这么高,连走路都得侧着身,你不怕塌了砸到你?"团五郎问。

"习惯了。这边请。"万造把我们带到了书房。

书房也一样,被塞得满满的,我们三个人几乎连坐的地方都没有。

"那目光,一般什么时候出现的频率高一些?"我问。

从爷爷手里接过这个任务,看在零花钱的分上,我必须努力

"工作"。

"几乎不分时间,常常突然出现。早晨、中午、晚上……"万造点了一根烟,"总体说来,晚上出现的时候较多。"

"晚上?"

"嗯。吃完晚饭到入睡这段时间。"万造深吸了一口气,"尤其是……入睡前。"

"入睡前?"

"嗯。躺下来盖着被子,目光会紧随而至。有时候闭上眼,甚至能感受到有东西靠近,睁开又不见了。一片漆黑中,辗转反侧,睡眠自然好不了。"

他这么说,我也觉得挺恐怖的。

"也就是说,晚上入睡前,在卧室之中,出现得最多?"

"可以这么说。"

"能看看你的卧室吗?"

"当然可以。"

万造起身,带着我们穿过层层叠叠的物件,来到卧室。

推开门,眼前骤然一空。

那种感觉,恰似你在遮天蔽日的热带雨林中穿行,拨开荆棘,突然发现眼前是一片巨大的空地。

是的,万造的卧室,空空荡荡。

没有床铺,地上铺着榻榻米,放置着被子,桌椅板凳一件也没有。

"在日本留学的那些年,习惯了。"万造解释说。

卧室东、南、北三面开了窗户,靠着北窗的墙根放置着一排用来装被褥的樟木大柜,每个都有一人多高,樟木柜的后面,有楼梯，通向二楼。

"上面是杂物间，已经多年没人上去了。"万造说。

我看了下，的确上了锁。

围着卧室转了一圈，我的目光落在了位于卧室中心的大屏风上。

屏风这种东西，我见过不少，爷爷家就有一扇大屏风，绘的是梅兰竹菊之类的国画，又大又沉，我嫌碍事，让滕六扔进了杂物间。

但我从未见过像万造家这扇屏风如此精美华贵的。

这屏风，两米多高，四屏连体，可以推拉折叠，通体选用极为名贵的紫檀做框，框体雕刻精细，散发出淡淡的幽香。屏面不是画，而是选用山石切割而成，山石上特有的纹路，形成了远山近水四幅画面，惟妙惟肖，分别为大漠孤烟、寒江独钓、灵山微雨、古寺日暮，天然纹路组成的图案，意境悠远，弥足珍贵。屏风的顶部，用绿松石、红蓝宝石、螺钿等镶嵌出仙鹤、喜鹊，以及各种瑞兽，毫发毕现。

这样的屏风，无论是材料、做工，还是艺术性，都堪称绝品，价格自然不菲。

"不错吧？"见我对这扇屏风感兴趣，万造哈哈大笑，自豪地道，"多年来，我还从未见过这样美的屏风。所以看到它的第一眼，便决定无论如何也要拥有它！"

"不是祖传的？"

"当然不是。华洋典当铺里买来的，花了我五千大洋。"

"五千大洋？！"这价格让我十分震惊。

太贵了！

"不贵哦！"万造猜出了我的心思，解释道，"完全是捡漏！这样的极品，正常价格起码一万大洋。"

果然是有钱人。

"自从得到它后，我是爱不释手，从早看到晚都不过瘾，干脆把它搬到卧室里。真美呀！"万造眯着眼睛，望着心爱的藏品，一副幸福的模样。

"价值上万大洋的屏风，那个典当铺怎么甘愿五千大洋卖你的？"

"我是他们的老主顾，抹不开面子呗。"万造道，"还有，就是……这玩意儿据说在店里放了两个月，也没人买。"

"很少有人像你这么有钱。"

"也不是。沧州城有钱人很多，有权势的也很多。铺子里同样的奢侈品，经常被一抢而空，唯独这个屏风，无人问津。总之，应该是缘分吧。人和物之间的缘分。"

"也是。"我点头表示赞同。

将万造的宅子里里外外调查了一圈，没发现任何异常。

晚上回到房间休息，我唉声叹气。

"找不到线索呀。"躺在床上，我辗转反侧。

"我也是。"团五郎情绪同样低落，"家里一切正常。少爷，我觉得吧……"

说到这里，他停顿了一下。

"你是不是觉得万造十有八九精神有问题？"

"你也这么想？"

"只有这个解释。"我深吸了一口气，"以前在城里上学的时候，我认识一个人，总是说有人要杀他，把生活搞得鸡飞狗跳，看了很多大夫，据说连上海都去了，找了一个很有名的西洋医生，诊断结果好像是什么被害妄想症。"

"还是脑子有问题。"团五郎道，"万造应该差不多。"

"明天我找万造谈谈，让他去医院看看。"

"嗯。"

我们俩聊了一会儿，或许是因为舟车劳顿，逐渐有了困意，互道了晚安，闭上眼睛进入梦乡。

不知过了多久，突然被一声尖叫惊醒。

"好像是万造！"团五郎一骨碌爬起来。

声音是从后院传来的，充满了极端的惊恐。听起来的确是万造的声音。

"走！"我和团五郎飞快穿上衣服，冲入后院。

房门从里面被反锁了，我和团五郎奋力撞开，来到卧室，发现万造紧紧裹着被子，躲在墙角，全身颤抖，圆睁着双眼，死死盯着对面的屏风。

"怎么了？"我说。

"不要过来！不要过来！"万造大喊。

他满脸是汗，因为恐惧，脸上的肌肉剧烈颤抖起来，五官狰狞。

"我是文太！"我大声说。

"不要过来……不要过来……"万造哆嗦得像风雨中的一片树叶。

"发生了什么事？"我蹲下身，扶住他。

他缓缓转过脸，终于认出了我，双手死死抓住我的胳膊："文太！我刚才……我刚才……看到了……"

"看到了什么？"

"鬼！有鬼呀！"

万造双目一翻，仰头昏倒。

我和团五郎手忙脚乱地对万造进行抢救，德叔德婶也过来帮忙，忙活了差不多半个小时，万造总算清醒过来。

万造呆坐了一炷香的时间，缓过了神，将事情详细说了一遍——

忙碌了一天，万造给自己泡了一杯浓茶，喝过茶后，睡意全无，换上睡衣在走廊里看萤火。

凉爽夏夜，院子里草木繁茂，点点萤火映着月光，堪称美景。

不过，看着看着，那种感觉又出现了！

"能明显感觉到那目光在死死地盯着我的脖子。"

一瞬间，万造的好心情荡然无存，他四处观看，根本看不清对方的所在。

"然后我回到了卧室。"万造顿了顿，说，"似乎好了点儿，我松了一口气，躺下来，扯过被子打算睡觉，可又……"

"又出现了？"我问。

"是！"万造使劲点点头，"不过这一次，和以往任何一次都不一样，因为我能感受到它！"

万造颤抖地说："我听到了窸窸窣窣的声响，那声音很像衣服摩擦时发出的。"

他指着被褥对面的屏风："就从屏风后传来！"

万造不敢看屏风，道："当时房间里熄了灯，在外面月光的映照下，朦朦胧胧。我转过脸，看到……"

"看到什么？"

"看到屏风的顶端，缓缓……缓缓冒出来一张脸！"

"一张……脸？！"

"对！一张脸，跟脸盆那么大，惨白一片，两只碗口大的眼睛，圆圆睁开，死死盯着我！那东西，探出手抓住屏风一角，它的手大如簸箕，手指很长，有着锋利的指甲！它披头散发地盯着我，不停摆动长长的如驴子一样的耳朵，发出低低的笑声……"

说到这里，万造抖如筛糠："鬼！那绝对是鬼！文太，就是那双眼睛，这些日子就是那双眼睛时时窥探着我！"

"然后呢？"我觉得自己的脑袋嗡嗡响。

"我害怕极了，大叫起来，然后它慢慢缩下去，嗖的一声，跳出窗户跑了。"万造指了指旁边的窗户。

夏日，为了通风凉爽，窗户全开。

"看清楚它的模样了吗？"

"没有。黑色的一团，动作飞快，咻溜一声，不见了。"万造说，"肯定是这扇屏风！现在想来，之前一直平安无事，自从有了这扇屏风，才出现那诡异的目光！"

"和屏风没啥关系吧。"我转身看了看，虽然华贵了些，但不过是个屏风。

"一定是！"万造叫道。

这个晚上，万造不敢再待在卧室，只得搬去和德叔一起住。

清晨，淅淅沥沥下起了小雨。

我起身出去。

"这么早？"团五郎打着哈欠跟出来。

我来到后院，在那扇窗户的周围低头查看。

"找什么？"团五郎有些好奇。

我没搭理他，几分钟后，满意地笑出声来。

"很有意思哦。"我指着地上对团五郎道。

尽管后院铺着青砖，但有些地方青砖破损，泥土覆盖了上去。

泥土上有半截鞋印。

"看起来……个头不高。"团五郎道，"应该……是个女子吧。"

"男人一般不会有这么小的脚。"我蹲下来，看了看道，"鞋底的花纹挺好看。"

一朵六瓣的莲花。

"所以，昨晚万造见到的不是鬼。"团五郎说。

"若是鬼，怎么会留下脚印呢。"我直起腰，对团五郎道，"这是对方留下来的唯一线索，你想办法打听打听，看能不能找到对方。"

"光凭个鞋印，有些难。"团五郎皱着眉头，"只能试一试。"

他是个急性子，说完转身便走。

团五郎走后没多久，宅子里变得吵闹起来。

万造大清早起床第一件事，便是让德叔找来伙计，将屏风搬出宅院。

"我把这玩意儿退给华洋典当铺。"万造看起来睡得并不好，眼睛里全是血丝。

本想劝说他，但见他意志坚定，我只能作罢。

"正好没事，陪你一起去。"我说。

雇了一辆大车，装上屏风，我跟万造穿过半座城，来到那家典当铺。

不得不说，这家典当铺实力雄厚，门面高阔，装饰讲究。

一进门，伙计热情迎过来，引进旁边的宾客室，泡上上好的龙井。

"让你们佟掌柜来。"万造没好气道。

伙计出去后没多久，进来一个五十多岁的男人，穿着一身黑色绸缎，身材肥短，圆脸无须，拇指上戴着枚扳指，掌中正盘着一对核桃。

"哟，万爷，您吉祥！"男人抱了抱拳。

看样子，应该是旗人。

"吉祥什么呀吉祥！"万造喝了一口茶，"赶紧的吧！"

"这是怎么了呀？大清早您这火急火燎的。"佟掌柜坐下，嘎吱嘎吱盘着核桃。

"我把那扇屏风给你送回来了。"万造开门见山。

"您可是捡了大漏儿，占了大便宜，实话跟您说，做完这笔生意，我后悔得三天三夜没吃饭，亏喽！怎么着，您这是占了便宜还拿我开涮？甭开玩笑了。"

"饭都没来得及吃我就过来了，和你开玩笑？没那心思！赶紧让伙计把屏风搬走，你把钱还我。"万造说。

佟掌柜呵呵笑了几声："那屏风真的是便宜您了，上万块大洋的东西，只收了您五千……"

"白送我，我也不要了，命要紧。我担待不起。"万造拒绝。

"别呀。"

"这便宜占不了。闹鬼……"万造直摆手，"退货。"

听到这话，佟掌柜皮笑肉不笑，道："呵呵，万爷，您是浍州城有脸面的人，也是最讲究的人，这么弄，不太好吧？"

"怎么了？"

"我这里开的是典当铺,不是菜市场。"佟掌柜脸色一变,冷声道,"卖出去的东西,如同泼出去的水,概不退换,这规矩,您知道的。"

"这个……"万造一愣,闹了个大红脸。

"再说,当初是您上赶着非要这屏风的,不是我强买强卖。如今您上嘴唇一碰下嘴唇要退货还钱,若是传出去,往后人人都像您这样,我生意甭做了,全家老小都喝西北风去吧。"

这佟掌柜不愧是生意人,能言善道,而且察言观色的本事极高,一通说辞把万造说得哑口无言。

厉害!是个八面玲珑的家伙。

"那怎么办?!"万造问。

"您是老主顾,咱俩呢,也是好朋友。"佟掌柜从袖子里掏出个鼻烟壶,倒出点粉末,吸进鼻子里,打了个响亮的喷嚏,笑道,"东西毕竟是我的,您现在不要,我也不能让你太为难。这样吧,这个数,我收回来。"

佟掌柜伸出一根手指,晃了晃。

"一千大洋呀?"万造差点儿被气死,"我五千大洋买你的,东西原封不动还你,你眼都不眨,就要黑我四千大洋?!"

"这话万爷您说得就难听了,什么叫黑呀?"佟掌柜冷笑连连,"买卖你情我愿,您要是不乐意,再拉回去呗。"

"我……"万造脸红脖子粗,叹了一口气,"好!一千就一千。"

"那行,我让伙计搬进来。"佟掌柜出去,吩咐伙计将沉重的屏风搬进来,"轻点儿,放我卧室里,万爷不要,我自个儿留着看。"

这话,可把万造气个不轻。

"走。"跟佟掌柜结了账,万造领着我往外走。

"哟,万爷,你这是干吗?"走到门口,碰到一个从外面进来的老头,六十多岁,戴着眼镜,留着长须,文质彬彬。

"启明兄,唉,我把那屏风又卖回给典当铺了。"万造摇头道。

"哎呀,跟你说不要买,你非买!"叫启明的老头道,"那东西邪性得很,你不信!"

"没听你的话。不过,总算是甩掉了这个累赘,身心清净了。"万造说完,摆了摆手,抬脚出去。

他们之间的对话,听得我来了兴趣。

"你先回去,我有点儿事要办。"我跟着万造出来,低声道。

"干吗?"

"别问了,反正是正事。"

"那你当心点儿。"

"明白。"

万造叫了辆黄包车,坐上去,晃晃悠悠远去。

我在典当铺门外寻了个卖早点的小摊,吃了一屉包子,喝了一碗小米粥。刚吃完,见启明老头出来。

"您早。"抹了抹嘴,赶紧上前打招呼。

"您是……"老头疑惑地看着我。

"哦,我是万造家的……远房亲戚。"

"哦,万爷家的人,刚才看到你跟在后面。有事?"老头问。

"咱们换个地方说?"

"行,对面茶楼吧。"

我们两个进了对面茶楼,上了二楼,叫了一壶茶,落了座。

"那扇屏风,万造花了五千大洋买下,刚才退回,佟掌柜只给了一千大洋。"我说。

"唉!之前我就劝他别买,他非要买!"

"您说那东西邪性,是怎么回事?"伙计端上了茶,我给启明老头倒了一杯。

"佟掌柜那人,你清楚不?"启明老头指了指对面。

我摇摇头。

"可不简单呢。"老头冷笑道,"大清朝还在的时候,佟家就算得上是浍州城数一数二的豪族,佟掌柜为人八面玲珑,能说会道,心狠手辣,要不是革命成功,这家伙铁定平步青云,成为封疆大吏也说不准。"

老头喝了一口茶,道:"民国建立,他家失了势,多亏他四处结交,花了不少钱才保住了性命,然后摇身一变,成了做大买卖的人,光典当铺就开了十几家。干这种买卖的,不仅黑白两道都要吃得开,还要有坑蒙拐骗的本事,这家伙,是个吃人不吐骨头的主儿,跟他做生意,能落着好?"

"可那扇屏风,的确是好东西。"我说。

"是,难得一见的好东西,上万块大洋,值!"老头点头道,"但是你想呀,明明上万块大洋的东西,他怎么可能五千大洋就卖了?要知道,这家伙极为吝啬,尿尿都用筛子筛。"

"是呀,为什么?"我问。

"东西邪性呗!"老头道,"这种事,发生不止一次了,万造是第四个。"

"啊?"

"先前有三个，跟他差不多，都是欢天喜地低价把屏风买回去，过了一段时间，灰溜溜地退回来，自认倒霉，折了一大笔钱。"

"为什么退回来？"

"这种事说出来丢脸，他们几个没跟人说。我呀，碰巧认识其中一个，听他说，这屏风邪性，晚上闹鬼。"

"闹鬼？"我赶紧身体前倾，凑了过去，"怎么个闹法？"

"说是半夜，从屏风里头冒出来个恶鬼，披头散发，面大如盆，吓死个人！"老头道，"所以宁愿赔钱，也把东西送回来。唉，时局动荡，魑魅魍魉横行。年轻人，回去好生安慰万造，权当花钱买个教训。"

"是是是。"

老头又发了一通牢骚，抱拳告辞。

从茶楼下来，我一边想着心事一边往回走，被人拍了一下肩膀。

转过身，见是团五郎。

这家伙满头是汗，风尘仆仆。

"有结果了！"团五郎兴奋道。

"一边走一边说。"我指了指前面。

团五郎买了个烧饼，边吃边说："那鞋印，我四处打探，倒是不难找。浍州城有家鞋铺，生意很好，为了防止别人假冒，他家的鞋会在鞋底下做个莲花标记。"

"就是商标嘛。"

"对。"团五郎说，"我把图样拿给店里的伙计看了，伙计说是女鞋。"

"看来咱们的推断是正确的。"我很高兴,"能找到买主吗?"

"这种鞋,做工精巧,穿上去很是轻便,价钱比寻常女鞋贵上一倍,所以买的人并不是很多。这两个月,只卖出去五双。"团五郎道,"买主三个人,一个是潘家酒楼掌柜的千金,是个十六七岁的女学生,一个是青雀巷朱家的老祖母,七十多岁了。剩下这个,挺有意思。"

"谁?"

"华洋典当铺佟掌柜的小妾,名唤金妙妙。"团五郎笑道。

"又是华洋典当铺。"我停住了脚步。

"这个金妙妙,有些来头。此人原是杂耍团的,长得漂亮,而且一身功夫,流落到浍州后,被佟掌柜看上,做了他第二房姨太太。"

"如果是这样,那就有意思了。"我笑起来。

"是呀,很有意思。"团五郎也笑。

…………

"这……不太可能吧!"客厅里,万造吃惊地看着我,双目圆睁。

"基本上是板上钉钉的事。"团五郎肯定地说。

我接过话:"是呀,经过我们的仔细调查,像你这种情况,之前已经有好几个人碰到了,而你所见的那个屏风鬼,十有八九是佟掌柜那位小妾假扮的。此人是女子,身形娇小,又会功夫,躲在隐匿之处不被发现并不难。我估摸她应该是躲在你卧室上面的阁楼上,锁阁楼的那把锁团五郎检查过了,表面看上去是没问题,实际上锁芯已被破坏。阁楼的门不严实,推一下会露出缝隙，足够手掌伸入，出入只需要用手轻轻一拉锁，门就开了，很方便。"

"佟掌柜这么做，有些黑心了！"万造生气地说。

"是呀，这么精美的屏风，低价卖出去，然后让金妙妙装神弄鬼吓唬人，对方不得不退货，如此一来，他空手套白狼，赚了不少钱。"我说。

"可恶！"万造拍了一下桌子，"接下来该如何是好？"

"将计就计！"我说。

"怎么个将计就计？"万造来了兴趣。

"过两天你再去华洋典当铺，把屏风买回来，到时金妙妙肯定又会来装神弄鬼，我和团五郎提前埋伏起来，等她出现，将她当场抓住，这样人证物证俱在，佟掌柜的阴谋定然败露。咱们把他扭送到警察局，让他吃不了兜着走！"

"好主意！就这么办！我最痛恨这样昧良心做事的家伙！"万造道。

事情就这么定了。

接下来的两天，我和团五郎忙着在万造的卧室和阁楼布置陷阱，万造则派人打听华洋典当铺的消息，准备再次去买屏风。

这一天，万造穿戴一新，带着我和团五郎准备去典当铺时，德叔从外面着急忙慌地跑进来。

"老爷，文太少爷，发生大事了！"德叔抹了抹额头上的汗水，"佟掌柜疯了！"

"疯了？！"我和万造相互看了一眼，觉得很是不可思议。

"好好的一个人，怎么会疯了呢？"

"吓疯的！三更半夜冲出典当铺，鬼哭狼嚎，说看见了恶鬼！"德叔说。

"恶鬼？"

"嘴里大喊着什么'不要过来！''屏风里面有鬼！''救命呀！'之类的话，满大街跑，被家人找到带回去，刚刚去了几个医生查看病情，说佟掌柜成了疯子。"

我和万造目瞪口呆。

"不会是装的吧？"团五郎说，"之前都是这家伙和金妙妙装神弄鬼吓唬人。"

"但是他没理由吓唬自己呀，而且还真把自己吓疯了。"我皱起眉头。

"有趣了。"万造说，"看来此事并不简单。"

"怎么办？"团五郎看着我。

"咱们得去佟掌柜家打探个究竟。"我想了想，"佟掌柜被吓疯了，团五郎你装扮成个道士，我呢，装扮成个跟班，我们两个去佟家，就说是降妖除魔，然后趁机打探一下。"

"这个方法好。不入虎穴焉得虎子。"团五郎干劲满满。

万造让德叔给我们置办了一套行头，我和团五郎装扮好后出门。

团五郎摇身一变，成了一个仙风道骨的老道士，我化装成了一个小跟班，扛着个大大的写着"铁口神算"的幌子，来到了华洋典当铺的门口。

以往热热闹闹的典当铺，里面鸡飞狗跳，生意也不做了，伙计们唉声叹气，门外面站着不少看热闹的人。

"呀，徒儿呀，此地妖气冲天，定是有恶鬼作祟呀！"团五郎摇头晃脑，大声说。

这家伙装得还挺像。

"是呀师父，再不整治，十日之内，必有血光之灾！"我配合着说。

我们俩在门口这么一唱一和，立刻引起里面人的注意。

时候不大，出来一个人，五十多岁，说自己是典当铺的二掌柜。

"道长，我家主人里面请。"他说。

我和团五郎进去，被二掌柜领着，来到后院。

主房里，一片狼藉，地上满是被摔碎的瓷片碎渣，佟掌柜披头散发地坐在地上，鬼哭狼嚎，几个伙计摁都摁不住。

旁边站着一个女子，长得很好看，正哭哭啼啼抹眼泪。

"二少奶奶，道长我请来了。"二掌柜道。

看来这女子便是金妙妙。

金妙妙命人将佟掌柜带走，又让丫鬟奉上茶，还未说话便潸然泪下。

"家中出了这种事，实在是……"她哽咽着，"还请两位仙长救命。"

团五郎摆了摆手："二少奶奶，不是夸口，我一生行走天下，降妖除魔无数，真要捉鬼拿妖倒是不难，不过我们跟大夫差不多，也讲究对症下药，还请二少奶奶把事情原原本本说给我们听，不能有半点隐瞒，否则出了岔子，便是大罗神仙也救不了。"

金妙妙屏退旁人，房间里只剩下我们三个。

"唉，说来……也是惭愧。"金妙妙道，"我男人其他都好，唯独爱财。"

"这不是什么毛病，所谓君子爱财，取之有道。"

"若真如此，也没问题。"金妙妙道，"可他不是，他收来一扇屏风，觉得如此好的东西，卖一次赚不了多少钱，就想了个计策——先低价卖给别人，然后让我半夜三更乔装打扮，从屏风上冒出头来……对方惊吓一场，往往会来退货，如此多次，自然赚了不少银钱。"

"这个就过分了。"团五郎道。

"是呀，所以说，也是报应，先前只是装神弄鬼，没想到，恶鬼真的来了。"

"怎么回事？"

"这一次，屏风被退回之后，便放在卧室里。昨晚半夜三更，我听到窸窸窣窣的动静，便告诉我男人。他起身去看，结果啊的一声叫起来，吓得仰头摔倒。"

"怎么了？"

"那屏风上，盘踞着一个恶鬼！头大如斗，披头散发，双目圆睁，血盆大口，死死盯着我们。"

"看得真切？"

"一清二楚！"金妙妙道，"原先我是如此装扮，但那鬼比我装扮得吓人！我男人当场吓疯，我急忙叫人，那鬼转身消失不见。"

团五郎道："原来如此。有道是人命关天，虽说佟掌柜做事不地道，但我们也不能袖手旁观，这样，我二人准备一番，晚上降妖除魔。"

"感谢仙长！"金妙妙急忙躬身施礼。

团五郎和我到了安排的客房里，坐下来之后，团五郎对我说："少爷，看来我们预料得不错，先前的确是佟掌柜和金妙妙联合起来害人。"

"但是听金妙妙说，那屏风昨晚的确冒出了个怪东西。"

"难道是有人学着金妙妙假冒？"

"不一定。"我说，"这样吧，今晚我们俩钻进卧室，看看情况。"

"行。"

…………

吃完晚饭，我和团五郎准备了绳子、渔网，在卧房里装腔作势地用朱砂胡乱画了一些符咒，然后让金妙妙和佟掌柜上床歇息。

佟掌柜喝下了大夫开的安神汤，昏昏沉沉，很快睡着，金妙妙躺在床上，毫无睡意。

我和团五郎躲在床边的柜子后面，屏声静气，等待时机。

时间一分一秒过去，一直到了后半夜。我俩困得不行，眼皮老打架。

就在此时，听得金妙妙一声惊呼："鬼！有鬼！"

"出手！"我低喝一声，和团五郎冲出来。

眼前的景象，出乎我的意料。

在那扇屏风的顶端，匍匐着一团巨大的黑影。

这家伙只有上半身，下半身隐匿于屏风之中，全身黑色，披头散发，面如脸盆，大口喷张，獠牙突出，目似铜铃，嘴里发出呼哧呼哧的声响。

在他居高临下的注视下，金妙妙被吓得昏了过去。

"你这家伙！"团五郎用力撒出手中的渔网，将那家伙罩得严严实实。

我冲上去，和团五郎一起用力，屏风呼啦一声摔倒，将那家伙拖到跟前。

"果然是个妖怪！"团五郎大声道。

对方被抓，拼命挣扎。但渔网十分结实，团五郎力气又大，他根本挣脱不了。

"你是谁？"我蹲下身，问道。

"放开我！"他气呼呼地说。

"干出这等事,还想出来?门儿都没有!"团五郎喝道。

"床上那两个人,是坏人。他们利用我干了坏事,我实在看不下去,所以才现身出来教训他们一顿!"对方说。

"哦,这么说来,你是这扇屏风所化?"

"是的。我是屏风窥!"

"屏风窥?"我笑了笑,"这名字有意思。团五郎,放了他。"

"少爷……"

"没事,既然是妖怪,便是有缘分。"

团五郎有些不情愿地收了渔网,屏风窥从地上晃晃悠悠升起来。

灯光之下,这家伙收了刚才恐怖的样貌,这会儿反倒显得有些可爱了。

"到底怎么回事?"我扯了把椅子坐下来。

"这扇屏风已经有三四百年的历史,时间久了,便诞生了我。"屏风窥道。

"这么说来,你是器物妖?"

"是的。"屏风窥道,"家中器物,日久天长,机缘巧合成为妖怪,这不足为奇。何况我出身高贵。"

"的确不是一般的屏风。"我点了点头。

"几百年来,我四处流转,始终老老实实待在屏风里,小心谨慎,从不露面。因为我的谨慎,从未被人发现,因此得以存活。"屏风窥道,"漫长的时光中,我也只有在无人的时候,才会偷偷伸出头来窥探,因此得名屏风窥。但是这一次,我实在忍不住了!"

屏风窥生气地说:"这个姓佟的,心肠坏,装神弄鬼吓唬人，谋取不义之财，我必须教训他们！"

"既然如此，为什么不从一开始就教训他们呢，反而拖了这么久？"团五郎问。

屏风窥叹了一口气，道："我最大的信条就是明哲保身，不到万不得已，绝不让人发现。因此，即便是被佟掌柜利用了这么多次，始终隐忍蛰伏。可这一次不一样，昨晚佟掌柜对金妙妙说，要将我送人。"

"送人？不是卖？"

"不是。"屏风窥说，"这么几次下来，佟掌柜利用我赚了不少钱。可事情传出去，很多人都知道了他的手段，因此想像之前那样把屏风卖出去，是不可能的了。所以佟掌柜动了歪脑筋——他这段日子对一个洋人阿谀奉承，那个洋人权势很大，而且极其喜欢中国的古董，因此，他为了巴结那个洋人，要将我送给他。"

屏风窥气道："我虽然是妖怪，却是中国的妖怪，无论如何也不愿意成为洋人的玩物！便是粉身碎骨，我也要留在咱们的土地上。"

"所以你就现了身？"

"是的！"屏风窥说，"当场吓疯了佟掌柜！我打算今晚连金妙妙一起吓疯！"

"接下来怎么办，你想过吗？"我问。

屏风窥摇摇头："没想那么多，如果他们还是要把我送给洋人，我只有自行四分五裂，那样一来，屏风不复存在，我也会消失。"

"挺有骨气。"团五郎对屏风窥刮目相看，哀求道，"少爷,咱们帮帮他吧。"

"嗯。我有主意了。"我附在团五郎耳边嘀嘀咕咕。

"哈哈哈,好主意!"团五郎竖起了大拇指。

我让屏风窥回到屏风中,推开门,叫仆人进来,让他们将金妙妙弄醒,接着又把二掌柜他们叫过来。

"方才经过作法,我已经赶跑了那个恶鬼。"团五郎装模作样道,"但是这个恶鬼很狡猾,法力也很强,如今我二人在此,他绝对不敢回来,可是一旦我们走了……"

金妙妙吓得花容失色:"仙长,你们可不能走呀!"

"我们四处游历,不可能一直待在你家。"团五郎为难道,"不好办呀。"

"索性将屏风毁了吧!这样,恶鬼没了依靠,就不会再来。"二掌柜插话说。

团五郎急忙摇头:"不行,毁了他的栖身之地,他会报复得更厉害。"

"这样不行,那样也不行,仙长,要怎么做才能保我们平安?"金妙妙又哭了。

"要想保平安,你们需要做两件事。"团五郎伸出两根手指头。

"别说两件事,就是两百件事,我们也做!"金妙妙急忙承诺。

"第一件事,将先前骗来的钱,如数还给人家,做不做得到?"

"做得到。"

"第二件事,只要这扇屏风在,恶鬼就会回来。所以,屏风我必须带走,再找到一个能将其镇服的有福之人,你们方能平安。"

"这个……"金妙妙为难道,"实不相瞒,仙长,我男人之前决定把屏风送给佐藤,已经和人家说好了。"

"佐藤?洋人?"

"是的。"

"那不行,屏风是我们中国的东西,跟洋人犯冲,所以佐藤不是有福之人。"

"如此……我出面给佐藤解释。"金妙妙道,"如果送上一笔钱,说不定佐藤会满意。"

"那就好。"团五郎起身道,"快将这扇屏风装车,我们现在就带走。"

…………

"你们……怎么把屏风运回来了?!"庭院中,万造看着被卸下来的屏风,呆若木鸡。

"你不是很喜欢吗?"我笑道。

"喜欢是喜欢,但是,听说真的闹鬼,佟掌柜都被吓疯了。"万造心有余悸。

"哪有什么鬼!先前吓唬你的鬼,是金妙妙假扮的。佟掌柜干坏事,心中有鬼,自然看什么都是鬼。"

"这么说来,这屏风里,没鬼呀?"

"自然了!"我笑道,"这么好的屏风,你不要的话,我带回去给爷爷。"

"要!要!要!"万造忙伸手拉住我。

看来他的确喜欢这屏风。

高大精美的屏风，重新被安置在万造的卧室里。

"真美呀！"万造眯着眼睛，细细打量着，"从早看到晚都看不够！"

"老爷，典当铺来人了，说佟掌柜派人将先前的大洋送了回来。"

"佟掌柜好了？"

"嗯。神智已恢复正常，但人还在卧床休养，是他们二掌柜来的，说是赔礼道歉。"

"还算有点儿良心！"万造笑着出了卧室。

"你也出来吧。"我拍了拍屏风。

屏风窥从顶上探头探脑冒出来。

"万造很喜欢你，而且他是个好人，希望以后你能和他好好相处。"我说。

"我知道。"屏风窥有些不好意思地说，"我见过的这么多人里面，万造是我最喜欢的家伙。他爱惜古物，懂得欣赏，而且心地特别善良。所以有很多次我都忍不住偷偷打量他。"

"偷偷打量？"我哈哈笑起来，"怪不得万造说一直能感受到一道诡异的目光。原来是你。"

"我也没想到他那么敏感，竟然能觉察到我的目光。"

"没办法，谁让你叫屏风窥呢。"我笑道，"不过以后得小心点儿，别让他又觉得自己老被一双莫名其妙的目光盯着，然后跑去找我和爷爷。"

"嗯嗯嗯。我明白了。文太少爷，我一定和万造好好相处。"

"行，那我就放心了。"我拍了拍屏风。

阳光从外面倾泻进来。

穿过树丛,穿过窗户,照在古老的屏风上。

紫檀木呈现出紫红色的质地,可以看到上面隐藏的点点金星。螺钿、宝石闪烁着光芒,那些精美的雕刻之物,仿佛有了生命,活灵活现。

真是……精美的屏风呀!

室童

室之童

筑室三年不居，其中有小儿，长三尺而无发，见人则掩鼻，见之有福。

——《白泽图》

"大老爷，前几天晚上，我碰到了件怪事！"

菖蒲坐在院子的花坛边，一边用手驱赶着蚊子，一边愁眉苦脸地说。

炎炎夏日，白天热浪滚滚，在太阳的炙烤下，连花草树木都耷拉起脑袋。

傍晚时分，日头褪去毒辣，凉风吹拂，才觉得清凉起来。

朵朵在院子里洒了清水，湿漉漉的水汽氤氲上升，这个时候，切开瓜果，躺在藤椅上纳凉，是每日最快活的时光。

这一切，被菖蒲破坏了。

他进了院子，爷爷把我轰到一边，不仅让菖蒲坐了我的藤椅，还吃了我的西瓜！

尽管如此，我也没有生菖蒲的气。

因为，菖蒲实在是个有趣又善良的家伙！

我不知道他的具体年龄，应该三十五六岁了吧。个子高高的，模样长得还不错，脸方方正正的，因为常年风吹日晒，皮肤黝黑，笑起来露出雪白的牙齿。

菖蒲的父母是渔民，母亲在一片菖蒲中产下了他，所以给他起了这个名字。黑蟾镇一带河流众多，又有大湖，渔民自然有很多，菖蒲的父母就是其中之一。

他们生活穷困，没有土地田产，以船为家，四处漂泊，很多人一生与船为伴，生在船上，死在船上。

菖蒲十几岁时，父母相继病逝，剩下他一个孩子，艰难活下来。他心地善良，碰到需要帮忙的人，总乐于出手相助，所以大家都很喜欢他。

靠着众人的接济，菖蒲不但活了下来，还靠着自己的努力，置办了一艘乌篷船，和他的父母一样，穿行于湖泊河流之中，捞鱼捕虾。淡季时，他会在河口摆渡，接送行人，用赚来的钱勉强度日。

渔民通常很穷，菖蒲也不例外。三十好几的人，到现在还没结婚。这也不奇怪，对于当地人而言，谁会让女儿嫁给一个穷小子呢？

菖蒲和爷爷关系很好。

每年渔汛期，菖蒲总是会将打来的第一网鱼送上门，香鱼、胖头鱼、鲫鱼、鲤鱼、刀鱼……各种活蹦乱跳的鱼，或者装在木桶里，或者用柳条串上，精心烹制之后，味道鲜美。

除此之外，菱角、莼菜，甚至是罕见的大贝壳、造型奇特的湖石，诸如此类的东西，菖蒲也会送给爷爷。

他知道爷爷喜欢这些。

只要有工夫，菖蒲便会来家里坐坐，和爷爷聊天。他说喜欢听爷爷讲东讲西，那些稀罕事总是听不够。爷爷也乐于跟菖蒲打交道，把他当自己的忘年交，每次菖蒲来，一定会好酒好菜伺候，等菖蒲走时还会给他一些零花钱。

"菖蒲不容易呀，这孩子善良、热心、尊老爱幼，之所以老爱往我这儿跑，喜欢听我这么一个老头唠叨，是因为他常年一个人，没有亲人，没有朋友，太寂寞。"说起菖蒲，爷爷如此感叹。

今天，菖蒲的情况有些不对劲。

他是个无忧无虑的人，不论什么时候，脸上都挂着微笑。可现在，坐在藤椅上，愁眉不展。

"文太，把上次滕六买回来的蚊香点上。"爷爷怕蚊子叮咬菖蒲，对我挥挥手。

真是太偏心了！

在这群山环绕的乡下，蚊香是稀罕物。上次我从他卧室里拿了一盘，被他说了好几天。一直以来，傍晚纳凉，都是烧艾草熏蚊子，那玩意儿烟很大，常常熏得我眼泪直流。

我答应了一声，拿来蚊香，点了。

"没事，蚊虫蛇蚁我早习惯了。我们这样的人皮糙肉厚，不怕，别点了，浪费东西。"菖蒲啪的一声，将一只大蚊子拍死在腿上。

他穿着灰色的短裤短褂，光着脚，斗笠放在藤椅旁边。

"不急，先吃瓜。"爷爷扇着蒲扇。

菖蒲拿起瓜，咬了一口："真甜。"

"放在水井里冰了一下午了。"我说。

"什么样的怪事？"爷爷终于开口问。

菖蒲放下瓜，抹了一下嘴，说起了这件让他百思不得其解的怪事——

这段时间，渔汛已过，鱼群离开浅滩游入大湖深水，菖蒲的船小，不能深入湖中心，所以只得在周围的河流中下地笼、撒网，收获很少。

为了贴补家用，菖蒲清晨到中午捕鱼，午后到晚上，去鸭川渡口摆渡。

鸭川距离黑蟾镇五六十里，是条宽阔的河流，因为常年有野鸭栖息，得名鸭川。那里是交通要道，南来北往的行人不少，从上游到下游，有十几个渡口。

大渡口早已被固定的摆渡人占据，菖蒲选择的是一个人烟稀少的名叫野鸭渡的小渡口，往来行人虽然不多，但忙活半天，赚取的钱财勉强够一天的吃食。

那天，菖蒲的生意不错。

野鸭渡对面有个小镇，名叫松鹿镇，以纺织出名，眼下正是出售蚕茧的时候，所以坐船的行人不少。

忙活了一下午，太阳落山之后，河岸终于安寂下来。

月亮出来了，月光格外皎洁。微微有些风，吹动两岸的芦苇和菖蒲。

河水缓缓流动，水草随波摇曳。一群群水鸟环绕周围，萤火飞舞，蛙鸣阵阵。

菖蒲终年以船为家，虽说在鸭川西岸的一片荒地盖了个茅屋，但回去的次数很少。

"渡口生意好，我不打算回去过夜，想着在船上凑合一晚，等天亮之后，肯定有不少行人过河，那样，能多赚一点儿。"菖蒲说。

烤鱼、煮粥，简单吃完晚饭，躺在船舱里，看着满天的星斗，也挺不错。

"我很快就睡着了。"菖蒲说，"毕竟累了一天。"

不知道睡了多久，菖蒲听到了喊声。

醒来，已经是后半夜。河面上起了雾，虽然不大，但缥缈流溢。

声音是从对岸的菖蒲丛中传来的。

"船家，过来！"对方这么喊。

听声音，像是个孩子。

三更半夜的，怎么会有人渡河，而且还是个孩子？

带着满心疑虑，菖蒲划着船，朝对岸去。

离得近了，见岸边站着个小小的身影。

"是个可爱的小孩子！"菖蒲说，"个头不高，也就一米左右吧，穿着一身红色的长衫，那装扮很少见，现在的孩子绝不会这么穿，怎么说呢，就像是……唱大戏穿的那种衣服，长衣大袖，脚上一双黑色的木屐。应该是个男孩，光着脑袋，两只眼睛忽闪忽闪。"

"没有家人？"爷爷插话问。

"没有，就他一个。"菖蒲说。

这个孩子，让菖蒲十分为难。

深夜的渡口，突然出现这个小孩子，想必是走丢了吧，家里的大人肯定很着急。

"你家大人呢？"菖蒲问。

孩子摇摇头，没说话。

"是不是和家人走散了？"菖蒲说，"前面就是松鹿镇，我带你去找巡警，他们会帮你找到家人。"

孩子依然摇头。

"这么晚了，可不能乱跑，荒山野岭，碰到猛兽很危险。"菖蒲说。

那孩子盯着菖蒲，眼睛忽闪忽闪的，一声不吭。

"要不，在我船里休息一晚也行，天亮了我带你去找爹娘。"菖蒲有些急了。

这孩子仍旧一声不吭，好似木头。

"我要过河！"片刻后，那孩子突然开口说。

"过河？"菖蒲一愣。

"是的。我没有父母，也没有家人。我要过河，拜托了。"孩子说着，右手伸进兜里，掏出一样东西递给菖蒲。

是金子。蚕豆大小的金子。

"不要说那么多，载我过河，金子就是你的。"孩子说。

菖蒲摆摆手："过河要不了这么多。"

"小意思。"孩子扬起手，把金子丢给菖蒲。

菖蒲接了，金子沉甸甸的。

孩子跳上了船，在船头坐下来。

菖蒲慢慢往对岸划。

当船到河中央的时候，菖蒲忍不住仔细打量孩子。

他安安静静坐着，望着前方的远山丛林。

"除了装扮少见之外，我突然意识到这孩子的蹊跷来！"菖蒲说，"从始至终，他都用左手捂着鼻子，遮住了半边脸。"

"你可真是后知后觉！"爷爷笑起来。

"当时光想着把他送回父母身边,没在意这些。"菖蒲说,"见他老捂着鼻子,才觉得奇怪。"

"后来呢?"我问。

我已经完全被这个故事吸引了。

菖蒲还是有些担心孩子的安全,一边划船一边跟孩子聊天。

"你说没亲人,也没朋友,那你从哪里来,又想到哪里去呢?"

孩子沉默了一会儿,说:"我原先住在谭家。"

"松鹿镇上的谭家?"

"嗯。"

菖蒲吸了一口气。

怪不得这孩子打扮得这么精致。

谭家是松鹿镇的大门大户,听说祖上不过是养蚕的贫农,后来逐渐发家致富,收购蚕茧,雇人纺织,出产的丝绸销往全国各地,据说不少还卖到了外国。如今,谭家深宅大院,仆人成群,家财万贯,好不威风。

"我在谭家待了很久了。"孩子说。

"那为什么要跑出来?"菖蒲不解道。

"喂,你看看我这个样子……"孩子放下一直捂着鼻子的手,"你觉得怎么样?"

借着月光,菖蒲看清楚了,心里一颤。

怪不得用手捂着鼻子——这孩子,模样长得好,却没有鼻子。

"没什么呀。"菖蒲觉得孩子很可怜。

看起来应该是天生的,不像是遭遇过什么刀伤,原本鼻子所处的位置,光滑无比。

"并不是每个人生下来就肢体齐全的,我认识一个人,生下来没耳朵,还有没手没脚的,挺正常。"菖蒲说,"人呀,来到这世上,辛辛苦苦,劳劳碌碌,一生短暂,不要在意别人的眼光。"

"谭家的那帮家伙嘲笑我,说我是'无鼻男'。"孩子说。

"有些过分了。"菖蒲说,"就因为这个原因,你才离家出走的吧?"

"嗯。我不想在那里待了。"孩子说,"他们家的人,现在变了。"

"那要去哪儿呢?"菖蒲问。

"你这个人挺不错。我去你家吧。你家在哪里?"孩子昂起头,望着菖蒲,两只眼睛闪烁着,像天上的星斗。

"别开玩笑了。"菖蒲笑起来,"我不过是个穷渔民,身无长物,除了这艘船,只有河西岸的那间茅屋,家徒四壁。"

"这些都不重要。人品最重要。我觉得你挺好的。"孩子认真地说。

菖蒲被他逗乐了,说:"你在我家住一晚也行,天亮了我带你去谭家。人是会闹脾气的,但是闹完脾气,还得好好生活,谭家多好。"

这时,船到岸了。

孩子蹦到岸上,转过身大声说:"去你家,就这么定了!"

"然后呢?"听到这里,我问。

菖蒲睁大眼睛看着我,说:"那孩子说完这句话,突然在我眼前……消失了!"

"消失了？"

"是的，就像一团烟雾，呼的一下消失得无影无踪。"菖蒲说，"我找遍了周围，都没找到。我吓坏了，觉得自己好像做了一个梦，但是这分明是真实发生的呀。"

"你觉得自己碰上了妖怪？"我猜中了菖蒲的心思。

"对！这样蹊跷的事，只能如此解释，所以我才来找大老爷。"菖蒲叹了一口气，又恢复了愁眉苦脸的模样。

的确……蹊跷！

我和菖蒲不约而同地望向爷爷。

和妖怪相关的事，他经验丰富。

没想到，这个爷爷竟然打了个哈欠，不耐烦地摆了摆手："大惊小怪。"

大惊……小怪？！

"人家要住进你家，挺好的嘛。"爷爷没心没肺地说，"你那破屋子谁看得上？人家不嫌弃，那是你的造化。"

"我回家之后，屋子里也没人。"菖蒲说，"但是吧……"

他有些犹豫，声音低沉道："总觉得屋子里有些不对劲。"

"怎么不对劲了？"我问。

"会有一些莫名其妙的动静。"菖蒲说，"比如睡觉的时候，能听到有人踩着地板跑来跑去的声音，或者是碗碟磕碰的声音，或者是有人在院子里扫地的声音……"

"既然看不见，最好不要去想这些，该干吗干吗。"爷爷抽着烟袋说，"该打鱼打鱼，该摆渡摆渡。"

"可是这种事，我完全不能当作没发生过。"菖蒲说，"脑袋里老是想着那个孩子，根本没心思去工作。"

"你这人啊，真是一根筋。"爷爷噘起嘴。

"还望大老爷您出手相助。"菖蒲恳求道。

"哎呀！我老头子一个，老胳膊老腿儿的，才不想掺和这种无聊的事！"

"还请出手相助！"菖蒲很坚持。

"真是拿你没办法。"爷爷吐了一口烟，"这样吧，让文太去吧。"

"啊？！"我气得差点儿被唾沫呛死，"太过分了，每次都是自己偷懒让我去顶包！"

"你整天无所事事，混吃混喝，总得做点儿事吧。"爷爷抬起下巴，"我这宅子里可不养吃闲饭的人。"

我是吃闲饭的人吗？！

不过……好像也是。

唉，人在屋檐下，不得不低头，吃人嘴软，拿人手短。

"权当是去玩啦。"爷爷拍了拍我的肩膀，"说不定很好玩呢。"

很好玩？！我怎么不觉得！

"和妖怪打交道，你比我擅长。"爷爷说。

这个……的确是。

事情就这么定了。

菖蒲告辞之后，我推开了爷爷卧室的门。

他正躺在床上偷吃点心，见我进来，慌忙把点心藏进被窝里。

"你怎么不敲门？！没礼貌。"

"你不也这样进我房间吗？"我把被子掀开，拿出藏着的铁盒，将里面精致的点心送到嘴里。

"给我留点儿，好贵的！"爷爷眼巴巴地说。

"对方的底细，你清楚吗？"我直奔主题。

"倒是知道一点儿。"爷爷盯着我手里的点心。

"说来听听。"

"妖怪。"

"我当然知道是妖怪！说得详细点儿。"我将点心一个个丢进嘴里。

"一个非常有趣的妖怪。"爷爷吧唧了一下嘴，"非常少见。这么说吧，这些年，我也就见过一次。"

"菖蒲见过的那个？"

"不是。"爷爷飞快地拿走最后一块点心，咬了一口，"这种妖怪，极为古老，我碰见的那个，和菖蒲见到的差不多，那是三十年前的事了。"

"我该怎么做？"我问。

"这是你的事。"爷爷靠在枕头上说，"年轻人，不要问得那么详细，要自己去探知世界才有趣嘛。"

他顿了顿，又说："你放心，对方是个很吉祥的妖怪。"

"吉祥的妖怪？"

"对，据说看见了的人，会有福气。"

我才不信！

"放手去干吧。我在精神上支持你。慢走，不送，帮我把门带上。"说完，他咣当一声倒在床上，呼呼大睡。

一晚上都能听到爷爷那惊天动地的呼噜声。而我，几乎整晚失眠。

早晨，我浑浑噩噩地起床，除了朵朵，家里不见人影。

朵朵说爷爷天没亮就走了，出去拜访一位老友，滕六忙着进货，也不在。

吃完早饭，我坐在院子里，正想着该如何着手，从大门外进来一个家伙。

"少爷，一起去钓鱼吧！"野叉戴着斗笠，腰间系着鱼篓，挥舞了下手中的钓竿。

要是往常，我肯定欢呼雀跃地跟他一起出去了。

"唉，有事要忙。"我耷拉着脑袋。

"什么事比钓鱼还重要？咱们可是约了好几回了，你不能次次都爽约吧！"

"我也想钓鱼去，可眼下菖蒲碰到了妖怪，我得去帮忙。"

"菖蒲？！妖怪？！"野叉放下钓竿，兴奋地问，"真的？"

我把事情说了一遍。

野叉拍了拍手："这个可比钓鱼好玩多了。我跟你一起去，行不？"

"你？你去能干吗？"

"人多力量大，我可以做你的助手。"

的确，野叉这家伙，不光体格健壮，而且脑袋瓜好使，让他跑跑腿再好不过。

"行，收拾收拾，咱们找菖蒲去。"

简单收拾好包裹，我们两个出了门。

盛夏时节，热浪滚滚，即便是戴着草帽，摇着蒲扇，也无济于事。汗水顺着脸颊、脊背往下流，眼睛辣辣的。

一丝风都没有。河流、湖泊泛着光芒，树木垂着枝叶，鸟兽早躲到阴凉的地方睡觉去了,只有蝉在扯着嗓子喊热。

"要是有船就好了。"野叉背着我的包裹,走在前面,"我们可以顺流而下,然后再往上走就是鸭川。"

关键是没船呀!只能走路。

五六十里的山路,累死人。

我们走一段歇一会儿,过了晌午,野叉见我热得快要昏厥,担心起来。

"少爷实在太没用,这么一点儿路都走不了……"野叉把我安置在一棵大树下,说,"照这样下去,天黑肯定到不了菖蒲那儿。"

他看了看河面,说:"你在这儿等着,我去找船。"

我有气无力地靠着树干,大口大口喝水,好不容易缓过神。

"走吧,有船了!"野叉从河岸边的菖蒲丛中探出脑袋。

是一艘仅能容纳两人的小船。尖尖的,长长的。

这种船一般被渔民用来下地笼或者丝网。

"藏在那边的芦苇里,我拖了过来。等用完了,再把它还回去。"他把我扶上船后,哗啦哗啦摇起双桨。

水面上行进,的确快了很多,而且凉爽不少。

黄昏时,我们的船驶入鸭川河口,然后往上划了五六里水路,看见了一个小渡口。

"菖蒲!菖蒲!"野叉挥舞着手臂,大叫。

菖蒲的渔船,停靠在一棵柳树下,他本人正蹲在船头生火做饭。

"我还以为少爷你不来了呢。"菖蒲高兴地把我迎上船,又问野叉,"你怎么也来了?"

"跟少爷一起来的。"野叉和菖蒲很熟，跳上船，拿起碗筷吃饭。

喷香的米饭，烤鱼，野菜羹，虽然简单，我们却吃得狼吞虎咽。

"去松鹿镇吧。"吃完饭，我打了个饱嗝儿。

"不休息一晚？"菖蒲怕我累着。

"事不宜迟。"我说。

实际上，我有自己的心思——菖蒲的小船，根本容不下我们三个人休息。松鹿镇起码有客栈，劳累一天，洗个澡，舒舒服服躺在柔软的大床上，多好！

"行。"菖蒲答应下来。

他划船来到对岸，将船拴在渡口的石桩上。

"顺着这条路往前走，翻过山头就是松鹿镇。"菖蒲说。

太阳已经落下去，逐渐有了风。

白日的暑热褪去，空气凉爽无比。

我们边走边聊，穿过山林，爬过小小的山头，眼前豁然开朗。

山脚下是个群山环抱的小盆地，坐落着一个四四方方的镇子。

松鹿镇比黑蟾镇大多了，有七八百户人家，镇子东西南北两条主路交叉，以此为中心，一座座建筑分散开去，整齐划一。

镇子灯火通明，欢声笑语，即便是站在山坡上，也能听到鼓乐之声。

"好像在举行盛大的集会。"我说。

"一年一度的福神节，会持续一周的时间，今天是最后一天。"

"福神节？我怎么没听说还有这么一个节日。"我有些诧异。

"松鹿镇专有的节日。我也不太清楚。"菖蒲挠挠头，"每年这个时候，前来参加庆典的，除了松鹿镇的人，还有各个村庄的纺织户、蚕农，以及做生意的人，这两年，很多爱看热闹的游客也会来。"

"咱们赶紧去瞅瞅。"野叉兴奋地说。

下了山坡，走了一两里地，来到松鹿镇镇口。

古老的镇子，白墙黑瓦，街道上的石板路干干净净。

穿过立在镇口的高高牌坊，热闹的人群迎面而来。

舞狮、耍旱船、踩高跷……各种杂耍令人眼花缭乱，很多人穿上不同颜色的长袍大袖，装扮各异，男女老少其乐融融。

我们在人群里小心翼翼地挪动，生怕被挤散了。

"人太多了！"野叉说。

"今天是最后一天，自然人多。"菖蒲护着我往前走。

"赶紧找家客栈吧。"我觉得自己快要喘不过气了。

一直往前走，穿过半个镇子，看见一个小广场。

"那边是谭家。"菖蒲说。

好大的一片宅子！

绵延开去，几乎占了小镇的四分之一！

大门敞开，门口蹲着两只巨大的石狮子，挂着写有"谭宅"的匾额，与周围的建筑形成了鲜明对比。

不愧是首富。

"我们住这家客栈吧。"我指了指旁边。

在谭家的对面,有家客栈,虽然不大,但看起来清雅、干净。

进了门,有伙计迎上来。

我让伙计准备了房间,舒舒服服洗了个澡。

本想睡觉,可外面的声音吵死人,只得爬起来,到客栈一楼点了几样小菜。

"掌柜的!"我冲柜台后面招了招手。

掌柜的年纪在六十多岁,走过来,笑着问:"有何吩咐?"

"请您老过来,聊几句。"我说。

"行,正好我也没事。"老掌柜在旁边坐下来,抽起了水烟。

"外面这么热闹,说是庆祝福神节,恕我孤陋寡闻,这位福神到底是个什么神?"

"哈哈哈,小少爷不知道很正常,这个福神节,只有我们松鹿镇才过,别的地方没有。至于这福神嘛,那更是我们松鹿镇独一份!"

老掌柜的言语中,满是自豪。

"哦,那我倒要好好请教请教。"我说。

"说来话长。"老掌柜笑着说,"我们松鹿镇,原先不过是个偏僻的小村子,或者说,连村子都算不上,只有几十户山民,靠捕鱼、耕田勉强度日,穷得叮当响。其中有一户姓谭的人家……"

老掌柜说到这里,抬起头朝对面看了看才继续说:"家主为人忠厚老实,心地纯善,整日奔波劳作,辛辛苦苦养活着一家老小。有一年,兵荒马乱,闹起强盗,抢走了大家的存粮,不久又闹起了灾荒,原本几十户的小村,逃难的逃难,饿死的饿死,眼见要成为死村了。"

"谭家也很惨,家主老母被强盗杀死,五个孩子饿死了三个,叫天不应,叫地不灵。谭家家主无奈,便从深山中挖了一筐药草,走了很远的路去集市上卖,得了一点儿钱,买了十几斤糙米和几个窝窝头,急急忙忙往家赶。"

老掌柜顿了顿,说:"那可是救命的东西啊,一家老小全指望这些过活呢。谭家家主心急火燎过了一个山口,突然碰到一个孩子,年纪不大,应该是乞丐,破衣烂衫,奄奄一息。谭家家主心地善良,走过去抱起孩子,发现对方应该是饿坏了,便将窝窝头掰碎喂给孩子吃,将那孩子救了过来。怎料那孩子醒来后,奔向大河要跳河自杀。"

"为什么呀?"野叉问。

"孩子说,他家一点儿粮食都没有,父母饿死,还有两个弟弟妹妹,自己出来找吃的,结果毫无所获,这才昏倒在地。虽说谭家家主救了自己,但两手空空回去,弟弟妹妹定然会饿死。既然早晚都是死,不如跳河算了。"老掌柜说,"年景不好,这样的事情太多了。"

"唉。"菖蒲叹了一口气。

"后来呢?"我问。

"谭家家主将手中的一半糙米分给了孩子。"老掌柜说,"大荒之年,几斤糙米珍贵无比。"

"仁义。"菖蒲感动地竖起大拇指,"这可不是一般人能做到的。"

老掌柜使劲点点头,说道:"孩子接过糙米,笑了起来。"

"笑？"

"对。"老掌柜说，"孩子笑着说：'早就听说你是个好人，今日看来当真是。自此之后，我去你家吧。'说完，那孩子便消失了。"

"遇到了神仙？！"菖蒲张大嘴巴。

"不知道。"老掌柜感慨道，"不过，谭家自此很快发达起来，做什么事情都顺风顺水，成为这一带的首富，据说是那个孩子的原因。"

说到这里，老掌柜压低声音："听说，这么多年，那个孩子一直住在谭家，始终是个小娃娃的模样，时不时现身，不光谭家人，连去帮工的仆人、丫鬟，都见到过。谭家有个房间，专门供奉他，这些年来，发生过很多稀奇古怪的事。镇子里的人说这是神仙，不过我不这么认为。"

"老掌柜怎样认为？"我问。

"我读过书，也识得几个字，从来没听说过有这么一位神仙。我觉得，可能是妖怪，与人为善的妖怪。"老掌柜道。

外面锣鼓喧天，游行的队伍来到了谭家门前的广场上，欢闹嬉戏。

"每年皆要举办这样的盛典，说到底，一是忙碌一年庆祝犒劳大伙儿，二是专门向谭家供奉的那位表达谢意。镇子里的人，靠着谭家才能衣食无忧，谭家好，他们便好。而谭家的兴衰，和那位息息相关。"老掌柜点起烟斗，"不过，最近听说谭家出了事。"

"什么事？"

"具体我也不清楚，只是听说谭家出了乱子，那个孩子离开了谭家。"

"哦？"菖蒲眉毛抖动起来。

"唉，都说富不过三代。谭家原先是真的好，仁义、慷慨，可现在……"老掌柜叹气，"如今的家主叫谭政，为人贪得无厌，三个儿子一个个游手好闲，吃喝嫖赌样样精通，谭家眼见要败落，那个孩子这时候离开谭家，也情有可原。"

老掌柜抽了一口烟，指了指外面："事情究竟是不是如传言那般，马上就知道了。"

"什么意思？"我问。

老掌柜道："每年庆典的最后，谭家都会将供奉的神龛从府里抬出，抬到广场的高台上，供大家一起跪拜祭祀，也有将那位孩童带来的福泽与众人分享之意。那神龛里面，是一个用木头雕刻的小小的神像，模样与那个孩子相同，据说神像在，孩子就在。"

我转过脸，望见黑压压的人群涌进了广场，面朝谭府大门的方向，使劲擂鼓。

"我等接福神！"

"谭老爷开大门！"

"接福神喽！"

人群大声呼唤着。

"这帮蠢人！哪儿来什么福神！不可能有的！"楼上传来一阵脚步声，接着一个醉醺醺的声音传入耳畔。

我转过头，看到一个二十多岁的男人从楼上脚步踉跄地下来。

穿着湖州绸缎做成的袍子，胸前挂着金表，模样长得不错，光鲜亮丽，不过看起来总觉得毫无生气，颓废无比。

"三少爷，您喝得有点儿多了。"老掌柜急忙起身。

"正……正好！"三少爷挥了挥手，来到我们的桌子前，看了看，嚷道，"好你个老胡，自己在这儿喝这么好的茶，不给我送。"

"这叫什么好茶，三少爷要是口渴，我给你倒一盏。"老掌柜扶着三少爷坐下，给他倒了一盏茶。

此时，广场上请迎福神的呼声更大了。

"一帮蠢人！"三少爷喝了一口茶，冷笑道，"这次怕是要失望而归喽。"

"三少爷，此话何意？"老掌柜问。

"何意？就是……就是神龛今天不会出来了。"

"难道传言是真的？"老掌柜有些吃惊，"福神，真的离开了？"

"狗屁福神。"三少爷打了个嗝儿，"不过是块木头。若是有灵，我也不会这样。"

大家相互望了望，谁也没说话。

"老胡，你说我们谭家有没有钱？"三少爷突然大声问。

"当然！谁不知道谭家是这一带的首富。"

"首富？哈哈哈，也就是羊屎蛋儿外面光罢了。我告诉你，家要败了！"

他呵呵笑了几声："我上个月耍了一把大的，输了两万大洋，找我爹要，他竟然说没有。连两万大洋都拿不出来了。我问我娘才知道，我爹被省里的大官算计，跑到上海滩投机，结果亏得一塌糊涂。唉，我爹那个人呀，一辈子吝啬无比，到头来全都便宜了别人。大哥什么事都不管，醉生梦死；二哥娶了四房姨太太,前两天被新娶的女人卷走了全部银钱。嘿嘿,你看看,若是有福神,我家会这样?所以呀,我就把那玩意儿偷出来,给卖了。"

"卖了?!"老掌柜吓了一跳。

"嗯!"三少爷点了点头,"一块破木头,屁用没有。还不如换几块大洋花花。你看我,现在好好的,那福神被卖了,也奈何不得我。"

"使不得呀!"老掌柜急道,"那可是福神呀!灵性着呢!"

"灵性?"三少爷嘀咕了一句,看着窗外。

"三少爷,这么多年,谭家上上下下都曾见过他。你难道没有?"

"我嘛……"三少爷冷哼了一声,"我不喜欢他。"

"哦?"

"我们兄弟三个,加上那些表兄表妹,有十来个,每逢过节,便会聚在一起。有一年春节,大人们忙着布置庆典,我们一帮小孩子,一共……十个人,凑在一起玩耍。刚开始不过是寻常的游戏,后来我大哥提议,去福院里玩。福院,就是专门供奉那东西的院子。"三少爷顿了顿,"刚刚下了大雪,院子里一片雪白,我们一帮人在院子里堆雪人、打雪仗,后来开始围成一圈踢毽子,踢着踢着,我就觉得不对劲。"

"怎么了?"老掌柜问。

"多了一个人!"

"多了一个人?"

"对!我暗暗数了好几次,怎么数都是十一个人!"

"三少爷,既然在一起玩的,是你的亲戚,自然熟悉得很,多了一个人，很容易就可以发现对方。"我插话道。

"不是！"三少爷使劲摇头，"每一张脸，都是熟悉的！但是数完了，分明多一个！"

听起来，的确够怪异的。

"我吓坏了，哭着去找我爹，我爹跑到院子里，数了数，只有十个人，气得五内生烟，说我撒谎，大骂我一顿。"

"会不会是三少爷你数错了？"

"不可能！我的算术是兄弟姐妹中最好的，绝对不会错。"三少爷笑道，"后来我才想起来，肯定是他捣的鬼！类似的事情，不胜枚举。"

"哦？"

三少爷又喝了口茶，顿了顿，说道："比如，安静的晚上，原本睡得好好的，会突然听到楼梯嘎吱嘎吱响，或者地板被踏得咣当咣当的声音，出去看却看不到人；心爱的玩具抱在怀里，回过神来，发现被调换成了一块石头；莫名其妙发生了火灾，大家惊慌失措逃出屋子，谁知是虚惊一场……诸如此类的恶作剧，简直让我烦透了！"

"我十岁的时候，我娘生了病，很重很重的病。"三少爷低下头，"从小到大，老爹骂我，两个哥哥欺负我，只有我娘对我最好。那天晚上，我爹忙着出去谈生意，根本不顾我娘的死活。我一个人溜进福院，跪在神龛下，跪在冰冷的地板上，苦苦地向他哀求。我向他道歉，请他原谅我之前对他的所有不敬，哀求他救救我的母亲，只要他愿意，只要他能救我娘，我什么都可以献给他，包括我自己的命。风雪交加的晚上，十岁的我，整整祈求了一个晚上，可天亮的时候，我娘还是去世了。"

"那就是个破木头！"三少爷眼眶红了，使劲拍了一下桌子，"从那之后，我再也不相信他！根本没有什么福神，不，依我看，就是个妖怪！我恨他，恨所有人，恨那个家！"

"所以你把他卖了？"我问。

"应该说，他跑了。"三少爷笑起来。

我表示自己听不明白。

"我那个可笑的爹，你们知道他干出了什么事吗？"三少爷笑道，"这些年，我家光景越来越不好，他害怕福神离开，所以暗地里请来了不少的道士，作了一场大大的法事，据说布下了天罗地网，将他禁锢在福院，永远不能离开。"

"多么可笑！"三少爷咬牙切齿，"贪得无厌的家伙！我才不会让他得逞。于是，我偷偷溜进福院，打开神龛，拿出那块破木头。哈哈，结果让我发现了一件好玩的事情。"

"什么事？"

"一直以来，那东西被供奉在神龛里，我们只能远远地看着，根本看不清他的样貌。实际上，那是个丑陋无比的东西！"

"丑陋？"

"嗯！一个连鼻子都没有的丑东西！"三少爷哈哈大笑起来。

坐在他旁边的菖蒲，惊得倒吸了一口凉气。

"我把他裹在一块毯子里，带出来，和买主约好了地点，交货。结果第二天，买主气急败坏地找到我，说回去后发现里面只有一块破石头！对方不依不饶，不仅拿回了钱，还让人打了我一顿。现在想来，那东西应该是跑了。"

三少爷站起身，摇摇晃晃往外走："哈哈哈，跑了也好！这个家，也该败了！"

他大笑着出门，留下一个癫狂的背影。

"我等接福神！"

"谭老爷开大门！"

"接福神喽！"

广场上的人群呼声越来越大，此起彼伏。

"走吧。"我掏出饭钱放在桌上，站起身。

"回去？"菖蒲愣了愣。

"嗯。"我转脸看向广场，"谭家的大门，不会再打开了。"

…………

"哦，知道了。"院子里，听完我的讲述，爷爷微微点了点头，眯上眼，摇着蒲扇，云淡风轻。

"我们忙了一通，你一句话就打发了？"看着他这副神态，我很不满。

"那我应该怎么样？"爷爷说。

"起码……起码也得有点儿惊奇的表情吧！"

"惊奇？有什么好惊奇的！"

"难道……你从一开始便知道那个妖怪的底细？"

"嗯，是室童啦。"爷爷说。

"室童？"

"对，那个孩子。"爷爷呵呵一笑。

我的怒火升腾而起！

"既然知道，你干脆告诉我们不就行了？！还让我们跑一趟！"

"读万卷书，行万里路。知行合一！有些事情，只有亲身体会，才能印象深刻。"爷爷说。

爷爷歪理邪说一套一套的!

"所谓的室童，到底是什么妖怪?"我努力平息怒火，问道。

"'筑室三年不居，其中有小儿，长三尺而无发，见人则掩鼻，见之有福。'《白泽图》里记得清清楚楚。让你没事看看咱们家的书，你却整天游手好闲。"爷爷叹了一口气。

我面红耳赤。

"室童是出现在家里的妖怪。"爷爷说，"修建好的房子，长年累月不住人，他就有可能来。不过，有的房子，即便不是如此，他也会出现。凡是他出现的地方，一般都会带来好运气。总之，是个很好的小妖怪。"

爷爷站起来，给院子里的花浇水，又说："不过究其底细，它的出身，是很苦的。"

"很苦?"

"嗯。有好几种说法，有的说室童由那些命运凄惨的孩童死后所化，他们或因饥寒而死，或者出身孤儿，或者被父母卖掉，总之，悲惨地在这世界生活过。因为这个原因，他们格外渴望家庭的温暖，喜欢那些善良之人的家庭，会竭力给他们带来财富和好运。还有的说，经年无人住的老屋，因为迫切思念主人，便会产生室童。"

"原来如此。"

"是个很好的小妖怪，但是调皮捣蛋。"爷爷笑着说，"会莫名其妙闹出各种蹊跷的声响；会忍不住寂寞掺和到人类的游戏中，让人群中凭空多一人；还会变成石头、砖块甚至是破叶子戏耍人，诸如此类的恶作剧，很正常。"

爷爷顿了顿，说："但是谭家的那个三少爷，可能有些事情误会他了。"

"哦？"

"三少爷彻夜向他祈求，让他救母亲的性命。其实，每个妖怪的能力都有限，再说人的生死是有定数的，即便是室童，也无能为力。至于半夜莫名其妙、虚惊一场的火灾，其实室童在火灾刚发生时就暗中扑灭了它。"爷爷说，"室童只要在家里落脚，就会守护着这个家，尽心尽力，这一点毋庸置疑。"

"但他最后还是离开了谭家。"

"对。"爷爷说，"一般说来，室童不会主动离开。除非这个家，他不再喜欢。"

"不再喜欢？"

"嗯。主人变得不再善良，家里乌烟瘴气，甚至还请来法师禁锢，这般贪得无厌的做法，实在是让人啼笑皆非。"爷爷苦笑了一声，"妖怪也有喜怒哀乐，妖怪也有自己的原则。当他尽心守护的家变得面目全非时，他便会失望，便会离开，重新去寻找自己喜欢的。"

爷爷转过身，看着我，语重心长道："我让你去跑这一趟，其实就想让你体会这个道理。文太，很多时候，妖怪比人更可爱，更值得交往。他们没有尔虞我诈，没有勾心斗角，只要你坦诚相交，把他们当作朋友，他们一定会加倍地珍惜你。很多人提起妖怪就觉得对方是面目狰狞的存在，其实大错特错，恰恰相反，很多时候，妖怪比人更可爱。"

"明白了。"我重重地点了点头。

"菖蒲那家伙，要发达了。"爷爷直起腰，望着远处的大湖。

"哦？"

"室童跑到他家,他的福气要来喽。"爷爷笑道,"你看着吧,要不了多久,这家伙就会脱胎换骨。"

"拭目以待。"

"大老爷,文太少爷,在家吗?!"

我们正说着,看见菖蒲满头大汗地跑进来。

"怎么了?"我问。

"碰到怪事了!"菖蒲大声说。

"哪儿那么多怪事!"我白了他一眼,"每次来都说碰到怪事。"

"真的!"菖蒲昂着头,欲哭无泪地望着我和爷爷。

"到底怎么了?"我问。

"今天早晨,我去捕鱼,和往常一样。"

"嗯。"

"船到了河里的水窝子,我撒了一网,往上拖的时候,觉得很重。当时我高兴坏了——肯定是有大鱼啦!"

"然后呢?"

"结果拖上来一个大坛子,陶的。这么大!"菖蒲比画了一下,"打开之后,我的天,里头满满一坛子银锭,足足有二三十个!"

"嚯,这么多!"我和爷爷齐声回应。

"大老爷、文太少爷,我从来没见过这么多银锭,想着赶紧还回去。结果问了很多人,都说没丢过这样的坛子,我找竹茂,说要将坛子交公,竹茂一脚将我踹出去,说他忙得焦头烂额,没时间搞什么破坛子!大老爷、文太少爷,这么多银锭,我该怎么办呀?!"

菖蒲为难得快要哭出来了。

哈哈哈哈。

我和爷爷大笑起来。

"怎么样,我说得没错吧?"爷爷指了指菖蒲,对我眨了一下眼睛,"看来住在他家里的那个小朋友,的确带来了好运气。"

是哦。

真想……我家里也有这么一个小朋友呀!

带着这样的想法,看着抹起眼泪的菖蒲,我开始羡慕起他来。

姑获鸟

亲之鸟

　　姑获鸟夜飞昼藏，盖鬼神类。衣毛为飞鸟，脱毛为女人。名曰帝少女，一名夜游，一名钩星，一名隐飞。鸟无子，喜取人子养之，以为子。人养小儿不可露其衣，此鸟度即取儿也。有小儿之家，即以血点其衣以为志。故世人名为鬼鸟，荆州为多。昔豫章男子，见田中有六七女人，不知是鸟，匍匐往，先得其毛衣，取藏之，即往就诸鸟。鸟各去就毛衣，衣之飞去。一鸟独不得去，男子取以为妇。生三女。其母后令女问父，知衣在积稻下，得之，衣而飞去。后以衣迎三女，三女儿得衣亦飞去。今谓之鬼车。

——晋·郭璞《玄中记》

　　鬼车，春夏之间稍遇阴晦，则飞鸣而过。岭外尤多。爱入人家，铄人魂气。或云九首，曾为犬啮其一，常滴血，血滴之家则有凶咎。《荆楚岁时记》云："闻之，当唤犬耳。"鸺鹠即鸱也，为鸋，可以聚诸鸟。昼日目无所见，夜则飞噆蚊蚋，乃鬼车之属也。皆夜飞昼藏，或好食人爪甲，则知吉凶，凶者辄鸣于屋上，其将有咎耳。故人除指甲，埋之户内，盖忌此也。亦名夜行游女与婴儿作祟，故婴孩之衣不可置星露下，畏其祟耳。

——唐·刘恂《岭表录异》

又云，夜行游女，一曰天帝女，一名钓星。夜飞昼隐，如鬼神。衣毛为飞鸟，脱毛为妇人，无子，喜取人子。胸前有乳。凡人饴小儿，不可露处，小儿衣亦不可露晒。毛落衣中，当为鸟祟，或以血点其衣为志。或言产死者所化。

——唐·段成式《酉阳杂俎》

鬼车，俗称九头鸟。……世传此鸟昔有十头，为犬噬其一，至今血滴人家，能为灾咎。故闻之者，必叱犬灭灯，以逮其过。……身圆如箕，十胆环簇，其九有头，其一独无，而鲜血点滴，如世所传。每胆各生两翅。当飞时，十八翼霍霍竞进，不相为用，至有争拗折伤者。

——宋·周密《齐东野语》

鬼车，晦暝则飞鸣，能入人家收人魂气，一名鬼鸟。此鸟昔有十首，一首为犬所噬，犹言其畏狗也，亦名九头鸟。

——明·陈耀文《天中记》

藏器曰：姑获能收人魂魄。《玄中记》云：姑获鸟，鬼神类也。衣毛为飞鸟，脱毛为女人。云是产妇死后化作，故胸前有两乳，喜取人子养为己子。凡有小儿家，不可夜露衣物。此鸟夜飞，以血点之为志。儿辄病惊痫及疳疾，谓之无辜疳也。荆州多有之，亦谓之鬼鸟。《周礼》庭氏"以救日之弓，救月之矢，射天鸟"，即此也。时珍曰：此鸟纯雌无雄，七八月夜飞，害人尤毒也。

——明·李时珍《本草纲目》

"有我的信件或者包裹吗？！"

我双手叉腰，堵住竹茂的去路。

虽说马上立秋，但天气依旧热得要命。即便是早晨，阳光也毒辣无比，动一动便全身冒汗。

我偷偷溜出家门，在村头小河里游泳。

河水清澈凉爽，狗刨了一会儿，暑气全消。

爬上岸，看见竹茂蹬着自行车摇摇晃晃骑过来。

竹茂是黑蟾镇唯一的巡警，与此同时还是邮递员，镇里的信件、包裹都经他之手派送。

"哎呀！突然光溜溜地冲出来，撞着你怎么办？！"竹茂吓了一跳，吱嘎一声刹住车，狠狠瞪了我一眼。

"有吗？！"我大声问。

"没有啦！"竹茂抹了抹额头的汗，"天天追着我问，真是受不了你。我说过，有的话，我肯定给你送！"

"真的没有我爸我妈给我的信件或者包裹吗?"

"真的没有!"竹茂把自行车放好,打开那个绿色的邮政大包,翻给我看,"你看你看,这次的信件和包裹全在这儿,没你的。"

我伸头瞅了瞅,的确没有。

"文太少爷,你到底怎么了?"竹茂说,"以前你不这样的,最近天天问信件和包裹的事,是家里发生什么事情了吗?"

"没有,没有。"我失望地转过脸,像霜打的茄子一样回家去。

内心深处,却是满满的愤怒的火焰!

太过分了!

三个月!已经三个月了,我爸和我妈没有任何音讯!

以前,还时不时来一封信,说一说他们把我扔在黑蟾镇之后,在城里的快活日子。偶尔也有包裹,寄来的无非是饼干、衣服之类的小东西,后来信件和包裹渐渐减少,最近索性没有了。

照理说,这种事情我并不记在心上,可马上到我的生日了,竟然还是如此!

真怀疑我不是他们的儿子!

过分,太过分了!

怀着无比委屈的心情回到家,我一屁股坐在院子里的藤椅上,看着澄澈的天空,心如死灰。

蝉鸣,如大雨一般环绕周围。

这个时节,树木葱茏,石墙上青苔点点,远处的坡地上齐膝长的茅草被风吹拂,宛若层层水浪。

家里静悄悄的。

爷爷上周背着包裹天不亮就偷跑了，说是去拜访老友，我估计十有八九是无聊了，去城里寻快活；滕六上了菖蒲的船，去大湖的渔人那儿收购香鱼准备做鱼干，一时半会儿回不来，朵朵忙里忙外，只有吃饭的时候才能碰到面。

寂寞。空虚。

我感觉自己像是深山中的野果子，兀自生长，然后有一天啪嗒掉地上，也无人问津。

本少爷马上就要过生日了呀！

难道没人关心这么重要的事吗？！

或者说，根本没人在意我？

叹了一口气，我泡了一壶茶，边喝边看对面的湖光山色。

"文太少爷在家吗？"刚喝了几口，听见门口有人喊。

是弥豆。

这家伙笑盈盈的，手里拎着个小木桶。

"呀，是弥豆呀！好长时间没见，你发福了。"我笑道。

弥豆不是本地人，他从外地迁徙到了附近的云麓村。这家伙虽说天生一条腿长一条腿短，走路一瘸一拐的，可为人勤快善良，在我们学校门口弄了个小饭馆，卖各种吃食，以此养活家人。

他的厨艺很好，来自大山、河流中的各种食材，经过他的手，绝对是色香味俱足。

"哈哈，是嘞，你看我这肚子。"弥豆啪啪拍了几下自己隆起的肚子，大笑。

"快坐，快坐。"我热情招呼。

弥豆坐下来，放下小木桶。

里头游弋着五六条又大又肥的鳗鱼!

这么大的鳗鱼可不常见,处理干净,插上竹签小心地烘烤,再撒上调料,哇——便是我最喜欢吃的极品烤鳗鱼了!

"昨晚刚抓到的,不料这么大,想着少爷你喜欢这口儿,赶紧给你送来。"弥豆说。

"哎呀,你风里来雨里去的,做生意不容易,留着卖吧。"

"无所谓啦,不差这几条。好久没见少爷你了,挺想念的。"

弥豆的话,听得我心里热乎乎的。

爷爷跑了,老爸老妈不管我,想不到并不算太熟悉的弥豆,为了给我送口吃的,竟翻山越岭跑过来。

"喝茶,喝茶。"我眼眶湿润,给弥豆倒茶。"生意还好吧?"

"还行。虽说因为放假少了学生们的光顾,但来往的行人挺多的。"弥豆开心地说,"不光能维持家里的生活,还能存上一点儿钱,要不然我也不会长胖。"

哈哈哈。我们齐声笑起来。

"还有一件事……想请文太少爷你帮忙……"弥豆犹豫了一下,有点儿不好意思。

"你说。"

"上个月,我媳妇生了……是个儿子。"

"呀!大喜事!你应该早点儿告诉我!"

弥豆咧嘴笑:"按照我们老家的风俗,得摆满月宴,喝满月酒,所以想请少爷你去。在这边,我朋友不多,文化人也只认得少爷你一个,顺便想请少爷帮忙给孩子取个名字。"

"没问题!"我开心地说。

"太好啦！我回去跟媳妇说，她一定很高兴。"弥豆站起来，戴上草帽，"日子定在后天，少爷你一定要去哦！"

"放心吧，我一定去！"

弥豆使劲点头，没留下吃午饭，就高高兴兴回去了。

真好呀。我既替弥豆高兴，又心里酸溜溜的。

相比较弥豆和妻子对新生儿的用心，我爸妈真的是一言难尽。

"哪儿来的鳗鱼？"朵朵从外面进门，看见木桶，十分惊讶，"这么大，很少见。"

"弥豆送的。"我把弥豆的事情跟她说了一遍。

"弥豆挺不错的，一个人支撑起了家，很辛苦。"朵朵说，"少爷你可一定要去为他捧场。"

"肯定的。"

"午饭吃鳗鱼吧。"朵朵说。

"嗯。我最喜欢的烤鳗鱼！"我哈哈大笑。

想到有好吃的，心情顿时好了不少。

炭火炙红，肥硕的鳗鱼被烤得吱吱冒油，散发出的香气，让我不停咽口水。

"好了没？"我催促朵朵。

"好了，好了。"朵朵取下一串，递给我。

吹了吹，放进嘴里，使劲一咬！

鲜美的汁水和嫩嫩的鳗鱼肉在唇齿之间荡漾开去，我全身打了个激灵！好吃！

"文太少爷！"野叉从外面走进来。

"你这家伙真是有口福，鳗鱼刚烤好。"我笑着说。

"来得早不如来得巧！美味呀！"野叉坐下来，自己取了一串，大快朵颐。

"慢点儿吃，还有不少呢。"看着他那饿狼一般的样子，我直摇头。

一口气吃了三串，野叉抹了抹嘴："光顾着吃，差点儿把正事忘了。"

他起身出去，再进来时手里多了一个小小的包裹。

"你的。"他把包裹放在桌子上。

包裹不大，用一块红色的麻布包着，麻布上用银线绣着一只展翅的大鸟。里面四四方方的，应该是盒子一类的东西。

包裹正面，系着一根小小的白色布条，上面用毛笔写着"文太 收"。可能后来发现少了点儿什么，又在"文太"的旁边加了两个字——"我儿"。

"呀！他们终于想起我了！还算有点儿良心。"我接过包裹，哈哈大笑，"肯定是我爸妈给我寄来的生日礼物！"

"不对……应该是我妈。我爸才不会这么细心。不过我妈的字写得比以前好看多了，蝇头小楷工整得很。"我去掉了外面的麻布，里头果然是个小小的樟木盒子。

轻轻打开，看到里面的东西，我、朵朵、野叉不约而同地发出了"呀"的一声轻叹。

一个鹅卵大小的东西，淡淡的天青色，几近透明，里面却包裹着一团微微闪烁的绿色光芒。看起来像宝石，但拿在手中又很轻，微微有些软。

"这什么东西？"野叉张着嘴巴问我。

"我也不知道。"

"城里新出的高级玩具?"朵朵也很好奇。

"应该不是吧。从来没见过。"我摇了摇头。

"底下还有信呢。"朵朵说。

盒子里有一张纸,打开,上面写着几行字。

文太我儿:

上次一别,已有多年。前不久听朋友说你回到了老宅,娘很开心。不过,娘不想打扰你。算一算,你17岁的生日快到了,娘送你一件礼物。这是你最喜欢的东西,这些年,娘一直为你收集着。你我相处虽然只有短短的十余天,却是娘最幸福的时光。文太我儿,要好好的哦。

念你的娘

读完了之后,我的脑袋开始嗡嗡响。

不对劲!

这绝对不是我妈!

我妈的脾气,我最了解,她写不出这种话,她通常要么冷嘲热讽,要么没心没肺。而且,她的字很丑,这样工整的蝇头小楷,不是她能驾驭的。

还有,我妈从来不会自称"娘"!

从这封信的内容判断,这个自称"娘"的人,和我的关系很特殊,但是——我一点儿印象都没有!

我捏着那封信,看来看去,随后仰着脖子,嗷的一声哭了出来——

"老天呀!怪不得!怪不得我爸妈对我那么没心没肺!原

来……原来我不是他们亲生的，我是捡来的！嗷！嗷！"

我还没嚎两嗓子，被朵朵一巴掌拍哑了。

"怎么可能！少爷你是老爷和夫人的亲生骨肉！千真万确！"

"别骗我了。如果真如你所说，我怎么会冒出来一个娘？"我抖了抖信纸，"你看，上面写得很清楚，我和这个娘只相处了十几天，也就是说，我被生下来没多久，我现在的爸妈便把我抱走了！"

"胡说八道！"朵朵说，"夫人在省城生的你，大老爷亲自过去把你抱回来的。我一直跟着，亲眼所见！"

朵朵说得言之凿凿，由不得我不信。

"那怎么会跑出来一个娘？"我擦干眼泪。

"谁知道呀！"朵朵打量着我手里的那个"礼物"，"也有可能是恶作剧。"

"这包裹哪儿来的？"我问野叉。

"不知道谁放在我们家门口的。我爸是邮差，大家都知道，所以应该是对方不想直接送过来，想让我爸转交吧。我爸看到后，就让我赶紧送过来了。"

"没看到对方？"

"没有。"

这就蹊跷了。

出了这档子事，即便是最喜欢吃的烤鳗鱼，也变得索然无味。我坐在院子的藤椅上，拿着信和"礼物"，低头琢磨。

现在我能断定的，基本上有这么几件事。

第一，这个人和我关系非同一般，否则不会自称"娘"。

第二，我和她相处过，尽管只有十几天，但一定经历了不少事情。

第三，她送我的这个礼物，看起来似乎也不是一般东西。她说这是我最喜欢的，但事实上，我根本不知道这东西是什么。

朵朵说可能是恶作剧，但我感觉不像。

恶作剧写不出如此情真意切的信来，何况还有一个这么好看的礼物。

如果信里面说的都是真的，那就更要命了——因为我的记忆里，根本没有这么一个人！

想来想去，头痛欲裂。

要是爷爷在家就好了，说不定他能给点儿参考。

我一整天都在胡思乱想中度过，晚饭都没心思吃，晚上躺在床上辗转反侧，好一会儿才睡着。

第二天，我花了一天的时间研究那个礼物。

说来奇怪，这个鹅蛋宝石，看起来轻飘飘的，还很柔软，实际上刀劈斧砍、烟熏火燎对它皆无作用，因为打不开，所以根本无法知道，包裹在里面的那团不停闪烁的绿色光芒，究竟是什么。

"少爷，别瞎琢磨了。"朵朵见我茶不思、饭不想，有点儿着急，"等大老爷回来再说。你得准备准备，明天是弥豆孩子的满月宴。"

哎呀，差点儿把这事忘了。

去喝人家儿子的满月酒，礼物肯定是要带的。要不要出份子钱？穿什么衣服呢？诸如此类的问题，浮现在脑海中。

我跟朵朵商量了一下，忙活了一晚上，总算是解决了这些问题。

翌日清晨，天还没亮，我被朵朵从被窝里拽出来，换上衣服，吃早饭。

"少爷这身打扮不错！"正吃着，野叉走进来。

这家伙难得换了一身干净衣裳，有模有样。

"你这是要去相亲吗？"我问。

"我让野叉陪你一起去。"朵朵说，"你一个人，我不放心。"

"我这么大人了，走二三十里的山路还要人陪？"

"当然了！"朵朵噘着嘴，"万一你磕磕绊绊或者碰到了什么毒蛇猛兽，怎么办？！"

"哪儿来的毒蛇猛兽！"我摇着头，但看见朵朵认真的样子，心里一软，"行，就让他陪我一起去吧。"

吃完早饭，朵朵把装有礼物的包裹递给野叉，并叮嘱我早去早回。

"知道啦。"我摆了摆手，跟野叉一起出门。

沿着山道前行，景色优美。

阳光从树叶间漏下来，光影斑驳，红彤彤的野果子随处可见，野花开得烂漫，一簇簇的蘑菇破土而出。

田里的玉米、大豆长势喜人，大片的瓜地里，又大又圆的西瓜露出圆鼓鼓的轮廓。

白色的鸟群蹁跹而上，流云随风拂过山岗，时不时就有一场小雨来访。

空气清新，心情飞扬。

"要是有辆自行车就好了。"我边说边吃着野叉给我采的野草莓。

"要啥自行车呀！真是的。"

"有了自行车，我们就完全不用这么迈着两条腿走路啦！我骑车，你坐在后座，很快就能到。"

"听起来不错。"

"我上次写信给我爸妈，让他们送我的生日礼物就是一辆自行车。现在看来，彻底没希望了。"我哀叹一声，"这两个人估计根本不记得我生日是哪天。"

"少爷你也挺惨的。"野叉说，"我过生日，我爸还记得给我煮碗长寿面呢。"

"是哦。"我撇撇嘴，想哭。

"不过，你那'娘'对你真不错，给你寄了个'鹅蛋'。"

"别哪壶不开提哪壶！"我来了气，"到底是怎么一回事，还没搞清楚呢。"

"少爷你的身世，真够坎坷的。"

"狗嘴里吐不出象牙！'坎坷'这个词，能这么用吗？"

…………

我们俩一边走一边说，在快中午的时候，来到了云麓村。弥豆的家很好找，进了村口往里走，第一个十字路口便是。

"嚯！够热闹的！"快到弥豆家大门时，野叉嚷了起来。

的确够热闹的——大门口张灯结彩，而且里三层外三层地围满了人。

"好像不对呀……少爷，怎么有人在哭？"野叉又说。

的确有哭声——几乎是号啕了。

"是弥豆。"我说。

我们俩挤进去，看到弥豆跪在院子里，哭得肝肠寸断。

"我的儿呀！哪个杀千刀的偷了我的儿！！"

"我还怎么活呀！"

…………

我和野叉顿时惊愕起来。

"弥豆，怎么回事？"我赶紧走过去，把弥豆扶起来。

看到我，弥豆哭得更凶了："少爷呀！我儿不见了！我儿被人偷走了！"

"偷了？！"我急了，"好好的，怎么会被偷了呢？！"

"我也不知道呀！一觉醒来，孩子就不见了！"

"你别急，好好说。"

弥豆抹了抹眼泪，简单将事情说了一遍——

为了给儿子办满月酒，弥豆这两天忙坏了。他和妻子两个，采购货物、酒水，然后请人布置桌宴。弥豆心疼妻子，让妻子早早带孩子睡觉，自己一直忙活到昨天晚上才算妥当。忙完了后，他怕打扰熟睡中的妻儿，就到偏房里对付了一晚上。

今天凌晨，天还没亮，弥豆正睡着呢，突然听到妻子的惊叫声。爬起来，来到卧室看到惊慌失措的妻子，她说孩子没了。

"睡觉的时候，孩子还在我身边。睁开眼，就不见了！"弥豆妻子呆呆坐着，眼神涣散。

"我发动大伙一起找，村里村外都找遍了，连山上都找了，还是没有任何发现。"弥豆哭着说，"少爷，我该怎么办呀？"

刚满月的孩子，不会自己爬出去，定是有人所为。

"夜里听见什么动静没有？"我问弥豆妻子。

她摇了摇头。

院子里的人，你一言我一语，说什么的都有，乱成一锅粥。

"依我看呀，这事情，蹊跷！"有个五十多岁的男人抽了一口烟，冷声说。

"老秦，怎么蹊跷了？"有人问。

"咱们村这些天没什么外人来，邻里街坊的，都熟得很，不可能干出这种事。"老秦顿了顿，"我刚才查看了下，就觉得这事蹊跷。说出来吧，怕你们不信。但这种事，在我们湖北老家那边，发生过。"

"哦！老秦，你说！"弥豆像落水的人抓住一根救命的稻草。

"肯定是妖怪干的！"老秦脱口而出。

嚯！院子里的人顿时炸了锅。

"妖怪？！"

"咋是妖怪呢？！"

"老秦，你可别胡说！"

老秦冷哼一声，敲了敲烟袋锅子："在我们老家，有一种妖怪叫姑获鸟，也有人叫它鬼车，这种妖怪就喜欢干这种事。"

院子里鸦雀无声。

"老一辈人说，这种妖怪喜欢晚上出来，穿上羽毛就是鸟，脱下来就变成了女人。姑获鸟只有雌鸟没有雄鸟，无子，所以喜欢偷别人家的孩子当自己的孩子。她们傍晚的时候出来，四处寻找目标，如果有孩子的人家忘了收回孩子晾晒在外面的衣服，她们就会在衣服上洒血做记号，等到晚上再动手。这种妖怪原先有十个头，被天狗咬掉了一个，就变成了九个，每个头上还长着两只翅膀，因此飞得极快，来无影去无踪！"

老秦指了指院子里的晾衣杆："我方才看了下，孩子的衣服上的确有血点。"

　　弥豆跑过去，将孩子的衣服拿过来。

　　果然，上面点点血迹赫然在目。

　　"天呀！"弥豆双目一翻，晕倒在地。

　　…………

　　黑蟾镇竹茂家的酒馆。

　　作为周围唯一的巡警，竹茂如今很头疼。

　　"大家说，怎么办？"竹茂摊了摊手。

　　小酒馆里黑压压全是人。

　　在座的是附近各村的村长或者有影响力的人，出了这样的事，竹茂便将他们召集起来一起商量。

　　我家照理说应该是爷爷来，但爷爷不在，我只能滥竽充数。

　　"我们是外来人，没听说过这种事，对这里也不太熟悉。"有外迁村子的村长大声说。

　　"既然是妖怪，那就捉妖呗。"

　　"话说得轻巧，你知道妖怪在哪儿吗？"

　　"是呀，我们干活行，让我们捉妖……哼哼。"

　　…………

　　大家七嘴八舌，很快吵翻了天。

　　"安静！安静！"竹茂站起来大声维持秩序，同时叹了口气，"唉，要是大老爷在就好了。"

　　"是呀！方相家最擅长解决这种事情！"

　　"大老爷不在，文太少爷在呀！文太少爷挺好的！"

　　"就是！得方相家出头！"

　　很快，我就成了焦点。

"文太少爷，你看这事……"竹茂满脸恳求地看着我。

我能怎么办？

"我也说两句吧。"我站起身，想了想，"虽说我们方相家和妖怪打交道比较多，可爷爷不在，我对什么姑获鸟一无所知，更别提怎么去解决了。弥豆是我的朋友，帮他寻回孩子，我义不容辞，也会尽力而为。"

"不愧是文太少爷！"

"有担当！"

我示意大家安静："曾经，教我学问的先生告诉我们做事要有章法，我觉得这件事，也得安排妥当，群策群力。"

"文太少爷尽管说。"

"我们一定帮忙。"

"好！"我点了点头，"从今天开始，我们成立专案组。我和竹茂负责侦查，大家也发动村子里的乡亲们，一旦发现任何可疑迹象，务必及时通报。"

"文太少爷这个主意好，回去我就发动大家。"

"嗯，咱们每个村都管好自己的地盘，严加盘查！"

安排妥当，大家纷纷散去，竹茂留下了一些本地的老人、精干之人坐在一起筹划。

"说是姑获鸟，但这妖怪是何模样、躲在何处，根本无从谈起，怎么抓？"竹茂愁眉不展，"诸位叔伯，你们有什么头绪没？"

十几个老人沉默不语。

家有一老，如有一宝。本地的很多事情，还是老人清楚。

"咱们这里，没听说有这玩意儿。"吉良老爹说。

吉良老爹今年快九十岁了，是黑蟾镇目前最长寿的人。

"是呀，是呀，没听说过。"其他老人齐齐点头。

听了这些话，我很失望。

如果真像吉良老爹说的这般，那还怎么查呀？

"不过……"吉良老爹咳嗽了几声，看着我，"孩子离奇丢失这种事，我们黑蟾镇发生过一回，当时闹得动静挺大的。"

"吉良叔这么一说，我想起来了，当时全镇的人在山上找了十几天呢。"

"对！白天敲锣打鼓，晚上点起火把，可热闹了！"

"一晃，也有十多年了吧？"

"对哦！"

老人们立刻来了兴趣，纷纷插话。

"哦？！真的？！谁家丢的孩子？怎么回事？"我激动起来。

只要有先例，那就好办了。

吉良老爹看着我："文太少爷，难道你不记得了？"

"我？我记得什么？十多年前，那时我还是个小娃娃呢。"我哭笑不得。

"文太少爷，当时丢的孩子，就是你呀！"吉良老爹说。

啊？！

晴天霹雳！

丢的竟然是我？！

怎么可能，我怎么不记得！

"也难怪，当时文太少爷你应该只有三岁吧。"吉良老爹说，"有一天，木场老爹慌慌张张集合大家，说文太少爷你丢了，于是全镇所有人一起上山找你，找了十多天，翻山越岭，最后又说你被找到了，大家才下山回家。"

"嗯。至于怎么丢的，又是怎么找到的，大老爷一直不肯说，反正挺蹊跷的。你还小，不记得很正常。"有老人说。

这种事，我不记得固然可以理解，但为什么家里从来没人告诉我！

…………

晚饭很丰盛，烤鳗鱼、红烧狮子头、清炒山野菜、鸡蛋炒辣椒……

但我一筷子没动，死死盯着坐在我对面的两个家伙。

"你们俩，老老实实把事情告诉我。否则，别怪我不客气！"我拍了拍桌子。

"吃了枪药了？"滕六白了我一眼，"不吃拉倒，你不吃，我们吃。"

这家伙拿起一串烤鳗鱼，大快朵颐。

"吃什么呀吃！赶紧说！"我一把夺过来。

"哎呀！"滕六叹了口气，"陈年旧事，有什么好说的。"

"关乎我的知情权！还关乎弥豆的孩子！"

"弥豆的孩子？"

"嗯。丢了，很蹊跷。"我把事情跟滕六说了一遍。

滕六的脸色变得异常凝重。

"难道她又……"滕六随即摇了摇头，"应该不会呀，自从少爷你那件事之后，她便再也没有做过……"

"到底什么意思呀？！快说！"我急得不行。

滕六看着我："大老爷不让我们告诉你，我说了，怕大老爷怪罪下来……"

"别管他！出了事我顶着，和你们无关。"

"那行。"滕六又抽了一串烤鳗鱼，一边吃一边说，"少爷你出生不久，大老爷就从城里把你抱回来，细心养护。刚开始还好，但大老爷的脾气你是晓得的，是个爱吃喝玩乐的人，让他带孩子……哼哼……"

"你刚三岁的时候，大老爷说他有要紧事去办，其实就是憋得不行想去城里喝酒。我那时忙着铺子里的事，朵朵照顾小孩又没经验，所以大老爷思来想去，便把你送去了福山家。"

"福山？"

"嗯，方相家的远房亲戚，住在嫫母山。"

我听爷爷提起过嫫母山，距离黑蟾镇二百里，很远。我一次没去过。

"'福山夫妇对方相家忠心耿耿，你要是过去，肯定把你当心肝宝贝一样对待。'大老爷这么一说，我们也同意。于是，他把你交给福山之后，就跑城里去了。"滕六说。

"然后呢？"

"七八天后，正是三更半夜，福山跑到家里来，说你丢了。这下可闹大了！我赶紧告诉大老爷，大老爷一天一夜没睡觉直接跑回来，发动周围村镇的人漫山遍野地找你。"

听起来很刺激。

"找了七八天，别说人了，头发都没找到一根。"滕六说，"大老爷便觉得不对劲，到福山家去仔仔细细询问你丢失的细节。他在里面问，我在外面转悠，结果让我有所发现。"

"发现了什么？"

"院子里晾着你的衣服上面有几滴血。那玩意儿，我闻了一下，便感觉到一股浓浓的妖气。这股妖气，我很熟悉。"

"哦？"

"姑获鸟。"滕六说。

"真的有这种妖怪？"

"嗯。这种妖怪，历史悠久，数量众多，她们的老祖宗原本有十个脑袋，被我咬掉了一个，所以后代都变成了九个脑袋。对于她们的气味，我再熟悉不过。"

"我被姑获鸟拐走了？"

"嗯。"朵朵插话道，"少爷那时候白白胖胖的，可爱得要命，凡是见到的人，都恨不得抱一抱！自然容易引起那种妖怪的注意。"

"现在不行了，丑得要命。"滕六白了我一眼，继续道，"寻着那股气味，我们花了三天的时间才找到她的栖身之地，然后大老爷布下天罗地网，我冲锋陷阵，一举将其拿下！"

虽然滕六说得轻巧，但我能想象出当时激烈的战况。

"自然也找到了你。你那时光着屁股躺在黑黝黝的洞穴里，在苔藓做的大床上哼哼唧唧。"滕六说，"大老爷很生气，别的他可以既往不咎，但敢打他孙子的主意，岂能放过？所以，大老爷罕见地要将那妖怪打得灰飞烟灭，即将动手时，你猜怎么着？"

"我哪里知道？！"

"你一点儿都不记得了？"

"不记得了！"

"你光着屁股，哼哧哼哧爬过来，搂着那妖怪的脖子，哇哇大哭，一边哭一边喊：'娘！娘！不要伤害我娘！'"

"啊？！"我目瞪口呆。

"大老爷当时就像你现在这种表情！嘴巴张着，能塞进一个拳头。我也是如此。"滕六道，"你搂着她的脖子，又哭又闹，怎么掰，你都不愿意放开。她抱着你，也是痛哭流涕。大老爷看到这个场景，心软了，没有处死她，反而让你认她做干娘，然后便将你带回来了。至于那妖怪，她也向大老爷发誓，自此之后，不会再做这样的事。"

滕六昂起头，叹了一口气："其实呀，她也挺可怜的。"

"哦？"

"姑获鸟这种妖怪名字很多，鬼车、夜行游女、天帝女、钓星等等，有十来个，她们偷人家孩子，不过是因为自己无法孕育，又按捺不住想抚育孩子的心情，说白了，还是寂寞。除此之外，还有一种说法，说姑获鸟乃是身死的孕妇所化，因为生前失去了孩子，所以她们对孩子的渴望就成了执念。"

"我明白了！"电光石火间，我脑海中闪过一个念头，忍不住使劲拍了一下桌子，顿时桌上汤水四溅。

"你抽风呀？"滕六抹掉脸上的菜汤说。

"我知道那个礼物是谁送的了！"我激动地说，"我先前觉得我妈不可能干出这种事——精心为我挑选礼物，还自称'娘'，现在看来，肯定是我这个妖怪娘给我送来的。"

滕六睁着眼睛看着我："什么礼物？"

我把礼物拿出来，又将事情告诉了滕六和朵朵。

滕六看着那个鹅卵般大小的礼物，吸了一口气："哇，连魂石都送你了！"

"魂石？"

"嗯。姑获鸟喜欢收集人的魂魄，用来存储的器物便是这魂石。"

"你是说……这里面那些闪烁着的绿光，是人的魂魄？"我吓了一跳。

"不是。"滕六又看了看魂石后，摇了摇头，"不是人的魂魄，但到底是什么东西，我也不清楚。"

我松了一口气，道："这是我那个妖怪娘的？"

滕六闻了闻："嗯。有她的气息。"

"既然如此……"我深吸了一口气，"不可原谅！"

"什么？"朵朵抬起头。

"既然先前已经答应过爷爷，不再偷窃别人家的孩子，这次又对弥豆的孩子下手，违背了誓言，不可原谅！"

想到弥豆夫妇伤心欲绝的模样，我很愤怒。

"这个……"滕六挠了挠头，不知该说什么好。

"她住在哪里？"我问。

"云麓山一个山峰的顶端，那里人迹罕至。"

"带我去！"

"现在？"

"事不宜迟！"

滕六点点头，然后掏出一块黑色布巾要蒙住我的眼睛。

"你这是干吗？"

"现在是晚上，那么远的路，我们过去不安全，所以只能这么带你去了。"滕六蒙住我的眼睛，嘿嘿坏笑。

然后，我觉得身体剧烈颤抖了一下，随即双脚离地，耳边风声呼啸,几分钟后,好像落在了一块硬邦邦的石头上。

"到了。"滕六说。

摘下黑巾,我被眼前的景象惊呆了。

山峰之巅,夜幕之上,一轮朗月高挂,月光皎洁如水。

脚下是连绵的远山,云雾缭绕。身边是参天的古木,年月久远。

前方是一个天然的平台,约莫有两三亩的面积,收拾得干干净净,摆放着石桌石凳,后面则是一个巨大的天然石洞,洞口幽深,修有台阶,被青苔染绿。

石洞一侧,一株古松斜斜伸出,探向悬崖。

古松之上,有一人临渊而立,一袭白衣,青丝高绾,宛若仙子。

"夜游!"滕六叫了一声。

白衣女子缓缓转过身。

月光映衬之下,那一张容颜,看得我的脑袋轰的一声炸响——太美了!

眉眼如黛,唇红齿白,宛若菡萏,令人心生无限赞叹!

"滕六大人……你……呀!这是……文太?!是文太吗?"她看到我,面露惊喜,衣袖翕张,自古松之上跃下,几乎瞬间便来到我的面前。

"是文太!我儿!为娘想死你了!"她张开双臂,将我紧紧地搂入怀中。

一股幽幽的香气钻入鼻中。她那么用力地搂着我,身体在微微颤抖。

我感觉到额头上有凉凉的东西落下来。

是她的泪水。

"我儿，你怎么来了？滕六大人送你来的？"

"来之前，为什么不说一声？为娘一点儿准备都没有。"

"你看，娘好看的衣裳没穿，胭脂水粉也没……文太，为什么不说话？"

…………

"夜游，文太舌头出来了！你再这么使劲勒，你儿子便要断气了！"滕六大喊。

她赶紧放开我。

我深深吸了一口气，总算是活了过来。

"对不起，娘太激动了！"她笑着拉住我的手。

凉凉的手，柔弱无骨。那笑容，仿若山茶花盛开。

但我断然甩开了她的手。

"孩子呢？！"我大声质问，带着愤怒。

笑容在她脸上僵住。

"什么孩子？"

"你自己做的好事，还装不知道！"我冷笑着，"你答应不再偷窃孩子，却说话不算话！"

"娘没有偷孩子……你这是……"

"你自然不会承认。行，我自己去找！"我大步流星朝山洞走去。

山洞不深，打扫得干干净净，墙上挂着古琴，床铺上垫着茅草、铺着白色的羽席。

找了一通，没发现弥豆的孩子。

"文太，怎么回事？"她跟了进来。

"藏哪里去了?"

"藏?什么?"

"或者说,孩子已经被你吃了?"我看着她。

她有些委屈地站在那里,直摇头。

"滕六大人,到底发生了什么事?"她问滕六。

滕六将弥豆家的事情说了一遍。

"不是我干的。"她听完,慢慢坐下来,看着我,"文太,自从那次偷你之后,这些年,我从未离开过这里一步。我遵守着诺言,日日夜夜思念着你……"

"滕六,周围有几个姑获鸟?"

"只有夜游一个。"

"弥豆家的种种迹象,表明是姑获鸟干的。这周围只有你是姑获鸟,自然就是你!"

"难道你不相信为娘?"

"我凭什么相信你?!"

"文太,你是娘的心!娘对天发誓,娘没有做。"

"我只相信证据。"

"好!为娘去证明给你看!"她噌地站起身,"肯定是有人诬陷我!"

她来到洞口,张开双臂,化为一道黑色影子,振翅飞走。

"少爷,你方才有些过分了。"滕六说。

"过分?"

"嗯。跟她说话的语气。或许,你并不知道你在她心目中的地位。"

"我和她并无血缘关系,不过是小时候的胡闹……"

"不是。"滕六摇头说,"在她心目中,你是她的儿子,即便你当时只有三岁,但那一声'娘',比任何事情都要珍贵。你是她生命中最重要的人。"

"但是她干出那种事……"

"这些年,夜游的确守在这里寸步未离。"滕六道,"她会不会欺骗别人我不清楚,但她一定不会欺骗你。"

"我只看证据。"

我和滕六在石洞中争论了好一会儿,感觉有些困倦,我躺在石床上很快睡着了。

不知道睡了多久,被说话声吵醒。

"回来了?"

"嗯。文太呢?"

"睡着了。我叫醒他。"

"别别别,让他睡会儿。"

…………

我感觉有人轻轻走近,用柔软的手抚摸着我的脸。

"还像小时候那么可爱。看着这张脸,我的一颗心都要化了。"

"事情怎么样?"滕六问。

"查清楚了。"

"孩子呢?!"我听闻,赶紧坐起来。

她盯着我,笑了笑:"娘说了,不是娘做的。"

"那是谁?"

"走,娘带你去,你自己看。"她伸手把我拉起来。

滕六跟着我们出了洞。

"滕六大人，我跟文太去就行了。"她笑了笑，双手搂住我，与此同时，周围升起旋风，一双巨大的羽翼在她身后出现。

"搂紧娘。"她低低说了一声，羽翼翻飞——

呀，我飞起来了！

是的。

天地万物匍匐在脚下，耳边风声呼啸，迎着月亮，迎着星斗，我们在夜空中疾飞！

我看着下方。

山林像水墨画一样晕染开去，其间是灯火璀璨的村庄、城镇，河流蜿蜒，大湖寂静，美得让人窒息。

"十多年前，娘也是这样游走，便看到了你。那时你只有三岁，一个人在院子里玩耍。白白胖胖的小人儿，对着一片萤火虫手舞足蹈。看到你的第一眼，娘就飞不动了。"

"娘带走了你。这种事，娘也是第一次干。"

"我们姑获鸟没有孩子，无比渴望能够拥有孩子。一生中只有这么一次，选择了，对方便是我们生命中最重要的存在。"

"后来发生了很多事，大老爷他们带走了你。大老爷说，你是人类的孩子，要读书，长大，将来娶妻生子，度过一生。他还说，由我抚养你，你不会幸福。我听明白了，是呀，一个妖怪母亲的孩子，肯定不会幸福的。所以，我让大老爷带走了你。原本，我想和他们拼命的。即便我打不过大老爷、打不过滕六，我也会为守护你而拼命。"

"文太呀，你是娘的心肝宝贝！这些年，我日日夜夜思念你。"

"我不想打扰你的生活，很多次想飞去看你一眼，哪怕只一眼。可想想还是算了——你或许已经忘记了当年的事，我为何还要给你徒增烦恼呢？"

"今天你来，娘好高兴。这么抱着你，娘便是死，也知足啦。"

……………

她兀自欢喜地说着。

我一声不响地听。

她的拥抱，很紧，也很暖。

"到了。"

不知飞了多久，她抱着我急速下降，稳稳落在一块巨石的后方。

"看那儿。"她指了指前方。

那是山谷中的猎屋。

猎人们常年在山中打猎，会修建这样简陋的小屋，一来可以歇脚，二来可以存储猎物和粮食。

猎屋不大，用树干立起支架，再用木板和茅草之类的东西做成墙壁和屋顶。

此刻，门口坐着四个男人。

其中一个人，我认识。是老秦！那个在弥豆家指出孩子是被姑获鸟偷走的男人。

他们围着篝火，正在撕扯一头烤好的鹿，喝着酒。

"这日子，什么时候是个头呀？头儿，咱们什么时候下山？"有人问。

"数量不够。"老秦喝了一碗酒，"只弄到了一个孩子，赛老板那边这次可是要七个。"

"没办法呀，如今每个村子都把守得如铁桶一般密不透风。进出村子的人，仔细盘查不说，一旦发现生面孔，便会呼啦啦围上来，我们根本没机会下手。"

"是呀，头儿，比起别的地方，这儿的人太机警，不好办。"

老秦白了他们一眼："要不是老子编出谎话来，恐怕连这个孩子也难以得手。"

"还是头儿英明，竟然想到妖怪偷孩子这种借口。"

"这办法，屡试不爽。"老秦得意一笑，"在我们老家，流传着姑获鸟偷孩子的传说。这种妖怪的故事，在很多地方流传，我们抱走孩子后，再在孩子衣服上洒上一些血迹，那些蠢蛋肯定会相信。"

"厉害！头儿，接下来怎么办？"

老秦拿起放在身边的一把猎枪，检查了一番后，说："见机行事，能拐走就拐走，实在不行……"

"怎么着？"

"抢！"

"抢？"

"对呀！我们手里有枪怕什么？实在不行，晚上蒙面，假扮成土匪，冲进村子里抢走孩子，然后迅速转移。马车我都准备好了，就在村外接应，等他们反应过来，我们早跑了！"

"头儿英明！"

"厉害！"

…………

他们的话传入耳畔，气得我五内生烟！

这帮坏蛋不仅欺骗了大家，竟然还想抢更多的孩子！我实在忍不下去了！

"太过分啦！"我噌的一下从巨石后面窜出来。

"文太……"夜游想阻止我，没拉住。

"谁？！"老秦一帮人吓了一跳，纷纷举起枪。

当看到我的身影时，老秦狂妄地大笑起来："我道是谁，原来是文太少爷呀。这么晚了，你跑这里干吗？"

"孩子呢？！"

"什么孩子？"

"弥豆的孩子！别装糊涂，你们刚才的话，我全听到了！快把孩子还我！"

老秦阴沉着脸，皮笑肉不笑："文太少爷，你这话说得挺不地道，孩子是我们辛辛苦苦弄到手的，不能交给你啊。"

"必须给我！否则你们一个也逃不掉！"

哈哈哈哈哈。

这帮人纷纷大笑起来。

"本来想放你一马，可你偏偏要找死，那就怪不得我了。"老秦叹了一口气，突然抬起枪，用黑洞洞的枪口对准我。

"文太……"

砰！

枪声响起。

我吓傻了。

这回死定了！

不过，身体似乎并没有被击中的感觉。

抬起头，发现一个身影挡在我的前面！

是夜游。

"敢对我儿开枪！你们，一个都别想离开这里！"她冷冷地说道。

呼！

一阵腥风呼啸而起。她的身形骤然变化——

冲天的黑雾之中,一只高达四五米的巨大怪鸟赫然出现,全身羽毛漆黑如墨,巨大的身体之上,生有十个脖颈,九个是人首,其中一个无头,脖颈处露出的伤口鲜血淋漓。每一个头颅之下,各长有一对翅膀,随着一声声鸟鸣,十八只翅膀一齐扇动,散发出令人窒息的血腥之气!

"妖怪!"

"姑获鸟!"

"开枪!快开枪!"

"把这个妖怪和这个少爷一起干掉!"

老秦一帮人被吓得人仰马翻,反应过来后,纷纷举枪射击!

砰砰砰!

砰砰砰!

砰砰砰!

双筒猎枪不停射击,子弹呼啸而来。

"一群不知死活的东西!"夜游迎着弹雨,愤怒地冲向对方。

"娘,小心!"看着她的身影,我担心地叫出声来。

噗!

话音未落,我觉得自己的身体好像被什么东西叮了一下。

低头,看见殷红的血从腹部冒出。

"娘,娘……"我叫着,"好疼……"

"文太!"她转过身,看着我,随即怪叫一声——

"汝等竟敢伤我儿!死去!全部死去!"

——十八只翅膀扇动,每一只翅膀上冒出赤红的火焰,宛如浴火涅槃的凤凰一般!

这光芒，将这片山林彻底笼罩！

"娘……娘……"望着那身影，我两眼发黑，昏了过去。

…………

黑暗中，听到歌声。

缥缈的歌声。

"小孩儿羞羞，把脸抠，抠个壕壕种豆豆；小孩儿羞羞，把脸抠，埋脸躲进怀里头；小孩儿羞羞，把脸抠，你叫声娘她伸手……"

温柔的歌声，宛若天籁。

石凳上，她抱着孩子，轻轻地摇着、拍着，满脸洋溢着幸福的笑容。

那孩子白白胖胖，嗦着自己的手指。

是我吗？

画面又是一换——

石床上，我饿得哇哇大哭。

"文太不哭，娘给你找好吃的。"她安顿好我，急急飞出去，于农人家中寻来米，抓来山鹿，做成肉粥，一勺勺喂我吃。

我发烧了。

她急得团团转，费力地攀登在陡峭的悬崖上，好几次差点儿失足落于山下，不顾自身安危找到药草，为我熬药。

夜晚，狼群袭来，在洞口盘桓不散。

她冲出来，与一群饿狼搏斗，将它们扔进山谷，脚腕子被撕咬得皮开肉绽，却顾不得伤痛，抱着我，亲我的脸颊。

"儿呀，娘带你飞高高！"黄昏，漫天火烧云，她伸展羽翼，抱着我于高空翱翔。

大风呼啸，鹤群排云而上。

光影龠和，宇宙星汉灿烂。

幼小的我，抱着她的脖颈，咯咯笑着。

"娘，高，再高！"

"娘，星星，摘星星！"

星星是摘不到的。

但是娘有办法。

她带我到山谷，吹响骨笛，两三点绿色光芒，灼灼从谷底升起。

这些光点，逐渐增多、变大，最终化为一片绿色闪烁之海！

是萤火。

升腾而起，明明灭灭，宛若星辰。

"星星！星星！"幼小的我，手舞足蹈地捕捉它们。

"娘，我最喜欢！我最喜欢！"

"原来我儿喜欢萤火，娘以后每年都带你看。"

她抱着我，笑着。

"娘，娘！"我呼喊着。

"少爷醒了！少爷醒了！"

我听到有人欢呼。

睁开眼，看到一张张喜悦的脸，滕六、朵朵、野叉、团五郎、蛤蟆吉……

"我这是在哪儿？"我问。

巨大的眩晕袭来。

"你躺着，别乱动。"朵朵扶起我，"你已经昏迷三天三夜了。"

"娘呢？！"我问。

他们沉默了，你看看我，我看看你。

"我娘呢？"我大声问。

"弥豆的孩子找回来了。"滕六挨着床边坐下来，"那帮人贩子，若不是我去得及时，恐怕会被夜游烧成灰烬，如今被竹茂抓住，关进了监狱。"

"我娘呢？"

我费力看了看，房间里并没有她的身影，外面夜色弥漫，庭院空空如也。

"中了十几枪。"滕六说。

"我娘不会有事,她是妖怪,法力高超,对吧?"我问。

滕六点了点头,又摇了摇头:"即便是妖怪,姑获鸟也是血肉之躯。中了十几枪,伤势本就很重,何况……"

"何况什么?"

"你腹部中弹,为了救你,她动用了自己所剩的全部灵力……"

"什么意思?!"

"笨蛋少爷。"滕六眼眶一红,"夜游走了,去了很远很远的地方。"

"我不是小孩子,莫要用这种话骗我!我娘死了,是吧?"

"这个……"滕六没再说话,递给我一样东西。

是那块魂石。晶莹剔透。

握在手里,微微发凉。

里面闪烁着绿色的光芒。

我跟跟跄跄起身,走出门外。

夜凉如水,月华皎洁。

"夜游说她很开心。"滕六走到我跟前,"你喊她一声'娘',她说她就是世界上最幸福的人!"

"娘!"对着夜幕,我撕心裂肺地喊。

咔嚓。

一道清脆低微的声音传来。

手中的魂石出现了一道裂纹。

裂纹不断扩大、延伸,最终四分五裂。

呼啦啦!

大风乍起,魂石中原本包裹着的那团光芒,升腾而上,化为无尽的绿色萤火!

它们遮住了房舍、庭院,裹住了小镇,无限扩大,化为无数的绿色星辰!

是萤火!

我最爱的萤火!

"这些年,每年萤火虫的旺季,夜游都会用这块魂石把它们收集起来吧。十年的萤火,才会有这样浩瀚、美丽的萤火之海!"滕六说。

"真美!"

"从没见过这么多萤火!"

大家如此说。

"原来我儿喜欢萤火,娘以后每年都带你看。"

耳边浮现她的笑声。

娘以后每年都带你看。

这些年,我不在的时候,她把每一分每一秒对我的思念、对我的爱,都寄托在这片萤火之中。

对着那萤火之海,我双手拢嘴,一声声地喊:

"娘!"

"娘!"

"娘!"

方相氏

方之相

方相氏掌蒙熊皮，黄金四目，玄衣朱裳，执戈扬盾，帅百隶而时难，以索室驱疫。大丧，先柩。及墓，入圹，以戈击四隅，驱方良。

——西周·周公旦《周礼》

帝颛顼有三子，生而亡去为鬼，其一者居江水，是为瘟鬼。其一者居若水，是为魍魉。其一者居人宫室枢隅处，善惊小儿，于是命方相氏黄金四目，蒙以熊皮玄衣朱裳，执戈扬楯。常以岁竟十二月从百隶及童儿而时傩，以索宫中驱疫鬼也。

——东汉·蔡邕《独断》

尔乃卒岁大傩，殴除群厉。方相秉钺，巫觋操茢，侲子万童，丹首玄制。桃弧棘矢，所发无臬，飞砾雨散，刚瘅必毙。煌火驰而星流，逐赤疫于四裔。然后凌天池，绝飞梁，捎魑魅，斮獝狂，斩蜲蛇，脑方良，囚耕父于清泠，溺女魃于神潢。残夔魖与罔像，殪野仲而歼游光。八灵为之震慴，况魅蜮与毕方。度朔作梗，守以郁垒，神荼副焉，对操索苇，目察区陬，司执遗鬼。京室密清，罔有不韪。

——东汉·张衡《东京赋》

先腊一日，大傩，谓之逐疫。其仪：选中黄门子弟年十岁以上，十二以下，百二十人为侲子。皆赤帻皂制，执大鼗。方相氏黄金四目，蒙熊皮，玄衣朱裳，执戈扬盾。十二兽有衣毛角。中黄门行之，冗从仆射将之，以逐恶鬼于禁中。……黄门令奏曰："侲子备，请逐疫。"于是中黄门倡，侲子和……因作方相与十二兽舞，嚾呼，周徧前后省三过，持炬火，送疫出端门……

——南朝宋·范晔《后汉书》

方相氏黄金四目，熊皮蒙首，玄衣朱裳，执戈扬楯。

——唐·魏徵等《隋书》

方相用四人，戴冠及面具。黄金为四目，衣熊裘，执戈，扬盾。

——唐·段安节《乐府杂录》

工人二十二人，其一人方相氏，假面，黄金四目，蒙熊皮、黑衣、朱裳，右执楯。

——宋·欧阳修、宋·宋祁等《新唐书》

帝纳女节为妃，其后女节见大星如虹，下临华渚，女节感而接之，生少暤。帝又纳丑女，号嫫母，使训宫人，而有淑德，奏《六德之颂》。……帝周游行时，元妃螺祖死于道，帝祭之以为祖神。令次妃嫫母监护于道，以时祭之。因以嫫母为方相氏（向其方也，以护丧，亦曰防丧氏）。

——宋·张君房《云笈七签》

天还未亮时,便听见声响。

是脚步声。

轻而稳健。

咯吱,咯吱。

卧室门外的木质走廊上,像是有人在来回踱步。

我睡眠一向很浅,稍有风吹草动便会惊醒。

这样的声响,让我不得不从大床上爬下来。

推开门。月亮挂在高空,光线依然昏暗。

走廊上,远远站着一个身影。

那副打扮,在我看来,很是怪异。

上身是黑色的袍子,袖子宽大,纯素无纹,下身则是赤红色的长裤,光脚踩在一双红色纹绳系连的木屐上。

黑蟾镇没人如此打扮。

这样的穿着,仿佛是从古籍中走出来的。

是个十三四岁的孩子。略微走近,看到他容貌清秀,面色白净,鼻梁高挺。

他静静地站在走廊尽头,双手托着一个大大的木盘,上面用黑麻布遮盖,看不清楚里面放的是什么东西。

"你是谁家的孩子?"我睡眼蒙眬地问。

他不搭话,缓缓后退。

咦?要走吗?

我大步走过去。

"你找谁?"我问。

他托着木盘,退出走廊,来到院中,看着我,微微一笑。

暖暖的笑容。

"有事吗?"我问。

这孩子挺蹊跷,天不亮就过来找,问他话,又一声不吭。

"再不说话,我可就不客气了。"我抬起下巴。

他托着木盘,笑着。

"来吧。"他说。

他的声音清脆悦耳,像是夜半花开的声响。

"去哪儿?"

"来吧。"他又说了一句,然后回头两步,笑了笑,毫无预兆地消失了。

呀!

我发出一声惊叹,陡然间冒出一身冷汗。

…………

"少爷,你昨晚没睡好呀?这么大的黑眼圈。"早饭时,朵朵将菜粥放在我面前,看了看我。

"没睡好。"我打了个哈欠。

怎么能睡好呢？找不到那个孩子，我回到卧室后，在床上辗转反侧。

"失眠可不行。"朵朵关切地说，"少爷在长身体，一定要保证睡眠！"

"我看呀，就是闲的！"爷爷扯起一根油条，白了我一眼，"自从放暑假，成天无所事事，东逛西逛，上树抓鸟，下河摸鱼，不务正业，自然睡不好。你看田里的老农，辛劳一天，回家头一挨着枕头，一分钟不到就呼呼大睡。"

"无所事事的人好像不是我吧。有些人，吃饱了睡，睡够了吃，十指不沾阳春水，喝喝酒，聊聊天，憋不住了还要偷跑出去快活。"我没好气地怼回去。

"但是我不失眠呀！"爷爷摊了摊手。

简直没法儿愉快地聊天！

"滕六呢？"我问朵朵。

"哦，昨天半夜去大湖了，收购香鱼。"朵朵忙完了，也坐下来，"你找他有事？"

"打听个人。他整日四处跑，认识的人比我多。"

"找我呀。我也认识很多人。"

"一个孩子，十三四岁的年纪吧……"

"十三四岁的孩子太多了，长什么模样？"

"挺英俊，但打扮得很怪异。穿着黑色的大袖长衣、赤红色的长裤，光脚踩在木屐上，手里还托着个木盘……"

"噗！"我话还没说完，对面的爷爷一口清茶喷了出来。

"太过分了！"我被喷得满脸都是茶水，"敢情你吃饱了，在这儿吐泡泡玩呢？！"

"你刚才说什么？"爷爷双目圆睁，像是吞了一个鸭蛋被噎住的模样，盯着我。

"我打听个孩子呀。"

"你不可能见到他！"爷爷沉声说。

"这话说的！我怎么就不能见到了？"

"什么时候？在哪里？"

"今天天儿还没亮，在走廊上。"

"不可能呀！"爷爷有些慌乱。

跟他相处这么长时间，他对任何事都云淡风轻，还没见过他这样的表情。

"他说了什么？做了什么？"

"托个大盘子，对我说：'来吧。'就消失了。"

"确定这么说的？"

"当然了，我耳朵又不聋！"

爷爷放下碗筷。显然，他已经没心思吃饭了。

他站起来，背着双手，走来走去。

"你认识他？"我问。

爷爷认识的话，事情就好办了。

"看来……这事……嗯……"他嘀嘀咕咕，一会儿抬头看看我，一会儿转脸看看门外，心神不宁。

"你到底想说什么？"我问。

"时候到了。"他坐下来，看着我。

"什么时候到了？"

"文太呀，我跟你商量个事。"

"免谈！你肯定没好事！"

"好事！绝对是好事！"他觍着脸赔笑道，"不光对你是好事，对我们方相家，也是天大的好事！这一天，总算是来了。"

"怎么了？"

"这个……"他犹豫了一下，"反正你现在也没正事，对吧？"

"你讲话太难听，我很忙的。"

他摆摆手，打断我的话："别跟我扯你那些鸡毛蒜皮的，你去嫫母山吧。"

"嫫母山，我去那里干吗！"

嫫母山距离黑蟾镇约莫有二百里山路。据说，我只有很小的时候在那里待过一阵子，还搞出了不少麻烦事，自此之后，从未再去，也完全没印象。

"去了就知道了。总之，是好事，天大的好事！"爷爷说。

"你不说清楚，我是不会去的。"

爷爷见我一副油盐不进的样子，叹了口气："咱们方相家的来头，我跟你说过吧。"

"说过。"

我们方相家，不是一般的存在。想当年，当然了，是很久很久以前，黄帝他老人家有个妃子，名叫嫫母，是个长相很丑但是十分贤惠、有才能的女人，将黄帝的后宫管理得井井有条。

有一年，黄帝出行，元妃嫘祖病逝，黄帝命人举行盛大的葬礼，并祭嫘祖，以为祖神。接着，又命嫫母负责整个葬礼的祭祀，以之为方相氏！

自此之后，方相氏一族不但历代担任负责国家祭祀的重要职位，以大傩驱邪，守护国家和民众，还成了妖怪界的大统领，世代相传。

可以说，嫫母不仅是第一代方相氏，也是我们的老祖宗。

"嫫母山，之所以取这个名字，就是为了祭祀嫫母她老人家。"爷爷说，"在山上，有一座神祠。"

"神祠？"我有些晕了。

"这个神祠，十分重要。"爷爷深吸了一口气，"它不仅是历史最悠久、目前唯一一座专门祭祀嫫母的神祠，还是我们方相家的家祠。"

"这和我有什么关系？"

"笨蛋呀！"爷爷说，"你是方相家的人呀！"

"然后呢？"

"神祠负责嫫母的祭祀，更是妖界无比尊敬的圣地，地位非同小可！一直以来，我们方相家历代都需要有人担任神祠的大祭司！这个大祭司，说白了，不仅是当代方相氏的家主，还是名副其实的妖怪界的大统领！"

"也就是个大领导，对吧？"

"废话！比大领导威风多了！"爷爷说，"那简直是……无数人，不，无数妖怪崇敬的对象，妖怪界的一把手！"

"你这么说，我有些不理解。"

"有话就说！"

"你现在是方相家的家主，对吧？"

"当然啦！"

"既然大祭司是方相家的家主，那照理说，你岂不是大祭司？"

"这个……"爷爷面露惭愧之色,"可以这么说,但是……唉……"

"大祭司应该住在嫘母山,住在神祠中,恭敬虔诚地侍奉嫘母,可你这么多年无所事事,游手好闲,恐怕十分不称职吧!"

这话,让老头儿满脸通红。

"也不是……"爷爷结结巴巴,"我的确做过大祭司,但是……嗯……只是有点儿不称职……不过,我很快就把大祭司的职位传下去了,所以严格说来,我现在不是大祭司……"

"传下去?"我更晕了。

大祭司必须是方相家的人才能担任,我爷爷只有我爸一个儿子。他说传下去,那就是会传给我爸了。

但是我爸那个人,很小便去省城读书,信奉科学,对方相家的这些事嗤之以鼻,提起来便反感得要命,别说大祭司,这么多年他庙宇都没进过一座,碰见了也绕道走。这样的人,不可能是大祭司!

爷爷似乎猜中了我的想法,忙说:"不是你爸。"

我更糊涂了。

"不是我爸,那你传给谁?"

"这个……"爷爷脸红得跟猴屁股一样,"哎呀,你别问这么多了,总之,到现在,神祠已经有二三十年没有大祭司了!"

二三十年没有大祭司?

"想想嫘母她老人家,太可怜了。"爷爷捂着脸,装模作样地哭泣,其实一滴眼泪都没有,"二三十年,没有人举行仪式去供奉,我们方相家的列祖列宗,太可怜了,二三十年没有后人奉上祭品;泱泱妖界,太可怜了,原本就衰落不堪,又缺少大统领，更是一片散沙……"

"你等会儿再哭。"我敲了一下碗，"你说的这些，和我有半毛钱关系吗？"

"当然有啦！"爷爷放下手，"所以要让你上山呀！"

"你的意思是，让我去当大祭司？！"我出离愤怒，"我可不给你擦屁股！"

说得好听是大祭司，其实，就是一个人住在荒山野岭，住在破旧的神祠里，与青山为伴，与野兽为邻，孤苦伶仃，我才不当！

"大祭司不是谁都能当的！"爷爷嘲讽地看着我，"那也要经过考验、历练才行，你这德性，够呛。"

我放心了。

不过，这么说我有些过分。

"既然如此，你让我去干吗？"

"反正你闲着也没事，去散散心。"爷爷说，"嬷母山很好的……"

"拉倒吧。要是好，你怎么不去？"

"你……"爷爷气得胡子翘起来，"哪儿那么多废话！让你去，你便去！你爷爷我是一家之主，你不去，就赶紧收拾行李回城！"

唉！人在屋檐下，不得不低头。

在这个家里，他最大。

"那让朵朵跟我一起。"

"不行！"爷爷断然拒绝，"朵朵要看家，你一个人去。"

"我一个人去？！深山老林的，我一个人……"

"放心吧，福山夫妇一直在那里打理，你去了，保准舒舒服服，衣来伸手饭来张口。再说，那里山清水秀，风景优美，林中有鸟，河里有鱼，想怎么闹腾就怎么闹腾，没人管你。"

哦，如此说来，倒也不错。

"我会写信跟福山他们说。只要你在那边听福山的话，好好表现，我必有重赏！"

"什么重赏？这个得说清楚。"

"你不是心心念念想要一辆自行车吗？我给你买！"

"一言为定！"

看在自行车的分上，我去了！

"哈哈哈哈。成交！"爷爷坏笑着，分明是一副奸商的模样。

看来是落入了他的算计。

…………

"出门小心点儿，把少爷送到，你就赶紧回来报告。"大门口，朵朵对身上背着大包小包的野叉说道。

吩咐完野叉，朵朵又开始唠叨我："嬷母山那边比不上家里，深山之中，少爷一个人，真可怜。你要乖乖的，不要闹出什么乱子。大老爷真是的，其实我可以跟过去的……"

二百里的山路，十分遥远，本来我是想让蛤蟆吉施展土遁术，咻的一下把我带过去，结果爷爷知道后破口大骂："去嬷母山，一定要一步一个脚印，才能体现出你的虔诚！"

唉，想一想二百里，我就腿软。

和野叉离开家后，我唉声叹气。

野叉这家伙机灵，从村口的树林中拉出一辆马车来。

"不是心疼你,而是我也怕累!每次跟你一起出去,包裹什么的都是我背。"这家伙笑着说。

有了马车,舒坦多了。

我们两个人,躺在吱嘎作响的车上,吃吃喝喝,打打闹闹,四天之后,便来到了嬷母山脚下。

好高的一座大山呀!

比黑蟾镇附近的山高多了。

巍峨的山体,几乎遮盖住半边的天空;古木参天,那股绿色涌动着、挤压着、升腾着、翻滚着,散发出无比肃穆与古老之气。

云雾缭绕开去,在山林中流溢,即便是晴日,顶峰也是难得一见。

一座山,亿万年前便屹立于此,盘亘交错,看沧海桑田,看斗转星移。

山脚下的道路同样古老,一块块青色条石,被车马磨得锃亮,入山的路口处有个小小的镇子,有百十户人家,鸡犬相闻。

走进去,可以看到供人休息的客栈、餐馆以及售卖蜡烛、香品、祭拜品的商店。

山道入口有一扇巨大的山门,青石垒砌,生满绿苔。

山门上,刻着六个大字——"敕建嬷母神祠"。

送到这里,野叉要回去了。

我和他作别,独自背起沉重的行李,往上攀爬。

跨过山门,陡然间,感觉进入了另外一个世界。

这里是寂静的、幽深的,仿佛置身海底,被苍莽气息彻底包裹,没有声响。

沿着山势开凿出来的道路前行,因为年月久远,台阶被磨得光滑,有的地方十分陡峭,还好安装了木质的扶手,供人使用。旁边的灌木丛中,偶尔可以看到巨大的石像,石像被藤蔓覆盖,有的露出面目,或慈悲,或狰狞。

很快,我累得气喘吁吁,艰难向上,眼见着太阳逐渐西斜,日暮将临。

决不能夜里留宿在外,否则会很麻烦。

深山老林,光线昏暗,耳边传来夜枭咕咕的叫声,令人毛骨悚然。

心里焦急,加快脚步,却一不小心踩空,结结实实摔了个大跟头。行李滚下去,膝盖被磕破,火辣辣地疼,还流了不少血。

返回去找行李,翻遍了荆棘丛,依然没找到。

夕阳最后一缕光线消失了,夜幕四合。

浓雾一股股涌出,黑暗的森林里,发出各种蹊跷的声响。

我又累又饿又冷又怕,忍不住哭出声来。

"喂!喂!"

听见声响,转过头,看见了那个少年。

依旧是那个样子。

玄衣朱裳,宽袍大袖,站在我身后的台阶上,满脸微笑地看着我。

"怎么了?"他问。

"行李丢了。"我站起身说。

"在那块石头底下。"他指了指。

原来滚到了一块山石的缝隙中,难怪找不到。

我拎起行李,走过去,我问:"神祠还有多远?"

"还有五六里山路。一直在上走。"

"一起吧。"

"好。我送你。"他说。

两个人并肩而行。有了伴儿,我心情好多了。

我开始偷偷观察他。

面色苍白,长相英俊,尤其是挂在嘴角的浅浅笑容,望之可亲。

"你住在这里?"我问。

"嗯。一直在这里。"

"你叫什么名字?"

"婴宁。"

"婴宁?这名字好听。"

"谢谢。"

"那天,你为什么找我?"

"抱歉,没打招呼就去找你。给你带来麻烦了吧?"他有些不好意思。

"没有。"

"那就好。"他笑笑,"你应该来。这里很好的。"

"好什么好!荒山野岭的。"我喘着粗气,"你是谁家的孩子?"

他笑了笑,似乎不愿意回答这个问题,说:"福山他们一直在等你。"

"他们收到爷爷的信了?"

"应该是吧。"

不知道走了多久,他笑着说:"到啦。"

越过一段台阶，眼前豁然开朗。

这里是接近山顶的一块开阔平地，足足有好几十亩。

高约十几米的门楼赫然挺立，朱红色的大门后方，建筑按照起伏的山势绵延而去。

四进院落，殿堂众多，房屋整齐，更有钟楼鼓楼，气象万千。

"好大的神祠呀！"我张着嘴，"原本以为不过是个小祠堂。"

"这可是当年黄帝亲自命令建造的天下第一嫘母神祠，大殿、房舍共有九十九间，距今已有一千多年的历史了。"

"哇！"

"去吧，福山他们等你一天了。"

"你不去？"

"我还有事。再见。"他朝我挥挥手，转身走入浓雾中，很快便消失不见。

这家伙！

来到大门前，我使劲拍了拍门。

时候不大，一个老头探出身来。

差不多六七十岁的年纪，须发皆白，留着山羊胡，白白胖胖。

"我是文太。"我说。

"呀！是文太少爷！老婆子，文太少爷来啦！"他急忙接过我的行李，领我进门。

"文太少爷！"院里走出来一个老婆婆，穿着青色短褂，头发盘起，上面插着一根白玉簪子，收拾得干干净净。想来，年轻则一定是个美人。

"福山伯，福山婶好！"我打了个招呼。

"哎呀，这么多年了，方相家总算是来人了。"福山婶高兴地抹起了眼泪，"二十多年了！我们等呀盼呀……"

"别哭了。文太少爷累了，快招待。"

两个人带我到院落旁的偏殿里，打上水给我洗脸，然后端上了丰盛的饭菜。

靠近山门的这一进院落，很宽敞，面积起码有二三十亩。中间有个巨大的神坛，坛中立起旗杆。有专门供人停放车马的地方，此外，还有不少供人留宿的房间。

院子被清扫得干干净净，洒上了水，水汽氤氲。

桌子摆在门口，吹着山风，分外凉爽。

"我本想套上车，去接少爷，可大老爷不让，说让你自己来。这么远的山路，你一个人吃了不少苦吧。"福山伯往我碗里夹菜。

"还行。上山的时候迷了路。"我风卷残云一般扫荡着。

"许久没人来了。即便是山脚下镇子上的人，他们也顶多是到半山腰采摘山野菜，不会到这里的。"福山伯给我倒了一杯自酿的果子酒，"黑灯瞎火的，你能找到这里，着实不易。"

"有人带路。"我说。

"带路？"福山伯和福山婶相互看了一眼。

"婴宁带我来的。"

"婴宁？"两个老人家几乎同时停下了手里的动作，面面相觑。

"怎么了？"

"没什么。"两个人又同时摇了摇头,面色有些复杂。

"少爷,你这次来,大老爷有没有吩咐你什么?"福山伯问。

"没有。只说让我听你安排。"

"那就好。"福山伯似乎放下心来,"二十多年了,神祠终于迎来了主人。"

"主人?"

"嗯。"福山伯喝了一杯酒,"少爷,方相家的来头,大老爷都告诉你了吧?"

"早就告诉我了。"

"嗯。"福山伯抹了一下嘴,"自古以来,方相氏的地位极为重要,不仅掌管国家的祭祀,还依靠通灵之力,直接影响着国家的方方面面,大到发起一场战争,小到王室的婚丧嫁娶。上古时期,方相氏就是与天地沟通的桥梁,连大王都要遵从。"

"后来,虽然王权兴起,但方相氏依然显赫,一直到唐宋时期。每年的国家祭祀,方相氏不仅是主持人,还要亲自穿上神装、戴上神面,统领万千妖怪。少爷,这世界自古以来有神、人、妖三界,方相氏是唯一能够连接三界的存在,沟通神国,辅佐人王,统领妖界,地位无比尊贵!"

福山伯滔滔不绝地说着:"这座神祠,是这种尊贵的象征,受三界尊崇。它是连接神、人、妖三界的枢纽,被神界垂怜,受人王尊敬,更是万千妖怪心目中的圣地。而方相氏,是这里的主人。这里更是方相氏的家祠!"

"家祠?"

"对。这是方相氏的家。"

"我家不是在黑蟾镇吗？"

"那是最近的事了。大老爷之前，方相氏一族平时都住在这里。"

"哦，这么说，是老家。"

"对。自大唐以来，方相氏世代居住于此，是名满天下的神官。这里是神祠，是方相氏的居所，供奉着方相氏列祖列宗的牌位，他们也长眠于此。"

"哦。"我听明白了。

"你呀，一喝酒就话多。文太少爷累了一天了，赶紧让少爷休息吧。"福山婶笑道。

"对对对。早点儿休息，明天开始，咱们有很多事要做。"福山伯哈哈大笑。

吃完了饭，我站起身，寻找自己的房间。

"别看了，你的房间不在这里。这一进院落，是下人们居住的。"福山伯道。

福山伯指了指后方："咱们祠堂一共四进院落，第一进是杂院，住着奴仆下人；第二进是客院，专门为前来祭拜的贵人准备；第三进是神院，是方相氏一族居住的地方。最后一进是灵院，专门供奉方相氏的列祖列宗。少爷的房间在神院，我领你去。"

福山伯起身，提着灯笼，先推开了二进院的大门。

比起第一进院子，二进院同样面积广阔，但房舍宽大精美，亭台楼阁、假山流水、名花佳木，收拾得别样雅致。

东西的房间有二三十间，每个房间的样式风格都不同，有的朴素，有的华贵，有的文雅，估计不管什么样的人来了都会满意。

穿廊过桥，来到两扇朱门前，福山伯恭敬地双手合十，拜了拜，推开门。

第三进院落和前面两进相比，风格骤变——

巨大的院落中，一左一右长着两棵需十几人合抱方能抱住的古树，它们一棵为槐，一棵为杉，如同苍龙一样盘亘着，枝叶繁茂，遮天蔽日。

院子用洁白的条石铺就，一尘不染，无花无草，无景致。

左右是长廊，里头立着密密麻麻的石像，姿态各异，数不清有多少，不过每一尊石像都被蒙上了白布。

"长廊里供奉的是《白泽图》中记载的精气为物、游魂为变的一万一千五百二十种妖怪。"福山伯说，"天下只此一处，只有方相氏一族才能目睹。若是外人来参拜，需要用白布遮盖。这已经有二十多年没打开了。"

穿过庭院，一座大殿矗立于高台之上。

太大了！

红墙黑瓦，飞檐斗拱，黑暗中宛若一尊巨兽，居高临下，俯视万物。

登上几十级台阶，来到大殿前，顿感自身的渺小。

"嫫母神殿"！

匾额上的四个大字，龙飞凤舞。

"这边是神祠的主殿，供奉着嫫母她老人家，以及方相家的神器。"福山伯恭敬地说，"殿堂九间，是最高的规格。"

"我住在哪里？"我问。

奔波了一天，我困得眼睛都要睁不开了。

"那边。"福山伯指了指。

神殿的左右两侧,各有一间殿堂。

"左边是寝殿,历代家主皆住于此,右边是祭殿,祭祀之前在那里准备、休息。"福山伯说,"随我来。"

来到寝殿门口,福山伯推开门,道:"这两天我打扫了一下。"

走进去,哇,好宽敞!

左中右三大间,中间是会客厅,左边是书房,右边是卧室。相比起来,我在黑蟾镇的卧室简直是螺蛳壳。

"天色不早了,少爷休息吧。"福山伯说。

"我一个人呀?"我愣了下。

"当然了,这里只有方相一族的人才能踏足、歇息。"福山伯说。

"黑咕隆咚的,这么大院子,我一个人……"看了看外面的黑暗,我心里不安。

"少爷,这是规矩哦。"福山伯严肃地说。

"那你陪我一会儿吧。"

"也行。"

"福山伯,听爷爷说,你们很早就在这里了,是吗?"

"是呀,我一辈子都在这里,在这里出生,在这里生儿育女。"

"这么说,你们也姓方相喽?"

"不是。"福山伯哈哈大笑,"我们一族,姓隶仆。"

"隶仆?这个姓没听过。"

真是奇怪的姓氏。

"是呀,隶仆这个姓,和方相这个姓一样,十分古老。自古以来,方相氏主管祭祀,统领万妖,而隶仆氏则专门负责服侍方相氏。因为这个姓使用起来不方便,所以很久之前,我们就改姓'福'了。"

原来如此。

"隶仆氏到我这代,就我一人。我有一儿两女,儿子去年去世了,两个女儿远嫁他方。我还有个孙子,叫福生,比文太少爷你小两个月。福生这两天出去办事,明天回来。"

"那挺好。我也有个伴儿。"我笑道。

"是呀。我老了,说不定哪天便要去见列祖列宗,我走之后,福生会服侍少爷的。"

"您老人家硬朗得很,我看活个一两百岁,轻轻松松。"

"哈哈哈,借少爷吉言。少爷休息吧。"

"好。"

福山伯带上门离开。

我一个人待在偌大的屋子里,躺在床上,根本睡不着。

这里是山顶,原本万籁俱静,却不知从什么时候刮起了风。大风呼啸,松涛阵阵,感觉流云浓雾奔涌,擦着大殿流转。

不敢吹灭蜡烛,任由它燃烧着。

辗转反侧,胡思乱想,终于沉沉睡去。

不知过了多久,听到了钟响。

当!

当!

当!

深沉之声,回荡于山巅。

"吵死了。"我从床上爬起来,发现床前站着个人,吓了一跳。"咦？！"

"醒啦？赶紧起来吧，太阳都晒屁股了！"他哈哈笑。

这人十五六岁，穿着白色的对襟小褂，唇红齿白，皮肤黝黑，笑起来，脸上还有俩小酒窝。

"福生吧？"

"是哦！"他笑着，"本来想一起迎接少爷的，可爷爷让我下山办事，不好意思。"

"没事。以后多多指教。"我爬起来。

洗脸水已经由福生打好了。

洗漱一番，去前院吃早饭。

"今天我要做什么？"我问。

"吃完早饭，让福生领着你参观一下吧。这是你的山，少爷。"福山伯说。

我的山？

哈哈哈，这话听起来，好有趣！

我的山！

过瘾！

吃完早饭，福生领着我出了大门。很快，我便乐不起来了。

山，太大！太高！

尽管这里位于山巅，但往上还要走几里的山路才能到达顶峰。

福生搀着我穿过一道道神门，沿着陡峭的山壁，最终来到山顶的黄帝宫时，我已累得两股颤颤。

所谓的黄帝宫，其实是一座铜质大殿！

是的，整个大殿全部用铜铸造而成，面积有几十来平方米，里面供奉着黄帝老人家的金像。旁边更有风伯、雨师等十几位神尊。

算一算，建造此般的大殿，需要的铜可要按吨计！

"壮观吧？"福生笑起来。

"我有个问题。"观察了一番，我问，"这里位于山顶，整日雾气缭绕，湿度很大，为何这上面一点儿铜锈都没有？"

"哈哈哈，少爷问得好。"福生说，"嫫母山是这一带最高的山，常年多雷，每次电闪雷鸣之时，降下来的雷电就会沿着大殿顶端呼啸而下，整个大殿便被闪电、霹雳萦绕，电光四射，被称为'雷绕金身'，而所有的铜锈便会被涤荡一空，洁净无比。"

天呀。我头皮发麻。

"这里是灵气最足的地方，以后每日早晨，少爷你便要天不亮起身，从神祠攀登到这里。神祠距离这里有整整十里山路，在一炷香的时间内走完才算合格，这样可以强身健体。到这里后，于对面的山亭里盘坐，吸收着天地灵气，按照特有的吐纳之法修行内心和气息，天长日久，才能练成功夫，成为合格的家主。"

"天天要跑上来？还要盘坐？"我顿时头大。

"当然了！"福生说，"方相氏家主，乃是万妖的统领，更是祭祀的主持人。要主持祭祀和法事，强健的体魄和充沛的灵力，缺一不可。"

"还要主持祭祀和法事？"

"当然了！"福生点了点头，"穿上神服，配上神器，那些东西林林总总加在一起可有七八十斤，还需要行'傩步'、跳神舞，这些短的十几分钟，长的则需几个小时呢。"

天！这简直是摧残嘛！

"少爷要学的，还多着呢。"福生说，"放心吧，我会陪着你。"

得了吧，受苦的还不是我吗？！

下山之后，吃午饭。

下午依然是在山里走动、参观。

但是之后，我彻底进入了所谓的"修行"。

每天早晨，被福生从被窝里扯出来，爬山，然后按照福生教的方法，进行吐纳。

返回神祠后，打扫庭院，读各种书籍。

这些书籍，皆是纸张发黄的古书，有记载各种妖怪的《白泽图》，有厚厚的咒语书，有繁杂介绍祭祀礼仪的书……每天一直读到三更半夜。

如此周而复始，一个星期后，我要崩溃了。

这哪里是修行？简直是坐牢嘛！

"今天我一个人上山吧。"这天早晨起床之后，我跟福生说。

"你一个人能行？"

"放心吧。"

"你该不会是想偷懒吧？"福生说，"少爷，我可得告诉你，这修行极为神圣，你要是偷懒，嬷母老人家可看在眼里，说不定到时候降下什么雷霆霹雳作为惩罚……"

"福生！"福山伯白了福生一眼。

"放心吧，我不会偷懒的。"

"行。"

穿戴好，出门，上山。

虽说比起刚来的时候，现在适应了不少，但走十里的山路，滋味并不好受。

走到一半，我累得满头大汗。

"要不到这里算了，反正福生也不知道。"我自言自语道。

轰隆隆！

头顶陡然炸响惊雷，咆哮深沉。

"老祖宗，我只是随口一说，不要生气，不要生气！"我吓得差点儿屁滚尿流，赶紧迈开脚步。

我累得死狗一样来到山顶，喘了口气，到山亭里，坐在蒲团上，双腿盘坐吐纳。

进行了约莫半个小时，肚子饿得咕咕叫，我睁开眼，眼泪不争气地流下来。

"太苦啦！"我终于号啕大哭。

"饿了吧，给。"一只手伸了过来，握着一颗大大的桃子。

抬起头，看见婴宁的脸。

"很好吃的。"他说。

接过来，咬一口，汁水甘甜。

"这段时间，很辛苦吧？"他挨着我坐下。

"何止是辛苦，简直是惨无人道。"我说。

"哈哈哈。"他笑笑，"是的，我深有体会。不过，这是件很有意义的事。"

"有意义？我怎么没发现？"

"每个人都会有属于自己的责任。农民要耕田，织户要纺布，大家做好自己的事，世界才能平稳地运转。方相家自古以来便是妖界统领，能够成为未来家主的人，尤其是要成为神祠的主

人，没有一身本事，是不行的。"他看着我，笑着说，"只有学会了本领，才能去帮助别人。"

"帮助谁？"

"文太，原先神、人、妖和谐共处，不过后来随着人类越来越强大，神灵逐渐退隐，人类高高在上。妖呢，则被迫不断退缩，如今几无容身之地。和神不一样,人们向来对妖带着偏见,所谓反物为妖,在一般人的眼里,妖怪是不祥的、是邪恶的,所以总是想方设法消灭它们……"

"这说法不对,我的那些朋友,都很好。"我说。

"是呀。其实妖怪和人并没什么不同。绝大部分的妖怪,是善良的、温暖的。它们离群索居,那么渴望能够和人类做朋友,但是事实上,受伤的往往是它们。"

我沉默了。

"而这个时候,尤其是当它们受到生命威胁、需要帮助的时候,方相氏的存在就显得尤为重要。"婴宁说,"方相氏既是它们的统领,也是它们的保护者。"

"方相氏是保护者?"

"对。方相氏既可以帮助人类减少那些凶恶妖怪的侵扰,又能保护妖怪免受人类的伤害。"

"需要怎么做?"

"你现在就在做呀。进行的这些训练,都是为了成为一个合格的方相氏家主,为了穿上那身神服、佩戴那些神器。有朝一日,你成功了,便能开启神器的神奇力量。"

婴宁抬头看着天空:"这是多么有意义的事。"

我没出声。

"我小时候和你一样,身体弱,怕吃苦。但是我喜欢妖怪,喜欢大自然,喜欢这世界,喜欢人间的烟火气。我那时想,如果能够让人类和妖怪和谐共处,像朋友一样该多好。为了这样的理想,我努力坚持,完成了所有的试炼。尽管后来出了事,我也毫不后悔。文太,世界这么美,值得我们去守护。"

"有道理。"

"所以不要怕吃苦，好好干。"

"好。"

他站起身，拍了拍我的肩膀，背着手走入山林。

这家伙。

或许是因为他的鼓励吧，接下来的日子我咬牙坚持，做得还不错。

半个月后的一个晚上，福山伯把我叫到院子里。

"少爷，之前的训练你完成得不错，今天开始，你要学习'傩步'。"

"傩步？"

"对。这是主持祭祀、法事时，方相氏行走的一种特殊步法，共有八十一种，每种步法功用不一，需要牢记，不能有半点儿差错。"

"八十一种？这么多？"我脑袋嗡嗡作响。

"只有学会傩步，才能成为合格之人。"

"好，来吧。"

福山伯点了点头，开始教我。

不学不知道，一学吓一跳。

傩步不仅动作极其夸张，需要调动全身，而且每一种步法还有不同的变数，别说八十一种了，光第一种，跳了几分钟，我便晕头转向。

"我感觉自己学不会。"我说。

"少爷，不要这么没自信。"福生说，"熟能生巧，我第一次学，看一眼就会。"

"你记忆力好，我不行，我笨。"

"笨鸟先飞，勤能补拙。"

说得比唱得还好听！

自此之后，每天晚上都要学习，一直持续到三更半夜。

过了一个星期，我崩溃了。

福生看一眼就记住的傩步，一个星期了，我连第一种都没记住！

不光福生，福山伯看我的眼神也是充满了无可奈何。

估计我根本不是那块料。

"有技巧的。"早晨做完吐纳功课，婴宁如此告诉我。

"什么技巧？"

"我刚开始学的时候，和你一样。但是仔细琢磨，你会发现，这些傩步应该是从上古时期模仿动物、山水等各种形态所得。"

"哦？"

"比如第一种，模仿的便是龙。"婴宁站起身，"我来教你。"

他拉着我的手，将步法一点点分解，仔细讲给我听。

慢慢地，我的脑瓜开了窍。

的确如此！

"看吧，这不就会了嘛。"待我第一次熟练完成整套步法，婴宁鼓起掌来。

"你教得好。以后每天你都来教我，如何？"

"好。"

自此之后，每天晚上福山伯教完我，第二天一早我便向婴宁请教,很快渐入佳境。有的时候,我一早上能学会三四种步法。

"呀,少爷厉害!"福山伯高兴得要命。

我没有告诉他这是拜婴宁所赐。

半个月后,我终于掌握了八十一种步法。

"少爷,基本的知识、功法你已算是掌握,今晚,我们开龛吧。"这天吃完晚饭,福山伯郑重地跟我说。

"开龛?"

"嗯。随我来。"

他领着我,穿过两进院落,来到了第三进的神殿。

"开门。"福山伯对守候在门旁的福生点了点头。

吱嘎——

沉重的大门缓缓开启。

"二十多年来,今日是第一次开启。"福山伯拉着我走入神殿,依次点亮里面的灯盏。

明亮的光线下,见正中高台之上,供奉着一尊巨大的金像。

"给嫫母她老人家磕头吧。"福山伯说。

"哎呀,老祖宗怎么……这个样子?!"我惊叫道。

"怎么了?"

"太丑啦!"

"你这……"福山伯恨不得一巴掌拍死我。

我说得一点儿没错,这尊神像,造型技术高超,活灵活现。我的这位老祖宗,额如纺锤,塌鼻紧蹙,体肥如箱,貌黑似漆,简直丑得不能再丑了。

"的确是……丑……"福山伯低声道,"中国历史上有四大美女,人人皆知;实际上,还有四大丑女,她老人家便名列首位。但是,她老人家长相虽丑,可心灵美呀!"

心灵美……

"赶紧磕头!别惹怒了她老人家。"

我急忙跪倒磕头,嘴里嚷道:"老祖宗恕罪!小子我不懂规矩,说您丑,但是我说的是实话,不敢蒙骗。老祖宗的确……丑。唉,没办法呀,长相是天生的,老祖宗您也不要自卑……"

福山伯在旁听得嘴歪眼斜。

磕了一通头,拜见了方相氏的开山祖宗,福山伯将我领到一旁。

在嫫母神像的一侧,神龛之中,供奉着一排东西。

"此乃神衣。"福山伯依次介绍。

"呀!"我叫出声来。

"怎么了?"

"这衣服,我见过。"

玄衣朱裳!

和婴宁身上的几乎一模一样。

"这是熊皮。"福山伯说。

是熊皮,而且绝对是一头巨大无比的熊王之皮!

"此乃神戈和神盾。"福山伯指着说。

戈为玉戈,盾为青铜之盾,温润铮亮。

"这些便是传说中的神器?"我问。

"这些是在大祭祀中方相氏穿着的神物。"福山伯指着最上方的一件东西说,"要说神器,这件才是。"

那是一张金光灿灿的面具!

整张面具用纯金打造,上有四目,两目睁开,两目闭上,通体散发出一股苍茫古老的神秘气息!

"方相氏掌蒙熊皮,黄金四目,玄衣朱裳,执戈扬盾,帅百隶而时难,以索室驱疫。大丧,先柩。及墓,入圹,以戈击四隅,驱方良。"福山伯双目炯炯,"这是上古时代,方相氏举行大祭时的着装。"

听起来……很厉害。

"里面提到的这些,便在你眼前。"福山伯激动地说,"尤其是这张神面,乃是嬷母老人家亲自所造,诸神加持,是方相氏统领万妖的凭证!"

"嬷母子孙,成为家主、大祭司者,将神器敷于面上,以咒引之,跳起祖传之傩步,便可召唤出甲作、疣胃、雄伯、腾简、揽诸、伯奇、强梁、祖明、委随、错断、穷奇、腾根十二凶神,驱除奴役天下的妖精鬼怪,使用神器,化身方相氏,驱役万妖,谓之开傩。"

福山伯的话,如同黄钟大吕,震得我心神跌宕。

"开傩有什么用?"我问。

"厉害着呢。"福山伯介绍,"其一,一旦开傩,十二凶神护佑,更有嬷母她老人家所化的金身出现,即便是再厉害的妖怪,只需要道出对方的底细,唤出对方的名字,便能将它收入、封印于神器之中;其二,任何妖怪,哪怕是奄奄一息,即将身死道消,哪怕还有一点点灵力,唤出它的名字,便能将它引入神器滋养,假以时日,便能恢复如初。神器主生死,便是如此。"

"厉害!"我听得兴奋异常。

黄金面具在手,我还怕谁呀!

"不过每一次开傩都极为重要,轻易不能施展。"

"自然,自然。"

"好了,我们开始吧。"

出了大殿,来到院中,福山伯和福生为我换上玄衣朱裳,披上熊皮神衣,一手持戈,一手持盾,果真是与众不同。

"请神器!"福山伯高声道。

福生双手捧着朱漆大盒,打开,双膝跪倒,奉上。

"戴上吧。"福山伯冲我点了点头。

取出神面,戴上。

沉沉的神面,戴在脸上,凉凉的,有一股莫名的力量涌入体内。

"依照我先前的吩咐,少爷,开始吧。"福山伯喝了一声,和福生快速退到两侧。

着神服,持戈、盾,异常沉重。

我深吸了一口气,缓缓伸出脚,行傩步!

那是八十一种傩步中,最为复杂的傩步,名为"开天傩"!

身形舞动,傩步迈开,同时,我的口中缓缓吟诵出连绵不绝的咒语。

傩步一开,咒语颂出,我的头脑一片空明,声音逐渐高亢起来。

此刻,仿佛天地万物进入胸中。宇宙众生,皆在眼前!

噗!

庭院中的烛火,骤然熄灭。

黑暗之内,隐隐有一阵阵低吼跌宕而出。

十二尊高大、面目狰狞的凶神现身而出!

甲作、朌胃、雄伯、腾简、揽诸、伯奇、强梁、祖明、委随、错断、穷奇、腾根!

十二凶神,足有一二十米高,露出半身,面目狰狞,嘶吼着,龇牙咧嘴,须发贲张。

"天地苍黄,经纬十方;黄帝敕封,乃有方相!"
我高声呼出颂词。
天地变色,山风呼啸,云雾涌动!
"驱疫万妖,魑魅魍魉;十二凶神,听吾伸张!"
吼!!!
十二凶神闻言,身形晃动,齐声咆哮。
"我祖嫫母,统领妖邦;我承衣钵,护众安康!"
"神面为信,日月为光;尔等在侧,众生无藏!"
"妖精鬼怪,天地所养;听我号令,顺昌逆亡!"
庭院之上,浓云涌动,隐隐有轰隆之声。
"恭请金身,汤汤煌煌;持戈扬盾,万年无疆!"
身体在颤抖,血液在沸腾!
立于风中,直面雷霆,心潮涌动。
是时候了!
"开傩!"
我用尽全身力气高呼。
叮。
听到一声清脆响声。
来自神面。
尽管看不到,但我清楚,此刻,四目神面上方那两只原本紧闭的神目,已经骤然睁开!
咔嚓!

轰隆隆!

天雷在高空中炸响,浓云之中,赫然出现一个高达几十米的巨人!

头戴四只眼睛的黄金面具,披着熊皮,玄衣朱裳,执戈扬盾,冲天而立!

那是嫫母金身!

成功啦!

我想高呼庆贺,却双眼一黑,一头栽倒在地。

…………

"爷爷,少爷醒了。"蒙眬中,听到福生的声音。

睁开眼,发现他们围在一旁。

"福山伯……"我想坐起来,但发现全身瘫软无力。

"别动,别动。"福山伯笑起来,"要休息几日。"

"昨晚……"

"很成功。"福山伯笑道,"少爷的能力,出乎我的想象。"

"哦?"

"二十四句颂词,竟然全部颂出,不但唤出了十二凶神,连嫫母她老人家的金身也召唤出来了,哈哈哈,实在是厉害。要知道,即便是大老爷,当年第一次开傩,也不过是颂出八句就昏倒了。"

"这么说,我比爷爷厉害?"

"天赋异禀。"福山伯高兴得眉头抖动,"百年来,第一次开傩能做到这般地步的,少爷可谓是第一人。"

"是呀,想不到少爷看起来柔柔弱弱的,竟然如此厉害!"福生冲我竖起大拇指。

"柔柔弱弱不代表不厉害。就像流水一样，看似柔弱，却能穿山越岭，水滴石穿。"福山伯道，"少爷，你的修行结束啦。"

"结束了？"

"嗯。大老爷送你上山，便是让我帮助你开傩。如今你开傩成功，自此之后，你便是这一任的方相氏，方相家的家主啦。"

"这么说，我可以下山了？"

"养几日，身体完全康复，便可下山。"

"太好了！"

…………

接下来的两三天，福生婶变着法儿地给我做出各种好吃的，在福生婶的调理下，我很快便能下地走动。

"明天我便走。"我说。

已是黄昏，风吹散雾气，景色优美。

"少爷，下山之前，去祭拜下方相家的列祖列宗吧。"

"好。"

福生伯领着我，来到第四进院落。

与前面的三进院落相比，第四进院落位于最高处，殿堂皆为白色，肃穆庄严。

正面有一间大殿，左右各有侧殿。

"怎么这么多殿堂？"我问。

"自嫫母开始，历代方相家的灵位都在这里，自然殿堂众多。不过，也有讲究。"福山伯指了指左右的侧殿，"侧殿里供奉的牌位，都是方相家的人，林林总总，数不胜数，而能有资格进入正殿的，只有历代方相家的家主。"

"原来如此。"

"随我来。"福生伯带着我,来到正殿,躬身施礼后,推开殿门。

一进去,我便呆了。

两根碗口粗的蜡烛,发出灼灼光芒。

自高处到供桌前,密密麻麻全是朱红色的灵位!

最高处也是最大的,是嬷母老人家的灵位,依次是儿子、孙子……

一代代的方相氏,灵魂皆栖息于此!

跨越时间的长河,延绵不绝!

"少爷,磕头吧。这便是方相家,统领万妖的方相家!"福山伯双目泛红,递过来香。

点上,奉香,叩头。

"历代家主,老仆福山恭报,如今,家里有了新一代方相氏,还请你们多多保佑!"福山伯高声道。

对着这片如森林一般矗立的牌位,我的内心在颤抖。

昂着头,仔细观看,默记着上面先人的名字,很快我便发现一个问题。

"福山伯,这地方,怎么空了?"我问。

在下方,倒数第二排,应该放灵位的地方,空空的,而在这个空位之下,也就是最下方的一排,却有一个灵位被白布蒙着。

"哦。空着的是大老爷的位置,你爷爷现在身体好着呢,自然不用。"福山伯道。

"那这又是谁?"我指着那个被白布蒙着的灵位。

这个灵位位于预留给爷爷的位置的下方,照理说,应该是爷爷的子辈,而且曾是家主之人,也就是我的上一任。"

"这个……"福山伯轻轻叹了一口气,伸手取下了白布。

上面的名字,犹如锥子刺入我的眼睛。

"方相婴宁"!

"这……"我陡然一惊。

"是……你二叔……"福山伯道。

"我二叔?!"我目瞪口呆,"不可能,爷爷只有我爸一个儿子,再无子嗣。而且从小到大,我从没听说过有个二叔!"

"的确是你二叔。"福山伯拍着我的肩膀。

…………

客厅里,烛火摇曳。

我坐在凳子上,盯着对面的福山伯。

"大老爷和老夫人,育有两子,一个是你爸爸,一个是你二叔。他们相差两岁,自小感情很好。你爸人高马大,性格刚猛。你二叔呢,柔柔弱弱,敏感内敛。按照家里的规矩,原本继承方相氏家主的,应该是你爸。但你爸和大老爷不知道怎么回事,自小就不对付。大老爷让他往东,他偏往西,让他打狗他撵鸡,搞得大老爷头疼不已,为了逼他就范,只得棍棒交加。"

"你二叔心疼你爸,就暗地里偷学方相家的法术,被大老爷发现了,便开始悉心栽培。"福山伯说,"和你一样,天赋异禀。"

"这件事上,大老爷和老夫人产生了分歧。老夫人认为,你爸是长子,理所应当成为下一任的方相氏,大老爷却认为朽木不可雕,不如让你二叔来。争执了一个多月,结果你二叔,你只有七岁的二叔,为了证明自己,偷偷开了傩。"

七岁开傩,实在厉害!

"生米煮成了熟饭，只能如此了。"福山伯说，"你二叔小小年纪，接替大老爷，成了新一任的方相氏。他年纪虽小，但勤学苦练，对众生尤其是对妖怪，都有一颗慈悲之心。妖怪们只要有所求，你二叔定然竭尽所能。所以，他成为方相氏家主的那些年，嫫母山热闹非凡，不管是前来参拜的人，还是各种各样的妖怪，都喜欢他。这里祥和安宁，和和睦睦。"

"那时，大家都觉得，这一任的方相氏家主，太好了！好日子，肯定会持续下去的。之所以这么说，是因为……你爷爷，也就是大老爷，实在是……做得不怎么样。"

这一点，我深有体会。

"日子一天天过去，你二叔的声望越来越高，却没料到，他在十五岁那年，出了事。"

"怎么了？"

"当时，一个大妖怪出了事。为了营救他，你二叔偷偷下山，等回来时，受了重伤，奄奄一息，抬到神殿后便去世了。"

"啊？"

"具体原委，只有大老爷和老夫人知道。据我所知，好像是为了救那个大妖怪，你二叔和龙虎山的天师杠上，两败俱伤。"

二叔死了……那岂不是说……

"老夫人悲痛欲绝，和大老爷狠狠吵了一架，然后离开这里，去原先的修行地居住，大老爷则移居黑蟾镇老屋。"福山伯说，"唉，最受伤的，是你爸。"

"你爸和你二叔，感情好得不得了。你二叔去世，你爸将所有责任都归结于方相家的传承，彻底和家里决裂，在外读书，留洋，再也没回来过。方相家所有的传承你爸丝毫不沾，并嗤之以鼻，我想，应该是弟弟的死，给他的打击太大了。"

"因为这件事，你二叔成了方相家的禁忌，家里人绝口不提，所以你不知道，很正常。"

福山伯喝了一口茶，继续说道："所以你上山后说出婴宁的名字时，我们很惊讶。"

"不光上山时遇到，我之所以来山上，也是因为二叔的出现。"我说。

"在黑蟾镇老屋出现了？"

"嗯。"我点点头。

"跟你说了什么？"

"让我跟他来。"

"难怪！自你二叔的事发生之后，大老爷就说不会再让子孙戴上神面，所以二十多年来，这里一直没有主人。也只有你二叔出现，你爷爷才会收回曾经的决定吧。原来，这么多年，你二叔一直在这里，守护着……"

福山伯抬起头看着我："看来，他希望你接他的班。"

我沉默了。

"文太少爷，你和你二叔很像。"

"是吗？"

"嗯。不管是性格，还是为人处世的方式，你们都很像，很像。这么多年来，我始终相信一件事：每个人都有自己的路要走，每个人都有自己的宿命。"

"也许，二叔未走完的路，我要接着走下去。"

"是了。"

那天晚上，我和福山伯聊了很久。

关于方相家，关于二叔，关于这山和神祠，关于人生。

每个人的人生不尽相同，但我觉得，不管是怎样的开局，都要一直走下去。

只有走下去，才能欣赏沿路的风景，才能看到花开。

早晨，我下山。

福山伯将装有神面的锦盒小心翼翼地放入我的行囊。

"神服之类的东西，可以留在神祠，但黄金神面你一定要带着。带着它，你才是真正的方相氏。你需要它，它也需要你。"福山伯说。

下山之前，我独自一人去了顶峰。

我想和二叔道个别。

他站在黄帝宫前等我，玄衣朱裳，面容恬静。

"恭喜你。"他笑着说。

看来所有的事情，他已知晓。

"接下来，就交给你了。你会很辛苦。"

雾气涌上来，他立在一片缭绕的雾气中。

"放心吧，二叔。我会好好的。"

"嗯。"他点了点头，看着这山，看着脚下那片巨大的建筑。

"这地方，我守护了二十多年。文太，你长大了，往后遇到任何事情，不要轻易放弃，把人生当作一场修行吧。"

"嗯。"

"告诉你爸，以往的事情不要放在心上。不要记恨爹娘，不要记恨方相家。我的一生，很幸福。"

"好。"

"牵挂已了，我该走了。"二叔长出了一口气，脸上露出近平解脱的神情。

"去哪儿？"

"去一个地方做城隍。"

"城隍？"

"嗯。依然是守护一方。"

"在哪儿？我可以去看你。"

"不用。如果有缘分，说不定我们还会再见。"

二叔对我笑了笑，而后向着黄帝宫、向着神祠深深鞠了一躬，然后走向山路。

云雾涌来，没过多久，将他的身影淹没。

二叔消失在山林中，消失在云雾里。

二叔走了。

我追了几步，很快停下来。

在一棵古杉下，我发现了一座小小的坟墓。

花岗岩垒砌而成的坟墓，石碑因为日晒雨淋，已经风化。

上面的名字用朱砂细心描绘，依然清晰可见。

这是二叔的坟墓。

坟前放满了鲜花、野果，以及各种各样的供品。

他去世二十多年，始终被牵挂着。

这其中，有人，也有妖。

他所守护的，他所珍爱的，同样也在守护着他的坟墓，爱着他。

二叔说的没错，他的一生很幸福。

"要加油哦，二叔！"

我紧了紧背包，快步下山。

二叔说得没错，我长大了，以后也会有我自己的人生、我的修行。

　　往前走吧，一直走，向着光，向着暖。

　　向着幸福。